鬼談百景

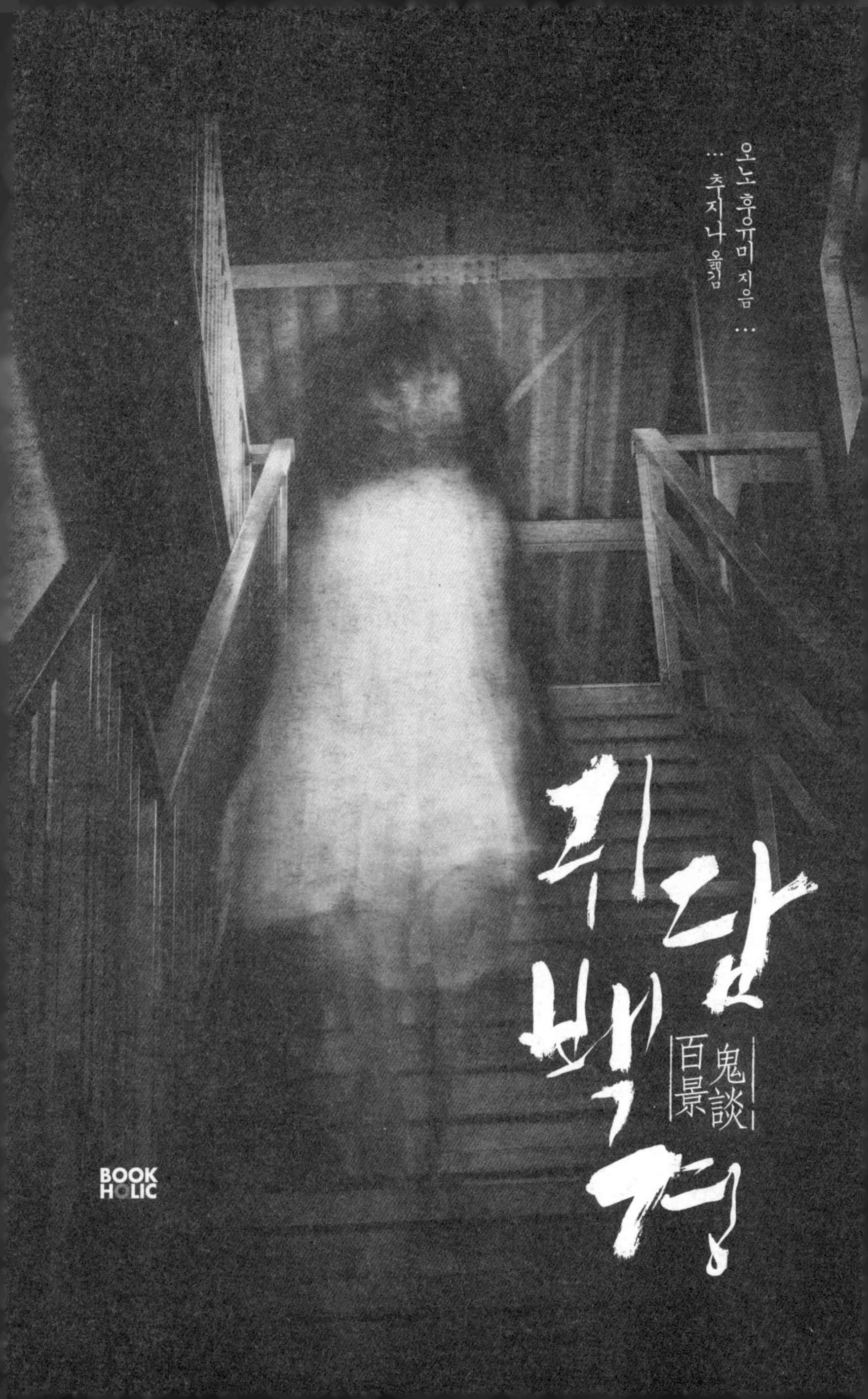

귀담백경
鬼談百景

오노 후유미 지음

추지나 옮김

BOOK HOLIC

차례

미래로

Y씨 학교에는 남녀 학생을 본뜬 동상이 있다. '미래로'라는 이름
이 붙은 그것은 등을 마주하고 선 남학생과 여학생 상으로, 두 상
은 이름대로 미래를 가리키듯 한쪽 팔을 들고 저마다 허공을 짚고
있다.

하지만 손가락이 부족하다. 검지 끝이 떨어져 나간 것이다.

동상은 전쟁이 끝나고 바로 세워진 듯하다. Y씨는 저명한 졸업생
이 기증한 물건이라고 들었다. 현관 앞 정원수 안에 놓인 동상은 원
래 남학생이 교문 밖, 여학생이 학교 건물을 가리키고 있었다고 한
다.

이 동상이 설치되고 얼마 지나지 않아서 있었던 일이다.

여학생 동상이 가리키고 있는 학교 건물 3층 창문에서 학생이 떨
어져 죽었다. 자세히는 모르지만 사고였다고 전해진다.

그 이후로 같은 창문으로 학생과 선생이 떨어지거나 뛰어내리는

일이 잇따랐다. "그 창문은 이상하다"는 소문이 돌았다. 맨 처음에 떨어져 죽은 학생이 부르는 것이라고도 했다.

10여 년이 흐르고 학교가 개축되었다. 그러면서 현관 위치도 바꾸고 앞뜰 디자인도 바꾸고 동상은 다른 장소로 옮겼다. 그러자 이번에는 다른 창문에서 사고가 일어났다. 넘어진 학생이 창문에 처박힌 것이다. 목숨을 잃을 만한 사고는 아니었지만, 그 여학생은 머리와 얼굴을 엉망으로 베여 중상을 입었다. 역시 여학생 동상이 가리킨 창문이었다.

동상이 가리키는 창문과 사고를 연결지어 생각하기 시작한 사람은 학생이었던 모양이다. 학생들 사이에서 동상이 가리킨 창문은 저주받는다는 소문이 퍼졌다. 학교 측은 물론 그런 소문을 믿지 않았지만, 학생의 동요를 가라앉히기 위해 동상 방향을 바꾸었다. 그리하여 여학생 동상 손가락은 운동장 상공을 가리키게 되었다.

더 이상 문제가 일어나지 말아야 했다.

—그런데 이번에는 남학생 동상이 가리킨 창문에서 학생이 뛰어내려 죽었다.

이후 같은 창문에서 사고가 잇따랐다. 다시 한 번 동상 방향을 바꾸자는 이야기가 나왔다. 하지만 건물과 용지 문제로 등을 마주하고 선 남학생 상과 여학생 상, 두 동상의 손가락을 건물로 향하지 않게 둘 방도가 없었다. 어디에 어떻게 두어도 반드시 한쪽 손가락이 건물 어딘가를 가리키고 만다. 그래서 동상의 손가락을 잘라

냈다.

기묘한 사고는 더 이상 일어나지 않았다고 한다.

늘어나는 계단

이른바 '학교의 7대 불가사의' 중에는 '늘어나는 계단'이라는 전형적인 이야기가 있다. 밤에 학교 건물 계단을 오르락내리락하면 평소보다 한 계단 많다는 게 일반적인 패턴으로, 대개 늘어난 한 계단은 시체다.

K씨가 다닌 중학교의 '7대 불가사의'에도 '늘어나는 계단' 이야기가 있었다. 2층짜리 구교사의 생물 교실 옆에 있는 계단에 얽힌 이야기로, 이 계단은 평소에는 열세 단이지만 심야 2시에 계단 숫자를 세면서 오르거나 내려가면 계단이 계속 이어져서 바닥에 이르지 못한다고 한다.

예전에 입학하자마자 학교에서 이 이야기를 듣고 진짜인지 시험해볼 마음을 먹은 학생이 있었다. 그는 친구를 꾀어 늦은 밤 학교에 숨어들었다. ─한밤중에도 아직 손쉽게 학교 건물에 숨어들 수 있던 시절 이야기다.

그들은 캄캄한 교실에 몸을 숨기고 문제의 새벽 2시를 기다렸다.

교내에도 운동장에도 상야등이 있을 리 없는 데다, 숙직 직원이 있으니 손전등을 켤 수도 없다. 다행히 달이 밝았다. 창문으로 비쳐 드는 부드러운 달빛에 의지했다.

기분 좋게 따스한 밤이었다.

2시가 다가오자 그들은 생물실 옆 계단으로 향했다. 하지만 학생 사이에 전해지는 7대 불가사의로는 계단을 올라가면 불가사의한 일이 일어나는지, 내려가면 불가사의한 일이 일어나는지 알 수 없었다. 그래서 두 사람은 의논 끝에 그가 계단을 내려가고 친구가 올라가기로 했다.

오전 2시, 그는 2층에 있었다. 친구는 1층에 있었다. 서로 신호를 하고 동시에 첫 계단에 발을 디뎠다.

그들은 계단 위아래에서 신중하게 숫자를 세면서 나아갔다. 그도 친구도 소리를 죽였지만, 텅 빈 계단에 울리는 서로의 목소리는 똑똑히 들렸다.

입을 모아 여섯 번째 계단까지 세었을 때, 그와 친구는 중간 층 계참에 이르렀다. 그곳에서 몸을 돌려 마주 보았다. 그들의 머리 위 채광창에서 들어오는 불빛으로 서로의 표정이 어렴풋하게 보였다. 층계참 한가운데에 있는 계단을 "일곱."이라고 입을 모아 세며 앞으로 나아가다가, 스칠 때 서로 씩 웃었다. 그는 다시 몸을 틀어 1층으로 향했다.

여덟 번째 계단. 어둠 속으로 내려가는 계단, 여섯 단이 남은 계단 끝에서 쭉 뻗은 복도가 희미하게 보였다. 아홉, 열, 그는 내려가고 친구는 올라갔다. 발끝으로 디딜 곳을 확인하면서 열하나, 열둘. 열셋까지 세고 계단을 다 내려왔다.

도착했다고 소리치려는데 머리 위에서 "열넷."이라는 목소리가 아래쪽으로 들렸다. 키득거리며 머리 위를 올려다보았다. 짓궂게 웃으며 내려오는 친구 얼굴이 보이겠거니 했다. 하지만 올려다보아도 어둠 속에는 위로 뻗은 난간만 덩그러니 있을 뿐, 친구 모습은 보이지 않았다. "열다섯."이라는 목소리가 내려왔다. 탕, 하고 조용한 발소리까지 들렸다. 학교 건물은 2층짜리라 3층은 없다. "열여섯." "열일곱." 금방 울음을 터뜨릴 것 같은 목소리가 이어졌다.

그는 계단을 뛰어 올라갔다. 계단 위쪽은 어둡다. 기분 탓인지 몰라도 멀어진 듯한 작은 목소리가 어둠 속에서 "열여덟." 하고 들렸다.

"돌아와."

그는 소리쳤다.

"내려오라고."

친구는 돌아오지 않았다. 불안하게 계단을 세는 목소리가 점점 작아지고 멀어져 갔다. 계단 중간에 우두커니 서서 숨을 죽인 그의 귀에 "스물둘."이라는 희미한 소리가 위태롭게 들리더니, 그 뒤로 친구의 목소리가 나지 않았다. 목소리뿐 아니라, 그 이후로 친구는 자취를 감추었다.

남겨진 그의 이름은 분명치 않지만 사라진 친구는 N이라고 그 성이 전해진다.

 하지만 이 이야기에는 N군이 계단을 내려오는 패턴도 있어, 올라갈 때 불가사의한 일이 있는지 내려올 때 불가사의한 일이 있는지 여전히 확실치 않다고 한다.

마리오네트

"사람이 뛰어내릴 때 어떤 소리가 나는지 알아?"

S씨 반에서 생물 수업을 하다 선생님이 그렇게 물은 적이 있다. 학기가 시작하자마자 가까운 고등학교에서 뛰어내려 죽은 학생이 나왔는데, 그 직후였을 것이다. 하지만 선생님은 그 사건을 따로 언급하지는 않았다. 수업 중간에 잡담하다 별다른 맥락도 없이 불쑥 그런 말을 꺼냈다.

"쿵 하는 소리가 들릴 것 같지? 텔레비전에서도 그런 효과음을 쓰니까. 하지만 그렇게 단순한 소리가 아니야. 독특한 소리라 한번 들으면 귀에 달라붙어서 절대로 잊을 수 없어." 선생님은 말했다.

들은 적이 있느냐는 학생의 물음에 선생님은 고개를 끄덕였다. 선생님의 대학생 시절 이야기라고 한다.

선생님이 친구와 연구실에서 실험하고 있는데, 갑자기 창밖에 뭔가가 휙 스쳤다. 위에서 아래로 스치는 물체가 시야 끝에 보였다. 뭔가 떨어졌다. 그리고 동시에 그 소리가 들렸다.

"쿵촥이라고 해야 하나." 선생님은 말한다.

굳이 말로 표현하자면 그런 소리였다. 단단하고 묵직한 것이 지면에 내동댕이쳐지는 쿵 하는 충격음. 충격음에 이어 부드럽고 축축한—물이 가득 든 커다란 고무주머니를 내동댕이친 듯한 소리가 들렸다.

나중에 생각해보면 그도 당연했다. 몇십 킬로그램짜리 물체가 떨어졌다. 물체 안에는 심이 되는 단단한 뼈도 들어 있다. 하지만 뼈를 감싸는 조직은 대부분 물이다. 피와 체액, 세포의 40퍼센트도 물로 이루어져 있다.

"딱딱한 물건이 내동댕이쳐진 쿵 하는 소리와 물을 담은 고무주머니가 내동댕이쳐지는 촤악 하는 소리. 그게 동시에 들려서 그런 소리가 났겠지."

맨 처음에는 무슨 소리인지 몰랐다. 여태껏 들은 적 없는 이상한 소리다. 그리고 불길한 소리다. 뭘까 하며 창문으로 달려가 보니 아래 길가에 남자가 쓰러져 있었다.

학부 건물은 6층짜리인데, 연구실은 4층에 있었다. 위층 어디서 뛰어내린 듯하다. 연구실에 남은 학생들이 창가에 모였다. 어찌할 바를 모르고 지켜보는 사이에 바로 아래 도로로 사람이 달려왔다. 그때였다. 둥글게 모여든 사람들 한복판에 쓰러져 있던 인물이 벌떡 일어났다.

바로 위에서 보이지 않는 실을 매단 것처럼 휘청거리며 몸을 일으킨다. 흔들거리면서 목을 휙 젖히고 위를 올려다보더니 껄껄 웃었다. 위에서 내려다본 선생님에게는 완전히 뒤집힌 남자 눈이 보였다.

남자는 한바탕 껄껄껄 웃고는 매달았던 실이 끊어진 것처럼 털썩 쓰러졌다. 선생님과 친구, 그리고 모여든 구경꾼들도 입을 떡 벌린 채 그냥 넋이 나가 있었다.

바로 구급차가 왔지만, 그는 이미 숨을 거둔 후였다. "조금 전에 일어났다."는 목소리는 "그럴 리 없다."고 일축당했다.

"그때 주위에 있던 사람들은 다들 똑똑히 봤어."

선생님은 그렇게 말하고 나서 심각하게 말했다.

"정말로 끔찍한 소리였지. 정말로……."

함께 보고 있었다

S씨가 고등학생 때 담임 선생님께 들은 이야기다.

예전에 선생님이 부임한 학교에서 자살한 사람이 나왔다. 죽은 사람은 학생도 선생도 아닌, 사무를 보는 여자였다. 무슨 사정이 있었는지 모르지만 방과 후 빈 교실에서 목을 맨 채 발견되었다.

발견한 교사가 교무실로 달려 들어와 다 함께 교실로 가서 허둥지둥 몸을 내렸지만, 유감스럽게도 이미 숨이 붙어 있지 않았다. 하지만 처치를 하면 소생할지도 모른다, 일단 구급차를 부르자는 이야기가 나와 교사 한 사람이 전화하기 위해 교실을 달려 나갔다. 남은 교사들이 그녀를 바닥에 눕혔는데 벌써 손발이 차가웠다.

뭔가로 덮어주고 싶다. 가족에게도 연락해야 한다. 자칫 학생이 들여다보지 않도록 길도 막아두어야 한다. 저마다 할 일을 맡아 선생님 혼자 그 자리에 남아 유체를 지키게 되었다.

하지만 시체와 단둘이서 교실 안에 있으려니 무서워서 견딜 수 없었다. 살아 있을 때 모습을 아니까 차마 시신으로 눈을 돌릴 수 없었다. 무엇보다 견딜 수 없는 건 '죽음'을 눈앞에 직시하는 것이었다. 그래서 합장하고 교실을 나왔다. 문을 닫고 교실 앞 복도에 서 있었다.

빨리 아무나 돌아오지 않으려나. 구급차가 오지 않으려나. 이제나저제나 기다리는 심정으로 복도 창문으로 교정을 내려다보았다. 황혼이 지는 교정에서는 학생들이 동아리 활동을 하고 있었다. 새 학기가 시작되고 얼마 지나지 않았다. 학생들 움직임은 아직 놀이에 취한 것처럼 하나같이 발랄하고 즐거워 보였다.

죽은 사무 여직원은 작년에 고등학교를 졸업하고 올봄에 학교에 취직했다. 교정에서 즐겁게 재잘대는 학생들과 크게 다르지 않은 나이다. 그런 생각을 하면서 창밖을 보고 있는데 등 뒤에서 교실 문이 드르륵 열리는 소리가 들렸다.

흠칫했지만 돌아볼 수 없었다. 선생님 눈앞에는 복도 창문이 있다. 창문 유리에 자신의 등 뒤 모습도 비칠 텐데, 석양이 정면으로 비쳐드는 탓에 눈에 부셔서 잘 보이지 않았다. 그저 교실 문이 열린 것 같았다. 유리창으로 또 다른 뭔가를 보기도 무서워서 애써 창문에 초점을 맞추지 않으려 교정을 빤히 바라보는데, 누가 뒤에서 선생님의 양어깨에 손을 얹었다.

그게 누구인지, 도저히 확인할 수 없었다. 선생님은 오로지 교정과 그곳에서 움직이는 학생들만 내려다보았다. 누군가도 선생님 어깨에 양손을 살며시 얹은 채, 그 자리에 가만히 서 있었다. 숨소리는 들리지 않았다. 아무 소리도, 기척도 없었다. 부드럽게 놓인 손 감촉만이 차가웠다.

다른 교사가 돌아오는 발소리가 들릴 때까지, 그 사람은 손을 얹은 채 선생님과 함께 창밖을 보고 있었다.

층계참

Y씨가 다니던 중학교 이야기다.

Y씨가 다니던 시절, 학교에는 구교사가 남아 있었다. 오래된 목
조 건물로 더 이상 교실로는 쓰지 않지만 창고나 자료실로 이용되
었다. 1층부터 2층으로 가는 계단은 세 곳 있다. 그중 한 층계참에
는 커다란 거울이 있었다. Y씨가 재학하던 시절에는 하나뿐이었지
만, 예전에는 같은 거울이 두 개 마주 보고 걸려 있었다고 한다.

그 거울 자체는 지역 기업 이름이 들어간 지극히 평범한 전신 거
울이다. 크기는 사람 키만 하다. 층계참에 서면 전신이 비친다. 그
리고 등 뒤에 있는 또 다른 거울에 뒷모습이 비친다. 그뿐인가, 맞
거울이니 제 그림자가 주욱 늘어서 저편으로 빨려 들어갈 것처럼
보인다. 아무렇지 않게 지나가면서 흘끔 보는 건 괜찮지만, 주위에
사람이 없을 때 혼자 앞에 서서 들여다보기는 꺼려졌다고 한다.

그리고 실제로 해가 저물면 거울에서 거울로 날아드는 파르스름
한 빛이 자주 목격되었다. 어떤 사람은 반투명한 인간이었다고도

한다.

맞거울은 불길하다고 한다. 그 탓으로 좋지 않은 뭔가가 지나다니는지도 모른다. 다들 기분 나빠해서 보통 해가 저물면 맞거울이 있는 계단은 아무도 쓰지 않았는데, 어느 날 남자아이가 그 거울을 공으로 맞춰 한 장이 깨지고 말았다. 이후 이상한 빛은 나타나지 않았다.

다만 거울이 깨지고 나서 구교사에서는 이상할 정도로 사고가 늘었다.

K265

S씨가 다니는 학교에는 'K265'라 불리는 괴담이 있다. 'K'란 '쾨헬'로, 'K265'는 쾨헬 번호 265, 모차르트의 〈반짝반짝 작은 별 변주곡〉이다. 그래서 이 괴담을 '반짝반짝 작은 별'이라 부르기도 한다.

아주 오래전, 전쟁 전이나 개전 직후에 있었던 일이라고 한다. 한 남학생이 음악실 피아노로 자주 이 곡을 연습했다. 그런데 어느 봄날에 남학생이 사라졌다. 교실에 그의 짐이 남아 있고, 피아노에도 악보가 남아 있어서 학교 안에서 무슨 일이 있었다고 의심되었다. 며칠이 지나 한가득 꽃을 피운 철쭉 화단 그늘에서 소년의 시신이 발견되었다. 반쯤 땅에 묻혀 있었다. 학교에 전해져 내려오는 이야기로는 아주 끔찍한 시체였다고 한다. 살해당해 시신이 손상되었는지, 아니면 흠씬 두들겨 맞은 끝에 죽어버렸는지. 아무튼 범인으로 지목된 사람은 당시 교장이었다. 소년이 사라진 그날 유일하게 학교에 남아 있던 인물이었기 때문이다. 하지만 증거가 없었던 탓인지 교장은 끝내 신변을 구속당하지 않았다. 범인은 찾지 못했다.

그 이후 때때로 아무도 없는 음악실에서 K265가 들린다. 살해당한 남학생의 원한이 남아 있는 거라고들 해서 굿도 했지만 효과는 없었다. 학교는 물론이고 온 동네에 소문이 나는 바람에 피아노를 체육관 창고로 옮겼는데, 창고 안에서도 소리가 들렸다. 인기척 없는 체육관에 몇 사람만 남아 있으면 덧없고 가련하게 〈반짝반짝 작은 별〉의 멜로디가 들릴 때가 있었다. 결국 창고는 필요 없는 물건을 집어넣어 굳게 잠그고, '열면 안 되는 곳'이 되었다.

S씨가 다닐 당시에도 '열면 안 되는 창고'는 있었다. 체육관 자체가 낡아서 이제 거의 사용하지 않았고, 수업할 때는 나중에 세운 제2체육관을 이용했지만 건물을 막아둔 건 아니었다. 선생님께 말하면 안을 쓸 수 있고, 동아리 활동이나 학생들의 놀이터로 이용되었다. 무대 뒤에는 창고가 몇 개 늘어서 있고, 그중 하나는 문을 굳게 잠가놓았다. S씨가 다니던 시절에는 이미 열쇠가 어디에 있는지 모른다고들 했다. 그래서 실제로 그 창고에 있다는 피아노를 확인한 사람은 없다. 하지만 문에 귀를 대면 희미하게 〈반짝반짝 작은 별〉이 들릴 때가 있다.

암흑 속에 방치된 피아노는 피아노 줄도 녹슬고 어쩌면 몇 가닥은 끊겼을 테니 조율은 해마다 엉망이 되었으리라. 이제 와서는 알고서 듣지 않으면 도저히 〈반짝반짝 작은 별〉로는 들리지 않지만, 분명히 들었다는 학생이 끊이지 않는다고 한다.

유지

N씨의 아버지가 돌아가셨다. 간부전이었다.

N씨는 그때 유학 중이었다. 위독하다는 소식을 듣고 허둥지둥 귀국했지만, 솔직히 아버지의 임종을 지키지 못하리라 생각했다. 이럴 줄 알았으면 유학 따위 가지 말걸. N씨는 비행기 안에서 크게 후회했다.

기억하기로 잔병치레 한 번 한 적 없는 아버지가 쓰러졌다. 입원했다고 듣고 심상치 않은 상태임을 알아챘다. 그런데 아버지를 보러 쉽게 돌아갈 수가 없었다. 귀국할 타이밍을 살피는 사이에 용태가 급변했다. 연락한 어머니는 돌아오라고만 하고 서두르라고는 하지 않았다. 오히려 서두르지 않아도 되니까 조심히 돌아오라고 했다. 제때 오지는 못하리라 생각했겠지.

하지만 의사도 놀랄 정도로 아버지는 잘 버텼다. N씨가 병원에 달려왔을 때에는 아직 의식이 있었다. 이야기는 나눌 수 없었지만 손을 쥐면 미소 지으며 같이 꼭 잡아주었다. N씨의 이야기에 작게 끄덕이면서 귀 기울여주었다. "늦어서 죄송해요." 하고 말하자, 이 때만은 "아니다."라며 희미하게 속삭이듯 말했다. 그리고 그날 밤, 스르륵 잠들듯 의식을 잃고 그다음 날 조용히 숨을 거두었다. 정말로 N씨를 기다려준 것 같았다.

평온한 얼굴의 아버지를 모시고 집으로 돌아왔다. 그 뒤부터였다. N씨 집에 이상한 일이 일어났다.

먼저 집으로 돌아오자 다섯 개 있던 시계가 모조리 멈춰 있었다. 멈춘 시간은 저마다 달라서 특정 시각을 가리키지는 않았지만, 어머니와 여동생 말로는 얼마 전에 건전지를 바꿔서 멈출 리 없다는 시계까지 보란 듯이 멈췄다.

그리고 가전제품이 망가졌다. 경야니 장례식이니 정신없는 사이에 잇따라 망가졌다. 모두 많이 낡았으니 수명이라면 수명이겠지만, 모인 친척까지 어이없어할 정도로 고장이 이어졌다.

그리고 장례식 일주일 뒤, 하늘에서 뚝 떨어진 것처럼 새끼 고양이 한 마리가 들어왔다. 정신 차리고 보니 집 안을 아장아장 돌아다니고 있었다. 활짝 열어놓은 창문이나 문으로 들어왔겠지만, 애초에 근처에서 고양이 모습을 그다지 보지 못한 터라 정말이지 갑작스럽게 나타난 것처럼 보였다.

새끼 고양이는 생후 한 달 정도. 아메리칸 쇼트헤어처럼 보이지만, 수의사 말로는 일본 고양이와 섞인 모양이다. N씨 어머니는 새끼 고양이를 안고 웃었다.

"아버지 짓이로구나."

어머니는 줄곧 아버지에게 고양이를 기르고 싶다고 했었다. 아메리칸 쇼트헤어가 좋다고, 조만간 사러 가자고 했는데 미루고 미루는 사이에 아버지가 쓰러졌다.

"약속을 지켜 줬네. ……잡종이란 점이 아버지다워."

망가진 가전제품은 어느 것이고 어머니가 낡아서 불편하니까 바꾸고 싶다고 한 물건뿐이었다.

"아버지는 새로 사면 되잖으냐고 했지만, 망가진 것도 아닌데 아깝잖니."

사고 싶다, 사고 싶다 노래를 부르면서 말만으로 끝났다. 그런데 전부 망가져서 생명 보험과 퇴직금으로 새로 살 수 있었다.

그 이후로도 작지만 기묘한 일은 이어졌다. 밤에 아무도 없는 집에 가족이 돌아오면 켠 적 없는 불이 하나 켜져 있을 때가 있다. 가족이 우울해할 때면 갑자기 큰 소리가 들린다. 물건이 떨어진 듯한 소리기도 하고, 나무가 터지는 듯한 소리기도 하고, 여러 가지였지만 대개 "아, 깜짝 놀랐네." 하고 셋이서 말하는 사이에 놀란 서로의 모습에 배꼽이 빠져라 웃게 된다.

그리고 아버지와 친했던 분이 찾아오거나 N씨나 가족들이 불전에 좋은 일을 알리면 등명의 불빛이 휙휙 기뻐하듯 흔들린다고 한다.

숨바꼭질

K씨 어머니가 어릴 적에는 주변 집에 전부 욕실이 있는 게 아니었다. 어머니 고향처럼 시골 마을에는 공중목욕탕도 없고, 욕실이 없는 집 사람은 욕실이 있는 집에 가서 빌려 쓰는 게 당연했다. 이이야기는 그런 시절 K씨 어머니의 경험담이다.

이날도 어머니 집에 이웃 사람들이 욕실을 빌려 쓰러 와 있었다. 저물녘, 마을에 달이 어슴푸레 떠올랐다.

당연하지만 목욕물을 끓일 때는 우물에서 물을 길어 장작을 지핀다. 목욕물이 데워지기를 기다리는 사이, 이웃에서 데려온 아이들 몇 명과 함께 숨바꼭질을 했다. K씨 어머니 친정집은 당시 근처에서 유일하게 욕실이 있던 점으로도 알 수 있듯이 상당히 큰 집이었다.

K씨 어머니는 몇 번이나 숨었다. 무대가 제집이니까 어머니는 숨을 곳을 누구보다 속속들이 알았다. 집에서 숨바꼭질할 때면 반드시 마지막에 발견되었다. 숨을 장소에 몸을 숨기고 있는데 평소처

럼 다른 아이들을 찾은 술래 목소리가 들렸다. 마침내 어머니도 찾아냈다. 이번에도 자신이 마지막이라고 생각하면서 나왔는데 한 남자아이를 아직 찾지 못한 상태였다.

술래인 아이는 여기저기 찾아 돌아다녔지만 결국 남자애는 찾지 못했다. 마냥 기다리기 지루하니 어머니와 친구들도 술래와 함께 남자애를 찾기 시작했다. 그래도 역시 남자아이는 보이지 않았다. 이내 목욕물이 끓고 어른들이 욕실에 들어가라고 채근했다.

"이제 끝났으니까 나와."

아이들은 집 여기저기서 소리쳤지만 남자애는 나오지 않았다. 어른들도 술렁이기 시작했다.

집 안에서만 숨기로 정해져 있었다. 언제 들어가 씻으라는 소리를 들을지 모르기 때문이다. 그런데 어른들까지 함께 찾아도 보이지 않는다. 아무리 불러도 나오지 않고, 대답도 없다.

"**카미카쿠시**│사람이 홀연히 행방을 감추는 현상. 옛날 사람들은 요괴나 산신이 데려갔다고 믿었다 ─ 옮긴이│**다**."

어른 중 누가 그렇게 말하는 바람에 아직 어렸던 어머니와 친구들은 와앙 하고 울음을 터뜨렸다.

해가 저문 뒤에 숨바꼭질을 하면 카미카쿠시를 당한다─어른들이 늘 그렇게 말했건만.

카미카쿠시라면 찾는다고 나올 리가 없다. 근처에 영능력자라 부를 만한 사람이 있어 그녀에게 묻기로 했다. 불러서 달려온 그녀는 한차례 경을 읽고 나서 "있는 곳은 모르겠지만, 날이 바뀔 때까지 찾지 못하면 아이는 죽어."라고 했다.

어머니와 친구들은 무서워서 울었다. 어른들은 허둥거리며 이웃들을 불러 모아 집 안과 집 주변, 마루 밑부터 더그매, 지붕 위, 끝내는 우물 안까지 찾았지만 남자아이 모습은 보이지 않았다.

어른들이 찾다 찾다 못 찾고는 난롯가에 모여 있을 때 벽시계가 울리며 자정을 알렸다. 딱 그때, 어른들이 모여 있던 방 마루 밑에서 봉당으로 남자아이가 기어 나왔다.

어른들은 어안이 벙벙했다. 마루 밑에도 사람이 들어가 찾았었다. 어디서 뭘 했느냐고 묻자 그 남자아이는 "숨바꼭질했어요."라며 어리둥절해했다. 마루 밑에 들어가 숨어 있었을 뿐이란다. 아무리 기다려도 술래가 찾아주지 않아서 나왔단다.

그 아이 말로는 마루 밑에 들어가니 축축하고 비릿한 바람이 불어서 무척 불편했다, 소리도 전혀 들리지 않았다, 한동안 참다가 겁이 나서 나왔다고 했다.

남자아이는 잠깐 숨어 있었을 뿐, —그뿐이라고 했다.

그 뒤 남자애가 바보처럼 멍하니 서 있는 모습이 목격되었다. 부드러운 초록빛으로 뒤덮인 둑이며 논두렁에서 멍하니 하늘을 올려다보고 있었다. 놀다가도 느닷없이 멈춰 서서 주위 사람들 따위 아랑곳하지 않고 넋이 나가버린다. 그럴 때 남자아이는 얼이 빠진 것처럼 보였다.

그리고 그 아이가 열세 살이 된 어느 날, 정말로 홀연히 사라져버렸다고 한다.

이어진 방

어느 해, T씨 외할아버지가 돌아가시기 바로 전에 있었던 일이다. T씨 외할아버지는 벌써 오래도록 병원에서 지내셨고, 이 무렵에는 이미 거의 의식이 없었다. 결국 그대로 숨을 거두셨는데, 돌아가시기 사흘 전 일이다.

T씨는 밤중에 문 여는 소리에 잠에서 깼다. T씨는 어머니가 평소처럼 이불을 다시 덮어주러 오셨겠지 생각하며 눈도 뜨지 않은 채 그대로 누워 있었다. 아나나 다를까, 누가 발소리를 살며시 죽이고 방에 들어오는 기척이 났다. 하지만 T씨는 불현듯 위화감을 느꼈다. 그 기척이 자는 T씨 오른쪽에서 다가온 것 같았기 때문이다.

T씨의 침대는 벽 쪽에 있다. 잠든 T씨 오른쪽에는 벽밖에 없고, 그 벽 너머는 빈터다. 아니, 공기라고 해야 할까. T씨 방은 2층이다. 한때는 옆집이 외벽을 접할 듯 서 있었지만, 지금은 허물어 빈터가 되었다. 예전에 옆집이 바싹 붙어 있던 탓에 그쪽에는 창문도 없거니와 베란다도 없다. 누가 다가오기란 불가능했다.

T씨는 눈을 살며시 떴다. 평소처럼 자신의 발치에 책상이 보였다. 고약한 잠버릇 때문에 좌우가 바뀐 건 아닌 듯하다. 그렇다면 역시 자신의 오른쪽은 벽일 것이다. 방 오른쪽에는 벽을 따라 침대와 책상이 나란히 있다. 반대쪽—왼쪽 벽에는 책장과 화장대가 놓여 있고, 두 가구에 낀 것처럼 방문이 있다. 침대와 책장 사이에는 한 평쯤 공간이 있다.

T씨는 시선을 움직여 문 쪽을 보았다. 한 평만 한 공간을 두고 책장이 보였다. 그 옆에는 문. 문은 닫혀 있다.

조심조심 목을 반대로 돌렸다. 침대 오른쪽에는 있어야 할 벽이 없었다. 대신 시커먼 공간이 있었다.

어둑하지만 그곳이 방인 건 알 수 있었다. 한 평쯤 공간을 끼고 책장이 보였다. 책장에 꽂혀 있는 책과 소품 느낌도 같고, 위치도 모습도 모두 똑같다. 거울에 비춘 것 같다.

다른 점은 그쪽 방문이 열려 있던 것이었다. 열린 문은 시커먼 입을 벌리고 있다. 그리고 검은 그림자가 그곳에서 침대로 다가왔다.

T씨는 큰 소리를 지르려 했지만, 갑자기 목소리도 나오지 않고 옴짝달싹할 수도 없었다. 검은 그림자는 나른한 것처럼 천천히 걸어와 침대 옆에 섰다. 위에서 T씨를 들여다본다. 그림자 등 뒤에 있는 책장이며 벽이며 천장 모습은 보이는데, 무슨 영문인지 그림자는 그저 검기만 한 그림자로밖에 보이지 않았다.

그림자는 잠시 T씨를 지그시 바라보았다. 그리고 사라졌다. 그와 동시에 가위에서 벗어났다. 사라졌으니 풀렸는지, 풀려서 사라졌는지 T씨도 모른다. 어쨌든 가위눌림에서 벗어나고 검은 그림자가 사라지자 침대 오른쪽, 방이 있던 장소에는 다시 벽이 있었다. 벌떡 일어나 어떤 예감에 시계를 보니 새벽 3시가 조금 지나 있었다.

이유는 없지만 외할아버지가 아닐까 했다. 마지막으로 만나러 와주시지 않았을까. T씨를 가만히 내려다보던 그림자의 모습에 애정이 담겨 있다고 느꼈기 때문이다. 실제로 그 뒤에 깜빡 잠들었는데 할아버지 용태가 급변했다는 연락이 왔다며 깨워서 일어났다. 병원에 달려갔을 때에는 위독한 상태로, 그대로 두 번 다시 혼수상태에서 깨어나지 못한 채 외할아버지는 떠나셨다.

할아버지라고 생각하니 되돌려 생각해도 무섭지 않았다. 하지만 그날 밤 벽이 있어야 할 곳에 또 다른 자신의 방이 있었던 그 기묘한 느낌은 너무 무서워서 잊히지 않는다고 T씨는 말한다.

귀신

A씨는 예전에 집 안에 귀신이 많았다고 한다.

—어쩌면 귀신이 아니라 다른 어떤 존재였을지도 모른다. 하지만 A씨는 줄곧 막연하게 '귀신'이라고 생각해왔다.

A씨가 초등학교에 들어가기 전이었다. 당시 A씨 집은 현관에서 안쪽으로 똑바로 복도가 이어져 있었다. 넓은 현관을 들어서면 정면은 현관 너비만 한 복도다. 복도 양쪽으로 방이 있고 맹장지나 문이 늘어서 있지만 교차하는 복도나 마루는 없다. 창문 하나 없었다. 요컨대 터널처럼 복도가 뻗어 있었다.

그 복도 중간쯤에는 계단이 있었다. 사다리처럼 허공에 발판을 놓은 형태의 계단으로, 난간은 있지만 벽이 없어 난간과 발판 사이가 훤히 보였다. 그런 계단이 복도 일부를 차지하고 벽을 따라 2층으로 이어졌다.

복도 막다른 곳은 화장실이었다. 복도 너비의 작은 방이 복도 안쪽을 딱 막았다. 다시 말해 집 안에 현관 너비만 한 닫힌 공간이 있었던 것이다. 한쪽 끝을 현관으로, 또 다른 한쪽 끝을 화장실로 만든 그 한가운데쯤 계단이 있었다.

훗날 이 구조가 '좋지 않다'고 들었다. 구조와 관계가 있는지는 모르겠다. 그러나 '귀신'은 이 복도에 있었다.

이제 와 그 모습을 똑똑히 떠올릴 수는 없다. 어릴 적 또한 선명했던 기억이 없으니, 처음부터 막연했는지도 모른다. '귀신'이라 부르지만 뿔이 있거나 말도 안 되게 커다랬다는 기억도 없다. 다만 노랗고 빨갛고 파랗고 초록색에 진회색이었던 인상만은 이상하게 선명하게 남아 있다. 온몸이 대부분 그런 색이었는데 옷을 입고 있었던 기억도 없으니 어쩌면 피부색이 그랬는지도 모른다.

실제로 뭐였든 다섯 빛깔의 존재가 복도에 있었다. 그때그때 여러 곳에 있었는데 복도 양쪽에 죽 늘어서 있다. 현관 쪽은 적고 안쪽으로 갈수록 많았다. 화장실 가까이, 특히 계단 아래에는 빼곡했던 기억이 남아 있다. 아직 어렸던 A씨는 그게 무척 무서웠다. 가끔 거실 입구에 '귀신'이 있으면 무서워서 들어가지 못하고 일부러 다른 방이나 마당으로 돌아가기도 했다. 한밤중에 화장실을 갈 때면 특히 무서웠다.

화장실 문 앞에 '귀신'이 있어 곤란했던 기억은 신기하게 없지만, 양쪽에 빼곡히 늘어선 '귀신' 사이를 지나 화장실 가기는 공포였다. 2층 방에서 내려올 때가 최악이었다. 아래가 훤히 보이는 계단에 발을 디디자마자 복도 양쪽에 있는 것들이 A씨를 슥 올려다보는 기척이 난다. 복도를 지나는 사이에도 그들은 A씨를 주시했다. 2층으로 돌아갈 때에는 계단 발판 사이로 그것과 시선이 맞아서 늘 눈을 감고 올라갔다.

A씨는 정말로 무서웠다. 무서움을 참지 못하고 울음을 터뜨리면 어른들은 항상 약을 주었다. 지금 생각하면 안정제 같은 게 아니었을까. 하지만 약을 먹는다고 '귀신'이 안 보이는 것은 아니니 여전히 무서웠다. 얼마나 무서운지 울면서 부모에게 호소해도 그런 건 없다는 말을 듣는 것이 안타깝고 분해서 더욱 울었다. 그런 일이 되풀이되었다.

A씨 외 누구에게도 '귀신'은 보이지 않는 듯했다. 초등학교에 들어갔지만 반 친구와 가정 방문 온 선생님에게도 '귀신'의 모습은 보이지 않았다.

A씨는 결심했다.

모두에게 보이지 않는다면 자신도 보지 않을 수 있을 것이다. 보일 리가 없다, 아무것도 없고 보이지 않는다.

그렇게 자신을 타이르자 정말로 점차 보이지 않았다. 이따금 복도를 지나다 흠칫하기도 했지만, 집 안 배치가 좋지 않다는 말에 집을 개축하고 복도 구조가 바뀌고 나서는 그런 일도 사라졌다. 이제는 아무것도 느껴지지 않는다고 한다.

투명 고양이

T씨가 초등학교 3학년 때 일이다.

T씨는 눈이 나쁘다. 지금도 좌우 양쪽 다 0.02 정도밖에 되지 않지만, 당시에도 기껏해야 0.3 정도였을 것이다. 철이 들고부터 쭉 안경을 썼고, 잘 때와 씻을 때만 벗었다.

어느 날 밤, T씨는 아버지와 욕실에 들어갔다.

가족은 모두 뜨끈한 물을 좋아했다. 아직 어린 T씨에게는 너무 뜨거워서 금세 몽롱해진다. 그래서 바람을 들이려 창문을 열었다. 욕실 창밖에는 겨우 1미터쯤 사이에 두고 높은 담이 있다. 욕실 창문 위틀만 한 높이로 특이할 것 하나 없는 콘크리트 담장인데, 그 담 위에 뭔가 있었다.

T씨는 처음에 그게 뭔지 잘 몰랐다. 욕실 불빛이 있지만 바깥은 어둡고 T씨는 눈이 나쁘다. 눈이 되어줄 안경은 탈의실에 두고 왔다. 창문으로 얼굴을 내밀고 실눈을 지어 자세히 보니 고양이였다. 고양이 한 마리가 담 위에 웅크리고 있었다.

T씨 집 근처에는 고양이가 많았다. 집 주변에서 고양이를 보기란 어렵지 않았지만, 그 고양이는 이상했다. —투명하다.

반투명한 고양이 몸속에 뼈며 내장이 비쳐 보였다. 두 눈만이 들여다보이지 않고 반사판처럼 빛났다. T씨는 흠칫해서 아버지를 불렀다.

"아빠, 고양이가 있어."

T씨가 말하자 욕조에 몸을 담그고 있던 아버지는 창밖을 보며 태평하게 "있네." 하고 대답하더니 "왜 저런 데 가만히 있지? 새끼를 배서 쉬고 있나?" 하고 덧붙였다.

T씨가 자세히 살펴보니 분명히 고양이 뱃속에 둥근 새끼 고양이 세 마리의 모습이 보였다. 몸을 기댄 것처럼 딱 붙어서 가끔 휙 회전한다. 쭈뼛쭈뼛 지켜보는 T씨를 투명한 고양이는 물끄러미 바라보았다. 눈을 깜빡일 때마다 반사판 같은 빛이 점멸했다. T씨는 기분이 나빠서 창문을 닫았다.

그 이후로 T씨는 목욕할 때마다 담 위의 고양이를 보았다. 담 위 같은 곳에 똑같이 웅크리고 앉아 T씨를 물끄러미 바라본다. 몸은 여전히 투명했다. 신기하게 안경도 없는데 몸속 상태가 생생히 보였다. 주위 배경은 부옇게 흐린데도 고양이만은 또렷하다. 고양이를 볼까 두려워서 T씨는 목욕할 때 창문을 열지 않게 되었다.

그러고 나서 조금 지난 어느 날이었다.

T씨가 뭘 좀 사러 집을 나서는데 도로 맞은편 산울타리에서 고

양이가 나왔다. 반들반들한 신록 사이로 모습을 드러낸, 집 주변에서 흔히 볼 수 있는 평범한 얼룩 고양이였다. 길 맞은편을 걸어가는 고양이를 별생각 없이 지켜보고 있으려니 이어서 새끼 고양이가 나왔다. 한 마리, 두 마리, 세 마리.

아직 솜털이 난 새끼 고양이 세 마리가 아장아장 얼룩 고양이를 따라간다. T씨는 설마 하며 걸음을 멈추었다. T씨를 알아채기라도 한 것처럼 고양이도 걸음을 멈추고 T씨를 돌아보았다. 투명하지 않은 고양이는 T씨의 얼굴을 의미심장하게 물끄러미 쳐다보고는 "냐앙." 하고 울었다.

그때부터 T씨는 고양이라면 딱 질색이다.

가르쳐준 것

M씨가 선생님에게 들은 이야기다.

선생님이 중학생 시절 다니던 학교에는 지하실이 있었다. 주로 쓸 모없는 물건이나 청소도구를 보관하는 창고였는데, 그곳에서 몇 년 쯤 전에 죽은 남학생의 외침이 들린다고 한다.

이 학생이 어느 날 방과 후에 청소를 하고 있었다. 교사가 양동 이 좀 가져오라고 해서 지하실로 향했다. 홀로 썰렁한 창고로 들어 가 너저분한 창고 안에서 양동이를 찾은 학생은 그걸 들고 지하실 을 나오려고 했다. 그런데 갑자기 지하실에서 나갈 수가 없어졌다.

눈앞에 문이 보인다. 그가 연 그대로 문은 활짝 열려 있었다. 그 너머로 복도와 계단도 보인다. 앞을 가로막는 것은 아무것도 없다. 그런데 입구 바로 앞에 꼭 보이지 않는 벽이 있는 것처럼 뭔가 가로 막고 있어 앞으로 나아갈 수 없다.

무슨 일이 일어났는지 알 수 없었다. 그럴 리 없다고 생각하고 '출구'를 찾았지만, 빠져나갈 수 있는 곳은 아무 데도 없었다. 애가 탄 그는 도움을 요청하며 큰 소리를 질렀다. 그저 나아갈 수 없을 뿐인 명쾌한 사실이 오히려 악몽 같았다. 살려줘. 그리고 무슨 일이 일어났는지 누가 설명해줘. 그는 보이지 않는 벽을 두드리고 가까이 있는 물건을 던지며 죽을힘을 다해 도움을 요청했다.

함께 청소하던 친구들은 그가 좀처럼 돌아오지 않자 이상하다 싶어 지하실 상황을 살피러 갔다. 지하실에는 아무도 없었다. 그저 도움을 요청하는 외침만 들렸다. 물건이 무너져서 깔린 걸까—친구들은 서둘러 교실로 돌아가 선생님에게 이 사실을 이야기했다. 선생님과 함께 모두가 달려갔을 때, 아까는 보이지 않던 그의 모습이 있었다. 그는 지하실 안쪽에 쌓아놓은 물건에 매달리듯 쓰러져 있었다. 이미 숨은 붙어 있지 않았다.

그의 사인은 밝혀지지 않았다. 이후 그 지하실에서는 외침이 들릴 때가 있다. 지금도 그가 지르는 비명이라고 한다.

—선생님이 그렇게 이야기를 마치자 M씨의 반 친구 몇 명이 웃었다.

"그 학생이 죽었는데, 어떻게 죽은 애가 겪은 일을 알 수 있어요?" 남학생 한 명이 말했다. "그러게." 반 모두가 배를 잡고 깔깔거렸지만 선생님은 웃지 않았다.

"**콧쿠리상** |주로 학생들 사이에서 유행하는 잡귀를 불러 치는 점. 콧쿠리상 외에도 엔젤상, 분신사마(분신사바) 등 여러 이름으로 불린다 – 옮긴이|**에게 물어봤거든.**"

당연히 그에게 무슨 일이 일어났는지 아무도 알지 못했다. 사건 뒤에 지하실에서 비명이 들린다는 이야기가 돌아서 선생님을 포함해 몇 명이 함께 죽은 남학생을 불러 이야기를 하게 되었다. 몇 명이 지하실로 들어가 종이를 펼치고 10엔짜리 동전을 얹었다. 10엔짜리 동전은 이내 정말로 움직였다. 죽은 사람이냐는 물음에는 '네'라고 대답했다. 무슨 일이 일어났는지 알려달라고 하자 10엔짜리 동전에 깃든 그는 일어난 일을 무시무시한 기세로 이야기했다. 10엔짜리 동전이 가리키는 글자를 채 좇지 못해 몇 번이나 되물어야 했다고 한다.

"그래서 결국 왜 죽었느냐고 누군가 묻자마자 동전이 죽었어."

꼭 죽은 것처럼 갑자기 생기를 잃고 멈춘 뒤로 움직이지 않았다고 선생님은 이야기했다.

K계단

어느 지방 도시의 대형 상업 시설에 그 계단이 있다.

그 계단—K계단에는 유령이 나온다고들 했다. 고향에서는 유명한 이야기라서 K계단 주위에는 늘 사람이 얼씬거리지 않았다. 나온다고 하는 유령 이야기는 일정치 않다. 여자라는 이야기도 있는가 하면, 피범벅인 남자라는 이야기도 있다. 누가 봤다는 소문은 무성한데 F씨는 실제로 보았다는 사람을 모른다.

—아버지를 제외하고는.

F씨의 아버지는 그 상업 시설을 세울 때 공사 관계자였다. 사실은 공사할 때부터 현장에는 K계단을 오르락내리락하면 기분이 나빠진다는 이야기가 있었다.

그러나 나오는 건 K계단 하나가 아니었다. —아니, 현장에서는 K계단을 제외한 온갖 곳에서 나왔다.

어느 날, F씨 아버지가 사다리에 올라가 작업하다 "못 좀 줘."라고 하자마자 옆에서 누군가의 손이 못을 내밀었다. 높은 사다리 위인데 왜 옆이지, 하고 옆을 보았지만 아무도 없었다. 옆뿐만 아니라 주위에는 개미 새끼 한 마리 없었다. 건네받은 못은 녹이 슨 오래된 못 한 움큼이었다. 게다가 못마다 끝에 피가 묻어 있었다고 한다.

또 현장에서는 이따금 공사 감독이 작업복에 안전모를 쓰지 않은 인물을 보고는 했다. "안전모."라고 주의를 주자 상대가 천천히 돌아보았다. 눈이 충혈되고 얼굴이 흙빛인 중년 남자였다. 남자는 감독을 노려보고 사라져버렸다. 그런 일이 몇 번이나 있었다.

작업복을 입은 유령이 섞여 있다는 이야기는 유명해서, 덕분에 인부들은 시간이 되면 서둘러 장비를 정리하고 거미 새끼가 사방으로 흩어지듯 후다닥 돌아가버렸다. 신경 쓰지 않고 나머지 작업을 하던 배짱 두둑한 사람은 다음 날 죽어 있었다. 심장 발작이었던 모양이다.

또 건물에는 지하 주차장으로 통하는 계단이 있다. 그곳에도 젊은 여자가 나온다. 내려온 인부와 곧잘 스쳐 지난다고 한다. 현장에 여성이 있을 리가 없는 데다 그녀에게는 그림자가 없었다. 놀라서 돌아보면 아무도 없다.

공사를 하면서 정작 K계단에서 뭔가를 목격한 사람은 없다. 하지만 사고는 K계단 부근이 가장 많았다. 단순한 어지럼증 등으로 추락하는 사고가 끊이지 않아 인부들은 어째서인지 그곳에 있기를 꺼렸다. K계단은 분위기가 너무 어두워서 하다못해 밝은 분위기로 꾸미자며 난간을 밝은 빨강으로 칠하기로 했다. 빨강은 귀신을 쫓는다는 이야기도 한몫했다고 한다. 하지만 다 준비하고 내일 칠하자고 돌아갔다 다음 날 와 보니, 누가 벌써 난간을 은색으로 칠해 놓았다. 누가 칠했는지는 알 수 없었다.

소문으로는 그곳이 시민 병원 터라고 하는데, F씨의 아버지에게는 그런 기억이 없다. 무슨 이유인지 분명치 않지만 F씨의 아버지는 절대로 그 상업 시설에 가려고 하지 않는다 한다.

향수

A씨는 학교를 마치고 친구와 둘이서 노선버스에 탔다. 그날은 동아리 활동 때문에 평소보다 하교가 늦어져 승객이 몇 없는 버스 안은 한가했다. 이야기를 나누기도 꺼려질 정도로 너무 조용해서, A씨와 친구는 자리에 나란히 앉아 잠자코 있었다. 그 때문일까, 꾸벅꾸벅 졸던 그녀는 쿵 하는 충격으로 눈을 떴다.

쿵, 또 시트가 흔들리고 기대고 있던 등이 일렁였다. 누가 뒤에서 자리를 걷어찬 것이다. 졸린 탓에 더욱 짜증이 나서 충동적으로 항의의 뜻을 담아 시트를 두드렸다. 그러자 뒤에서 어이없어하는 소리가 들렸다.

목소리로 봐서 뒷좌석에는 일행인 젊은 여자 두 사람이 앉아 있는 것 같았다. 자신들이 한 짓은 생각도 안 하고 "뭐야." 하고 들으란 듯이 불평하는 소리가 들렸다. 처음에는 "요새 고등학생은 버릇이 없다니까.", "상식도 없고 무서워." 같은 이야기를 나누다가 A씨가 무시하자 이내 "어디서 내리지? 집까지 따라가줄까?", "한번 본

때를 보여줘야 해." 따위 말을 큰 소리로 지껄였다. 이상하게 서슬이 퍼레서 점점 무서워진 A씨는 몸을 움츠리고 자는 척했다. 시트를 두드린 것도 잠결에, 아니면 잠든 채 몸을 움직여 우연히 소리가 났을 뿐이라고 생각해주지 않을까 바랐다.

그녀가 계속 자는 척을 하니, 뒷자리 두 사람도 조금씩 진정하는 것 같았다. 점점 목소리가 작아지고, 이내 두 사람은 침묵했다. 그러다 갑자기 생각난 듯이 "맞아, 이거." 하고 한쪽이 작은 소리로 말했다. 아무래도 향수를 꺼낸 것 같았다. 어디어디 브랜드에서 언제언제 샀다는 이야기가 오갔다. 슉 하고 향수를 뿌리는 소리가 들렸다. "냄새 좋다." 하는 목소리가 들렸지만 A씨에게는 아무 냄새도 나지 않았다.

"좋지?"

"그런데 냄새가 안 사라지네."

—슉, 또 향수를 내뿜는다.

"사라졌어?"

"아니."

—슉 슉.

"냄새가 뱄네."

—슉.

"안 사라지네."

"온통 배지 않았어?"

그녀는 이상한 기분이 들었다. 몇 번이나 향수를 뿌리면서 '냄새가 사라지지 않는다'니 무슨 소리일까. "냄새가 뱄어."라면서 "사라지지 않는다."며 짜증 난 것처럼 투덜거리고 또 향수를 뿌리는 소리가 들린다. 그녀의 얼굴에도 휙 바람이 닿았다. 아무 냄새도 나지 않았지만, 향수를 뒤집어썼다고 생각하니 유쾌하지 않았다. 두 번이고 세 번이고 연달아 바람이 닿아 참지 못하고 항의하려고 몸을 일으켜 등 뒤를 돌아보았다.

뒷좌석에는 아무도 없었다. 심지어 그녀 자리보다 뒤에는 누구 한 사람 타고 있지 않았다. 저도 모르게 주춤 일어나 등받이 너머며 주위 좌석을 살폈지만 역시 아무도 없다. 옆에 앉은 친구가 의아해하며 그녀를 돌아보았다. 친구는 아무 목소리도 듣지 못했다.

졸다가 꿈을 꿨나. 그렇게 생각하다 문득 깨달았다. 사라진 두 여자는 어떤 냄새를 지우려고 향수를 뿌린 게 아닐까? 그렇다면 주위에 뱄다는 그 '냄새'는 어떤 냄새였지?

통통

O씨가 밤에 방에서 공부하고 있을 때였다. 발치 어둠 속에 어떤 하얀 물체가 보였다. 뭐지 싶어 책상 밑을 들여다보니 희푸른 공 하나가 대구루루 굴러갔다.

정확히 말하면 공이 아니다. 공 모양 빛처럼 보였다. 살짝 푸른빛을 띤 하얀 색으로 어렴풋하게 빛나는 것 같았다. 윤곽이 또렷하지 않고 질감도 없다. 무게가 있는 것처럼도 느껴지지 않았다. 그저 둥글고 희푸르다.

이게 뭘까. 이상하다 싶어 책상 밑을 들여다본 채 고개를 갸웃했다. O씨에게 들킨 걸 알아챘는지 대굴대굴 굴러서 책상 바로 옆에 있는 침대 밑으로 들어가 숨어버렸다.

잘못 본 건 아니라고 생각한다. 무슨 영문인지 무섭다는 생각은 들지 않았다. 그저 지금 본 게 뭔지 알 수 없어서 기분이 이상해졌을 따름이었다. 괜히 가슴이 두근거려서 그날 밤에는 방 여기저기를 들여다보았지만 그 뒤로 공은 나타나지 않았다.

그 며칠 후, O씨는 자려고 침대에 누웠다. 이부자리에 누워서도 등을 끌 수 있도록 전등에 매단 스위치에 끈을 묶어두었다. 그 끈을 당겨 불을 끄자마자 공이 대구루루 장롱 그늘에서 굴러 나왔다.

꼭 전등 스위치 끝에 달린 손잡이가 어둠 속에서 빛나는 것 같았다고 한다. 스위치 끝은 푸른빛을 띠고 있지만 공은 훨씬 더 하얗다. 그리고 크다. 소프트볼만 했다. 불은 껐지만 커튼 너머 가로등 불빛이 방 안으로 비쳐 들었다. 서랍장에 책상—방에 놓은 가구 윤곽은 보였다.

서랍장 그늘에서 굴러 나온 공은 대굴대굴 방 안을 가로질러, 문에 부딪히기 직전에 대구루루 방향을 바꾸었다. 대굴대굴 굴러서 방 가운데까지 돌아오더니 통 하고 낮게 뛰어올랐다. 통, 통, 통 하고 뛰어올라 책상 밑으로 들어간 뒤로 보이지 않았다.

그 뒤로도 공은 종종 나타났다. 대개는 밤중에 방 안 조그마한 어둠 속에서 구르거나 튀어 다녔다. 낮일 때도 있었다. 역시 석양으로 드리운 그늘처럼 조금 어둑해진 곳을 골라 대굴대굴 굴러갔다. 그저 그렇게 나타날 뿐이지 무슨 짓을 하는 것도 아니다. O씨 가까이 다가온 적은 없었지만, 그렇다고 해서 O씨한테 도망칠 낌새도 없었다. 대구루루 나타나서 얼마 안 돼 사라진다. 여전히 그게 뭔지 알 수 없었고, 하물며 왜 나오는지도 알 수 없었다. 역시 무섭다는 생각은 들지 않았다. 그저 신기했다. 하지만 그게 이상한 것이라는 생각은 했으므로 누구에게도 신기한 공 이야기를 하지 않았다. 이 상하게 여길 것만 같았다.

그게 나타나기 시작한 지 보름쯤 지났을 때였다.

학교에서 돌아와 땅거미가 진 방에 들어갔을 때 O씨의 발 바로 앞에 그것이 대구루루 굴러 나왔다. 까딱하면 발끝이 닿을까 말까 한 거리였다. O씨는 처음으로 그걸 쫓아보자 싶었다. 허리를 숙이고 손을 뻗었다. 그것은 통 하고 튀어서 O씨 손에서 도망쳤다.

O씨가 계속 쫓는다. 공은 통, 통 하고 튀어서 굴러가더니 반침 앞까지 오자 맹장지로 튀었다. 부딪히지도 않고 소리도 내지 않고, 맹장지 아래쪽에 바른 종잇조각 안으로 통 하고 빨려 들어가서 사라져버렸다.

O씨는 앗 하고 놀랐다. 맹장지에는 뚫린 구멍을 덮기 위해 잡지에서 오린 일러스트를 붙여두었다. 그리고 그 구멍은 그녀가 기르던 토끼가 뚫은 것이다. 처음에는 방 한쪽에 둔 우리에 있었는데, 혼자 문을 여는 법을 습득하고부터 방 안을 마음대로 돌아다녔다. 어느새 맹장지에 구멍을 뚫어 반침 안으로 드나들었다. 그러더니 반침 안 그녀의 모포를 잠자리 삼아버렸다. 숨을 거둔 장소도 그곳이었다. 어느 날 아침에 보니 모포 위에서 차갑게 식어 있었다.

돌이켜보니 공이 구르는 모습은 토끼가 뒤뚱뒤뚱 구르듯 걷는 모습과 비슷했다. 구르듯 걷다가 통 하고 뛴다. 무의식중에 토끼의 모습을 떠올린 덕에 그녀는 한번도 무섭다고 느끼지 않았다. 그랬구나, 반가웠지만 그날 이후 공이 나타난 적은 없었다. 줄곧 기다리며 몇 번이나 찾았지만 오늘에 이르기까지 보지 못했다.

O씨는 단 한 번 쫓아간 것을 무척 후회하고 있다.

하얀 화폭

이것은 K씨가 전학 온 친구에게 들은 이야기다.

친구가 다니던 중학교 미술실에 하얀 캔버스가 있었다. 미술실 안쪽을 구획 지어 창고로 썼다. 그 창고 한쪽 구석에 있는 선반에 예전 작품을 박아두었는데, 그중에 하얀 캔버스가 있다. 하얗다고 해도 아무것도 그리지 않은 상태는 아니다. 그림 위에 하얀 물감으로 덧칠한 것이다. 아래쪽 어두운색이 비쳐 보이는 건지 화폭은 새하얗다고 표현하기에는 조금 탁했다. 게다가 온통 먼지에 찌들었다. 그녀가 입학하기 2년쯤 전에 이 학교 미술 교사가 남긴 그림이라고 한다.

당시 남학생이 학교에 오는 길에 교통사고로 죽은 사건이 있었다. 뺑소니였다. 이른 아침이라 목격자도 없고, 범인 수색은 난항을 겪는 눈치였다. 그날부터 젊은 미술 교사 상태가 이상해졌다. 낯빛이 안 좋고, 안절부절못하며 수업도 내팽개친 채 준비실에서 오로지 그림만 그렸다. 한 동료가 의아하게 여겨 들여다보니 음울한 색조의 그림이었다. 저물녘일까, 희미한 빛이 비쳐드는 어두운 방. 책상이 늘어선 듯한 모습을 보면 교실인지도 모른다. 교실 안에 이상한 사람이 그려져 있다.

"이게 뭐야?" 동료가 물었다. 그 사람은 목을 맨 것처럼 보였다. 어둑한 교실 안에서 교복을 입은 남자아이가 목을 맸다. 그 인물은 어딘지 뺑소니를 당한 학생이랑 닮았다.

뭐냐는 질문에 미술 교사는 비로소 자신이 그린 것을 인식한 듯했다. 왜 이런 그림을 그렸는지 스스로도 당황한 눈치였다. 동료는 죽은 학생 때문에 충격을 받았나 했다. 뺑소니를 당한 학생이 미술부였고, 미술 교사가 미술부 담당이었기 때문이다.

그 뒤로도 교사는 묵묵히 캔버스를 마주했다. 완성은 진작 된 듯한데, 남자아이 얼굴 부분을 집요하게 고쳤다. 그리고는 지우고, 그리고는 지워서 보다 못한 동료가 "왜 그래?" 하고 묻자 미술 교사는 뭐에 홀린 것 같은 표정으로 "몇 번 고쳐도 돌아봐."라고 대답했다.

저 사람 제정신이 아니다, 일을 좀 쉬는 게 낫지 않을까, 주위에서 그렇게 숙덕거릴 무렵 바로 그 미술 교사가 학교 옥상에서 투신한 시신으로 발견되었다. 유서는 없었다. 준비실에는 미술 교사의 가방과 흰 가운과 거칠게 하얀 물감으로 덧칠한 캔버스만 남아 있었다. 며칠 뒤 경찰이 학교에 찾아왔다. 치고 달아난 사람은 미술 교사였다.

교사의 개인 물건은 유족이 인수했을 텐데, 무슨 영문인지 하얀 캔버스만 남겨졌다. 버리기도 꺼려져서 선반 안에 넣어두었는데, 이따금 그 캔버스가 미술실 어딘가에 홀로 놓여 있을 때가 있다. 그럴 때는 항상 대체 누가 선반에서 꺼내 왔는지 알 수 없다. 아무도 꺼내지 않았는데 나타난다. 그림을 발견한 사람 중 몇몇은 처음에 보았을 때에는 그림이 그려져 있었다고 주장한다. 어두운 교실 같은 실내에 흰 가운을 입은 남자가 목을 맨 그림이었노라고.

　몇 번이나 그림을 처분하자는 이야기가 나왔으나, 그때마다 정작 그림이 어디에 있는지 찾을 수 없었다. 잊어버릴 때쯤 어느새 선반에 돌아와 있다고 한다.

들어가면 안 되는 방송실

K씨가 다니는 중학교의 7대 불가사의에는 '들어가면 안 되는 방송실'이 있다.

현재 방송실은 2층 건물과 건물 사이를 잇는 복도 옆에 있지만, 옛날에는 북쪽 건물 4층 맨 안쪽에 있었다. 예전에 그곳에서 교사가 목매 자살했다고 한다. 천장에 달린 스피커를 지탱하는 쇠 장식에 기타 줄을 걸어 비품 선반에 기어 올라가 꼭대기에서 뛰어내렸다. 가는 줄이 목에 파고들어, 목이 거의 잘려 있었다고 전해진다. 벽이고 기재고 피범벅이라 결국 현재 장소에 방송실을 다시 만들고 이전 방송실은 자물쇠를 채워 폐쇄해버렸다.

그 뒤로 방송실 문은 계속 잠겨 있었는데, 이따금 안에서 기타 소리가 들린다고 한다. 때로는 수업 중이나 방과 후처럼 방송할 리 없는 시간에 갑자기 스피커 스위치가 켜지고 잡음과 함께 물체가 떨어지는 소리와 희미한 신음이 들리기도 한다.

K씨의 언니가 같은 중학교 2학년일 때 일어난 일이다.

언니는 청소 시간에 친구와 쓰레기를 버리러 갔다. 계단을 내려가는데 폐쇄된 방송실 앞을 지나면서 보니 문이 10센티미터쯤 열려 있었다.

언니와 친구도 '들어가면 안 되는 방송실' 이야기는 들었다. 자살 사건 이후 줄곧 닫아두었다고 하는데, 아무래도 사람이 드나들기도 하는 모양이다. 안은 어떨까, 흥미에 이끌려 들여다보려니까 친구가 "하지 마." 하고 말렸다. 그 목소리가 들렸는지 방송실 안에서 누가 움직이는 모습이 틈으로 보인 것 같았다.

"들어가지 못하게 했다더니."

언니가 살짝 실망해서 말하니까 친구가 대답했다.

"7대 불가사의가 다 그렇지."

하긴 그런가, 하면서 언니와 친구는 쓰레기를 버리러 갔다.

1층까지 계단을 내려와 뒤뜰 쓰레기장에 쓰레기를 버리고 다시 계단을 올라가 4층으로 돌아왔다. 방송실 앞을 지나니 문은 벌써 닫혀 있었다. 언니가 문고리를 잡아보니 잠겨 있었다.

동아리 활동 때 언니가 그 이야기를 하자 선배도 열려 있는 걸 본 적이 있다고 한다.

"가끔 누가 쓰는 거 아니야?"

그런 이야기를 하고 있는데 고문 선생님이 다가왔다. 언니 이야기를 듣고 선생님은 의아해했다.

"거기 열쇠는 꽤 오래전에 잃어버렸는데."

선생님 말로는 방송실을 폐쇄하고 얼마 지나지 않아 빈 교실로 두기는 아까우니 다른 용도로 쓰자는 이야기가 나온 적이 있다고 한다. 그래서 몇 년 만에 방송실을 열려고 했지만, 웬일인지 열쇠가 맞지 않았다. 아무래도 누가 어느 틈에 열쇠를 바꿔버린 모양이다. 누가 언제 뭣 때문에 그런 짓을 했는지 끝내 밝히지 못했다고 한다.

언니에게 그 이야기를 들은 K씨는 중학교에 입학한 이래 방송실이 신경 쓰였다. 앞을 지날 때면 문이 열려 있지 않은지 확인하지 않고는 못 배기는데, 여태 열려 있는 모습을 본 적은 없다. 다만, 딱 한 번 문 앞을 지난 뒤에 등 뒤에서 '쾅' 하고 문이 닫히는 소리를 들은 적은 있다고 한다.

참깨 씨앗

S씨 어머니가 어릴 적에 할머니가 참깨 씨앗을 뿌렸다. 그런데 때가 되어도 단 하나도 싹이 트지 않았다.

이웃 노인이 "참깨 싹이 트지 않으면 그 씨를 뿌린 사람은 죽는다던데."라는 소리를 했다. 할머니는 "기분 나쁜 소리를 하는 사람이네."라며 화냈고, 정말로 그해에 할머니가 돌아가셨다.

S씨의 어머니는 지금도 참깨 씨앗만은 뿌리고 싶지 않다고 한다.

분실물

H씨는 그날 밤 책상 앞에 앉아 시험공부를 하고 있었다.

H씨와 두 남동생이 같이 쓰는 공부방은 거실 옆에 있다. 창호지를 바른 미닫이문으로 나뉜 다다미방으로, 미닫이문 쪽으로 H씨의 책상이 놓여 있었다. 활짝 열어놓은 미닫이문 너머로 거실 텔레비전이 보인다. 그날 밤도 H씨가 시험공부를 하거나 말거나 엄마와 동생들은 화기애애하게 방송을 보고 있었다.

공부에 힘쓰는 딸에게 조금만 신경 써주면 좋겠다고 생각하면서 사실은 자신 역시 생각 없이 그 방송을 보고는 했다. 손을 멈추고 셋과 함께 웃을 때였다.

뭔가 볼 옆을 휙 스쳤다.

탕 하는 소리를 내며 책상 위로 던져진 물건은 그녀의 샤프였다.

H씨는 돌아보았지만 당연히 등 뒤에는 아무도 없었다. 그때 집에 있던 사람은 모친과 두 동생뿐이고, 세 사람은 H씨 눈앞에서 빈둥빈둥 텔레비전을 보고 있었다.

누가 등 뒤에서 던졌다. 그런데 던진 사람이 없다. 게다가 요 며칠 전에 잃어버린 샤프였다. 아마도 학교 어딘가에서 떨어뜨렸으리라 생각했다.

신기해해야 하나, 무서워해야 하나. H씨는 어쩔 줄 몰라 하며 샤프를 필통에 넣지 않고 책상 끝에 두었다. 어쩐지 샤프를 이전처럼 가지고 다닐 마음이 들지 않았다.

그다음 날, 학교에 가려고 책상 위를 보니 샤프가 없었다. 그냥 놔뒀으니 어쩌다 굴러떨어졌을지도 모른다. 찾을 마음도 들지 않고 그럴 시간도 없어서, 준비물을 가방에 집어넣고 집을 나왔다.

학교에서 쉬는 시간에 친구와 화장실을 가던 길이었다.

친구와 이야기하면서 복도를 걷는데 바로 뒤에서 다른 친구가 불렀다. H씨가 돌아보니 눈앞에서 허리를 구부리고 있던 친구가 몸을 일으켰다. 친구는 H씨에게 손을 뻗었다.

"이거, 떨어졌어."

내민 물건은 그 샤프였다.

어느 집 아이

I씨가 다니는 중학교에서 있었던 이야기다.

체육 선생님이 교무실에 남아 있었다. 밤 10시쯤 교무실에 남아
있는 사람은 이 선생님뿐이었다.

업무를 일단락 짓고 별생각 없이 고개를 든 선생님은 활짝 열어
둔 입구에 서 있는 아이를 발견했다. 초등학교 3, 4학년쯤 된 여자
아이였다. 요즘 보기 드물게 똑바르게 가지런히 자른 바가지 머리에
하얀 블라우스, 붉은 멜빵 스커트를 입었다. 그 아이가 입구에서
얼굴을 내밀고 신기한 듯 교무실 안을 들여다보았다.

"이런 데서 뭐 하는 거야. 어디서 왔어?"

선생님이 그렇게 묻자 여자아이는 씩 웃었다.

"누구랑 같이 왔니?"

선생님이 다가가려 일어서자 여자아이는 심술궂게 웃으며 가까이
있던 의자를 흔들었다. 입구 문까지 뻥 차며 씩 웃는다.

선생님은 울컥해서 문으로 향했다. 여자아이는 웃으면서 도망쳤

다. 뒤쫓자 여자아이는 복도를 달려가 계단을 올라갔다.

"야, 너."

선생님은 여자아이를 쫓아 달렸다. 아이는 2층에서 3층으로 올라간다. 3층을 지나쳐 4층에 이르렀다.

4층에는 옥상으로 향하는 계단이 있다. 하지만 올라가는 입구에는 쇠창살이 있다. 선생님이 4층에 도착해보니 여자아이 모습은 쇠창살 너머에 있었다. 어두운 계단 중간에 멈추어 서서 히죽히죽 웃으며 선생님을 내려다본다.

쇠창살 일부는 열 수 있게 되어 있지만, 쇠사슬로 감아 자물쇠를 채웠다. 이때도 틀림없이 자물쇠가 잠겨 있었다. 창살 틈은 10센티미터도 되지 않는다. 아무리 어린애라도 빠져나갈 수는 없었다.

여자아이는 어둠 속에서 히죽히죽 웃으며 선생님을 지켜봤다.

선생님은 비명을 지르며 도망쳤다고 한다.

—이 선생님은 그해 막 부임해서 몰랐지만, 사실 I씨 학교는 어린아이 유령이 나오기로 유명했다.

어느 날 밤, I씨의 담임이 학교에 전화한 적이 있다. 우체국에 부쳐야 할 봉투를 교무실 책상 위에 놓은 채 깜박하고 온 걸 떠올렸다. 운이 좋으면 다른 선생님이 아직 남아 있을지도 모른다. 돌아가는 길에 우체통에 넣어달라고 부탁하면 된다. 하지만 벌써 9시가 지났으니 '이 시간이면 아무도 없겠지.' 생각하면서 전화해보았다. 신호가 세 번쯤 울리고 전화가 연결되었다. 다행이다 가슴을 쓸어

내리는데 [여보세요.] 하고 어린아이 목소리가 났다. 담임선생님은 허둥지둥 전화를 끊었다.

또 한 선생님은 동료와 함께 돌아가려 할 때 교실 안에서 나는 소리를 들었다. 덜컹덜컹 책상을 흔드는 소리다. 교실 안에서 뛰어다니는 걸까. 이런 시간까지 남아서 노는 학생이 있는가 보다. 선생님들은 얼굴을 마주 보고 서로 고개를 끄덕였다. 둘로 나뉘어 교실 앞과 뒤 두 입구를 동시에 열었다.

"이놈! 얼른 돌아가지 못해!"

안에 있던 학생을 깜짝 놀래켜줄 작정이었는데 교실 안에는 아무도 없었다. 그럴 리가 없다며 어안이 벙벙해져 있는데 이번에는 옆 교실에서 덜컹덜컹 돌아다니는 소리가 들렸다.

"어이!"

똑같이 옆 교실 문을 열었지만 역시 아무도 없었다. 여우에 홀린 심정으로 복도로 돌아오니 처음에 뛰어든 교실 입구에 바가지 머리를 한 여자아이가 얼굴을 내밀고 히죽히죽 웃고 있었다. 두 선생님은 부리나케 도망쳤다고 한다.

이 여자아이가 누구인지, 언제부터 학교에 나타났는지 아무도 모른다. 꽤 오래전부터라고들 한다. 그리고 무슨 영문인지 이 아이를 맞닥뜨리는 사람은 선생님뿐이라고 한다.

시트 유령

M씨는 초등학생 때 유령을 본 적이 있다. 몇 학년 때였는지 까먹었지만 아마도 4학년 때쯤이 아닐까 싶다. 밤에 자다가 눈을 뜨니 침대 발치에 유령이 서 있었다.

M씨가 쓰는 침대는 친척에게 받은 2층 침대로 아래 침대를 빼고 다리를 잘랐다. 그래서 자는 부분은 책상보다 조금 높았다. 침대 아래에는 수납 상자를 넣어 책과 옷을 담아두었고, 발 쪽에 달아 놓은 짧은 사다리로 매트까지 오르락내리락하게 되어 있다. 그 사다리 부근에 하얀 그림자가 있었다. 누가 사다리를 몇 단쯤 올라간 곳에서 멈추어 서서 이쪽으로 몸을 구부려 쑥 내밀었다.

비명을 지를 뻔했지만, 만화나 애니메이션에서 흔히 본 머리부터 하얀 시트를 뒤집어쓴 그것임을 깨달았다. M씨에게는 두 살 아래 남동생이 있다. 분명히 동생이 장난치는 것이다. 깜짝 놀란 게 분해서 "까불래?" 하고 쌀쌀맞게 말하고 뒤척이며 등을 돌렸다. 한참 있다 돌아보니 이미 모습을 감추었다.

다음 날 M씨는 동생을 찔렀다.

"어젯밤에 장난쳤지?"

동생은 그런 짓 안 했단다. 생각해보면 그때 아직 동생은 부모님과 함께 잤으니 잠자리를 빠져나와 장난을 치러 오는 것도 이상했지만, 그리 깊이 생각하지 않았다.

그 일이 기억에서 사라질 무렵, 또 한밤중에 눈을 뜨니 발치에 하얀 그림자가 서 있었다. 전이랑 똑같이 사다리를 중간까지 올라와 몸을 내밀듯 이쪽을 들여다보고 있었다. M씨는 반대로 놀래주려고 마음먹었다. 잠든 척하며 슬쩍 머리맡에 손을 뻗어 갑자기 스탠드를 켰다. 발치에 서 있는 건 역시 시트를 뒤집어쓴 사람이었다. 아이만 한 키에 시트 사이로 눈매가 흘끔 엿보였다.

"적당히 해. 엄마한테 이른다."

M씨가 말하자 시트는 휙 돌아서서 사다리에서 뛰어내려 사라졌다. M씨도 뾰로통해서 등을 돌렸다.

그대로 깜빡 잠든 모양이다. 눈을 번쩍 뜨니 머리맡 스탠드가 아직 켜져 있었다. 불을 끄려고 돌아누워 팔을 뻗는데, 이번에는 시트가 공중에 떠 있었다.

M씨는 전등에 시트가 걸린 줄 알았다. 전등이 있는 그 위치에 매달려 있었기 때문이다. 장난에 실패한 분풀이로 동생이 걸어둔 게 틀림없다. 그러면서도 전등에 용케 손이 닿았다 싶었다. 동생은 아직 작다. 침대 사다리에 올라가도 전등까지 손이 닿을까?

시트를 벗겨야겠다고 생각했다. 저런 게 매달려 있으니 기분 나쁘다. 하지만 M씨는 졸렸다. 일어나기도 귀찮아서 이대로 두고 내일 엄마에게 이 꼴을 보여주자고 작정했다. 불은 끄려고 스탠드 스위치에 팔을 뻗었을 때 매달린 시트 안에서 다리가 보였다.

하얀 시트는 허공에 늘어져 치마처럼 주름이 졌다. 그 안에 축 늘어진 하얀 두 다리가 흔들거렸다. 발톱에는 빨간 매니큐어가 칠해져 있었다. 틀림없이 성인 여자의 발이었다.

M씨는 벌떡 일어났다. 시트는 여전히 그곳에 매달려 있었다. M씨가 몸을 일으킨 탓에 이제 다리는 보이지 않았다. M씨는 침대를 뛰어 내려갔다. 눈을 꼭 감고 시트 옆을 빠져나가 방을 도망쳐 나가서는 안방으로 뛰어들었다. 무슨 일이냐고 물으며 몸을 일으킨 부모님 사이에 동생이 곤히 잠들어 있었다.

M씨는 울면서 본 것을 이야기했지만, 엄마와 방에 돌아가 보니 벌써 시트는 사라지고 없었다. 기억하기로는 그로부터 한동안 M씨는 부모님 방에서 동생과 함께 잤다.

비상계단

K씨는 중학생 때 수학여행으로 후지 산에 갔다. 숙소는 인근 여관의 옛 건물이었다. 낡아서 찌든 3층짜리 건물이다. K씨와 친구들 방은 그 건물 맨 꼭대기 층 가장 끝, 비상구 바로 옆이었다. 비상구에 열쇠는 걸려 있지 않았고, 열어보니 철로 된 비상계단이 위아래로 뻗어 있었다. 아무래도 옥상으로 이어진 것 같았다.

"다 쓰러져가네."

K씨와 친구들은 입을 모아 말했지만 수학여행 숙소가 다 그렇지 했다. 수학여행의 꽃은 여행 기분을 맛보는 것보다 친구들과 '하룻밤을 보내는' 것이니 숙소가 좋고 나쁘고는 별문제가 되지 않는다.

실제로 방에 들어와서는 모두 들떠서 선생님이 불 끄고 자라고 말하러 오기까지 요란뻑적지근했다.

그리고 불을 끈 후 일이다.

K씨는 누가 비상계단을 내려오는 소리를 들었다.

불은 껐지만 아무도 잠들지 않았다. 방 불빛을 어둡게 하고 가까운 이불에 누운 애들끼리 실없는 이야기로 노닥거렸다. K씨도 양쪽 옆 아이와 소문 이야기를 떠들었는데, 그때 발소리가 들렸다.

발소리는 위에서 거칠게 계단을 내려와 비상구로 다가온다. 탕탕 하고 울리는 소리가 귀에 거슬렸다. 무슨 일이지 하고 있으려니 소리가 그쳤다. 더 아래—2층으로 내려가는 발소리는 들리지 않았지만, 비상구가 열릴 낌새는 없었다.

신경은 쓰였지만 K씨는 친구와 계속 떠들었다. 그러자 한참 있다 또 누가 내려온다. 탕탕 하고 요란스러운 소리를 내며 빠른 걸음으로 내려온다. 옥상에서 3층까지 내려오더니 갑자기 그쳤다. 그리고 조금 있다 또 되풀이된다.

대체 뭘 하는 걸까. 수상쩍게 여긴 사람은 K씨뿐만이 아니었는지, 소리가 날 때마다 비상구 쪽을 돌아보는 아이가 있었다.

"이 소리 아까부터 계속 나지 않아?"

그중 누군가가 그렇게 말해서 같은 반 여섯 명 모두가 그 소리를 듣고 의아해한 사실을 알았다.

"뭐 하는지 훔쳐볼까?"

누군가 말했지만,

"어우, 기분 나빠. 관두자."

누군가 그렇게 대답했다.

그러고 나서도 소리는 되풀이되었다. 신경이 쓰여 잠들지 못한 채 K씨와 친구는 순찰하러 온 선생님께 호소했다. 교사들 방은 2층,

마침 K씨 방 바로 아래였는데 선생님 중 아무도 그 소리를 듣지 못했다.

"발소리? 정말이니? 다른 소리 아니야?"

그렇게 말하면서도 선생님은 한동안 함께 있어주었는데, 선생님이 있으니 소리가 들리지 않았다.

"이제 그친 모양이로군."

별일 아니었을 거라며 선생님이 돌아가면 또 소리가 시작되었다. 탕탕 하고 귀에 거슬리는 소리를 내며 누가 위에서 뛰어 내려온다. 밤늦게까지 쉴 새 없이 계속되어 K씨와 친구들은 참지 못하고 선생님께 가서 이야기했다. 교사들이 모두 나와 옥상과 비상계단을 점검해주었지만 이상은 없었다.

"이상한데." 그렇게 말하면서도 선생님이 한동안 방에 함께 있어주었다.

선생님이 있는 동안에는 끝내 소리가 나지 않았다. K씨를 포함해 모두가 그 사이에 잠들어버려서, 그 뒤에 선생님이 돌아가고 나서 소리가 들렸는지는 알 수 없다. 당연히 그 소리가 뭐였는지도 밝혀지지 않았다.

신기하게 그때 다들 그 발소리가 이상하다고 여기지 않았다. — 아니, 충분히 이상하다고 생각했지만 무섭다고 말하는 사람은 없었다. 무섭기보다 다들 잠들지 못해 화가 나 있었다. 다음 날 버스에 타서 다른 반 아이들에게 "짜증 나는 일이 있었어."라고 이야기 했더니 친구들이 비명을 질렀다. "어우, 소름 끼쳐."란 말에 비로소 "어?" 하고 느꼈다. 돌이켜보면 묘하다. 대체 누가—어떤 사람이— 뭣 때문에 계속 계단을 뛰어 내려왔을까.

돌이켜보면 기묘한 기분이 들었다. 하지만 역시 무섭지는 않았다.

"일이 한창 일어나고 있을 때 무섭다고 생각하지 않으면 돌이켜 생각해도 무섭지 않나 봐요."

K씨는 그러면서 쓴웃음 지었다.

말기의 물

A씨는 초등학생 때 딱 한 번 유령을 보았다.

아침에 있었던 일이다. 평소처럼 알람시계에 눈을 떠 별생각 없이 오른쪽을 보니 이불 옆에 반쯤 투명한 사람이 있었다.

방 안은 벌써 밝았다. 커튼 너머로 그늘진 아침 해가 비쳐들었다. 그 사람은 A씨가 누운 이불 옆에 앉아 있었다. 상반신은 투명해서 아지랑이처럼 흔들렸고, 무릎 부근에서 흐려지며 아래가 없었다. 얼핏 표정이 엿보이는 그 얼굴은 할아버지랑 닮은 것만 같았다.

A씨의 할아버지는 그 당시 암으로 입원해 있었다. 수술했지만 경과가 좋지 않아 병문안을 갈 때마다 점점 용태가 나빠지는 것 같았다.

"할아버지?"

A씨가 이불 옆에 있는 사람에게 말을 걸자 사람은 A씨 쪽으로 몸을 숙였다.

"물." 작은 목소리로 말한다.

A씨는 몸을 웅크렸다. 어린 마음에 이상하다, 이 할아버지는 '아니야'란 느낌이 들었다.

사람 형상은 몸을 더욱 깊이 수그렸다. A씨를 덮칠 것처럼 숙이고 억양 없는 목소리로 속삭인다.

"물 좀 줘."

너무 무서워서 재빨리 얇은 이불 안으로 파고 들어가 숨었다. 그 귓가에 다시 "물 좀 줘."라는 작은 목소리가 들렸다. A씨는 눈을 감은 채 이불만 꼭 쥐었다.

목소리가 사라지고 조금 이따 얼굴을 내미니 이미 사람 형체는 보이지 않았다. 일어나서 주위를 둘러보는데 모친이 A씨를 깨우러 왔다.

평소처럼 일어나서 학교에 갈 준비를 했다. 아침을 먹고 있어도 멍했다. 한창 식사를 하는데 전화가 왔다. 입원했던 할아버지가 조금 전에 돌아가셨다는 부고였다. 아침에 용태가 급변해서 고통스러워하다 숨을 거두셨다고 한다.

A씨는 자라면서 그게 이른바 '예지'였다고 믿게 되었다. 그리고 떠올릴 때마다 생각한다. 할아버지는 아마도 '목이 마르다'고 호소했던 것이리라. 그때 무서워하지 말고 물을 드렸더라면 어땠을까. 어쩌면 할아버지는 조금 더 버티시지 않았을까.

—하다못해 괴로워하지 않고 평온히 숨을 거두지 않았을까.

꿈속 남자

    K씨는 초등학생 시절 지방 도시의 교외에 있는 오래된 마을에 살았다. 마을에는 작은 신사가 있었다. 그곳에는 당집이 있었는데 건물의 세 면이 격자문으로 되어 있고 자물쇠로 잠겨 있는 데다, 남은 한쪽도 창문 하나 없는 흙벽이라 안에는 들어갈 수 없었다. 그중 서쪽 격자문 위에 오래된 그림이 걸려 있었다. 지붕 달린 놀잇배 같은 배가 거친 바다에 휘말려 파도 사이로 많은 사람이 물에 빠진 그림이다. 그림의 유래는 K씨도 모르지만 그녀는 아주 어릴 적부터 그 그림이 무서웠다. 당집 옆에는 네 명이 탈 수 있는 그네가 있어서 자주 놀러 갔지만 당집에 가까이 다가가기는 무서웠다. 무서운데 무심코 걸음하고 마는 신기한 곳이었다.

    K씨는 어느 날 밤 꿈을 꾸었다.

    웬일로 그녀는 신사에 있었다. 주위는 벌써 어두웠다. 그렇지 않아도 사당 주위는 적막한 분위기가 감도는 곳이다. 당집 바로 뒤 숲은 늘 인기척이 없고, 낮에도 혼자 들어갈 마음은 들지 않았다.

땅거미가 지면 그네를 타러 온 아이들도 허둥지둥 돌아가버린다. 당집은 해가 저물면 머물고 싶지 않은 그런 장소였다. 그런데 K씨는 당집에 홀로 서 있었다. 심지어 어둠 속에서 쭈뼛쭈뼛 당집에 다가가 그 무서운 그림을 보려고 했다.

K씨는 꿈속에서 자신이 그 그림을 보려 한다는 걸 알았다. 마음속으로는 무서우니 그만두자고 생각하는데, 끌리듯 당집으로 다가갔다. 서쪽 격자문에 다가가 그 그림을 올려다보려고 했다. 칠이 벗겨진 액자가 보였다. 그림은 액자에 끼운 판에 그려져 있어서 군데군데 벗겨졌다. 벗겨지고 어두운 탓인지 그곳에 있다는 건 알았지만 그림을 알아볼 수가 없었다. 하지만 K씨는 그 그림을 알고 있다. 아는데 그 그림을 똑바로 보기가 싫었다. 꿈속의 K씨는 그림을 확인하려고 응시한다. K씨는 절실하게 그러지 말라고 빌었다.

그때였다. 그네 쪽에서 이상한 남자가 다가왔다.

그 뒤 어떻게 되었는지 또렷하게 기억이 나지 않는다. 전후 맥락은 분명치 않지만 그 남자에게 쫓겨 필사적으로 도망치는 꿈이었다. 남자는 어른이었는데, 용모나 풍채는 모르겠다. 그냥 '이상한 사람'이라는 인상만 있었다. 언동이 기묘하다는 뜻이 아니다. 그 존재가 수상쩍고 무서웠다고 한다. 그게 다인 꿈이지만 너무나 무서워서 K씨는 벌떡 일어났다. 눈을 뜨자 벌써 아침이었다. 마침 학교에 가려면 일어날 시각이었다.

K씨는 평소처럼 집을 나왔다. 초등학교로 가는 길에 늘 함께 등교하는 친구와 만났다. 만나자마자 무서운 꿈 이야기를 하려 했다. K씨가 입을 열기 전에 친구가 "어제 무서웠지?" 하고 심각한 말투로 물었다.

K씨는 어리둥절했다. 무서웠던 건 꿈이다. 어제를 되돌아보아도 늘 그랬듯 친구와 함께 하교해 평소처럼 집에 돌아온 기억밖에 없다. '무서웠다'고 얘기할 만한 일은 하나도 떠오르지 않았다. 친구는 그 말만 하고 입을 다물고 말았다. K씨는 어째선지 무슨 말이냐고 묻지 못했다. 꿈 이야기를 한 것 같아서다. 하지만 그건 꿈이다. 정말로 있었던 일이라면 반드시 가족에게 말했을 거고, 무엇보다 K씨는 눈을 뜬 뒤 가슴이 벌렁거렸던 걸 생생하게 기억했다.

그 뒤로 친구는 그 이야기를 하지 않았다. 그뿐 아니라 그 후로도 그 이야기가 화제에 오른 적은 두 번 다시 없었다. K씨도 따로 얘깃거리로 떠들지 않았다. 신사에는 여전히 놀러 갔지만 날이 저물 때까지는 절대로 남지 않았다. 그러다 이사해버려서 그 신사와 친구, 양쪽 다 인연이 끊어졌다고 한다.

피사체 불명

I씨가 초등학생 때, 학교 건물 끝에 옛날 과학실이란 곳이 있었다. 그 교실 자체는 오래된 이과 실험실로, 더 이상 수업에는 쓰지 않았지만 선생님이 창고로 사용했다. 옛날 과학실 옆에는 준비실이 있었는데, 평소에는 문이 잠겨 있어 아무도 들어갈 수 없었다. 오래된 약품이며 표본, 실험기재 등이 있어 위험하다 보니 이래저래 10년쯤 쓰지 않았다고 한다. 그런 방에는 괴담이 있게 마련이지만 I씨의 학교에서는 특별히 그런 소문은 퍼지지 않았다. 애초에 7대 불가사의도 제대로 없었으니, 유령이니 미신 같은 데 인연이 없는 기풍의 학교였는지도 모른다.

어느 날 일이었다. I씨와 친구들은 복도 청소를 하다 준비실 자물쇠가 망가져 있는 걸 알았다. 자물쇠를 고정한 쇠장식이 흔들거렸다. 재미삼아 당기니 어렵지 않게 쇠장식이 빠졌다. 호기심으로 안을 들여다보았다. 살짝 모험심이 일었다.

그런데 안에는 파이프며 각목 따위가 산더미처럼 쌓여 있을 뿐,

과학이며 실험과 관계있을 법한 물건은 하나도 없었다. 기분 나쁜 표본이며 정체 모를 실험기구가 어둠 속에서 먼지에 쌓여 있는 모습을 상상했는데 허무했다. 살며시 안에 들어가 보았지만 과학과 연관될 만한 물건은 아무것도 없었다. 종이 다발과 상자만 높이 쌓여 있었다.

그 한쪽 구석에는 오래된 사진 액자를 몇 개나 포개어 세워놓았다. 얼핏 교내에 흔히 걸려 있는 역대 교장 등의 초상 사진 같았다. 위엄 있는 인물의 얼굴이 찍힌 익숙한 사진이었다.

정말로 그런 사람인지 알 수 없었다. 그곳에 찍힌 사람이 교장인지는커녕 어디의 누구인지, 정말로 어디에 있는 사람인지조차 알 수 없었다. 사진에는 전부 머리가 없었기 때문이다.

어느 사진에도 정장 차림 남자의 상반신이 찍혀 있었는데, 넥타이를 맨 옷깃 위는 연기처럼 부옇게 아무것도 찍혀 있지 않았다.

모두 비명을 지르며 도망쳤다고 한다.

도둑

T씨가 중학교에 막 들어갔을 무렵, 마을 안에 꺼림칙한 소문이 퍼진 적이 있었다.

같은 마을 안에 아이가 아주 많은 집이 있었다. 처음에는 그 집 부인 상태가 이상하다고들 했다. 아무래도 배가 부른 것처럼 보인다. 그런데 "아이 가졌어?" 하고 물으면 "그냥 살찐 거야."라고 대답한다. 당시 중학생이었던 T씨는 이해하기 어려운 부분이었지만 엄마를 비롯해 이웃 아주머니들은 "단순히 살만 쪘을 리가 없어. 분명히 아이가 들어선 배라니까."라며 이상하게 확신에 차서 말했다. 아이를 낳으면 알 수 있는 건가 싶기도 했지만, T씨는 당사자가 아니라고 하는데도 믿지 않는 데에 불쾌감을 느꼈다. 설령 정말로 배가 불렀다 하더라도 일일이 이웃에 보고할 의무는 없다. 꼭 나쁜 짓한 것처럼 비난 섞인 험담은 하지 말았으면 했던 T씨는 엄마가 사실은 무슨 말을 하고 싶었는지, 그때 자신이 아직 제대로 이해하지 못했음을 이제 와서 깨달았다.

그러고 나서 한참 후에 이번에는 그 부인이 살이 빠졌다는 이야기가 이웃의 입에 오르내렸다. "갑자기 빠졌지." 하고 또 나무라듯 험담했다. 아직 애였던 T씨는 다들 하도 떠드니까 다이어트한 거 아닌가 했다. 하지만 "말랐지."라는 이야기는 더 꺼림칙한 소문으로 커졌다. 요컨대 갑자기 마른 건 아이를 낳았기 때문인데 아이 모습이 보이지 않는다. 그렇다면 태어난 아이를 남몰래 죽인 게 아닌가, 처음부터 그럴 작정으로 그냥 살이 찐 것이라 고집을 부린 게 아닌가.

"아이가 더 늘어나면 살기 어렵다고 했었잖아."

"길길이 성내며 숨기는 게 이상하다 했어."

아무리 그래도 그렇게 숙덕이다니 너무한다. 엄마까지 소문에 가담하고 있는 게 분통 터졌다. ─어른이 하는 일이 일일이 거슬리는 그런 나이였다.

그러던 어느 날 일이다. 유치원에 다니는 T씨 남동생이 도랑에 마짱이 떨어졌다는 소리를 했다.

처음에는 사고라도 났나 싶어 당황했다. 하지만 동생 이야기를 들으니 그렇지 않은 듯하다. 같은 유치원에 다니는 마짱이 그렇게 말했다고 한다. 근처 도로에서 놀 때 도랑을 가리키며 "마짱이 떨어졌어."라고 했단다.

"아, 그래." T씨는 맞장구를 쳤다. 마짱은 문제의 집─아이가 많은 집 아이였다.

며칠 뒤, T씨가 학교에서 돌아오는 길에 동생이 마짱이랑 노는 모습을 보았다. 그곳은 마을을 나와 논으로 가는 뒷길로, 마짱의 집 뒤쪽이었다. 한쪽은 마짱의 집이고 다른 한쪽은 다른 집 헛간을 끼고 있는데, 인가가 끊어진 그 앞에는 밭이며 논이 이어졌다. 양쪽에 잡초가 무성한 둑길 같은 도로였지만, 제법 넓으면서 차량이 적어서 근처 아이들의 놀이터가 되었다.

T씨는 두 사람을 부르며 손을 흔들다 깨달았다. 두 사람이 노는 길 한가운데에 강철로 된 도랑 뚜껑이 있다.

길 아래에는 하수도가 지난다. 길에는 청소와 점검을 위한 구멍이 있고, 격자 모양으로 된 네모난 금속판으로 뚜껑을 덮었다. 격자를 통해 들여다보면 늘 콸콸콸 소리를 내며 상당한 기세로 물이 흘렀다.

동생이 말한 '도랑'은 혹시 이것일까? T씨는 별생각 없이 마짱에게 물어보았다.

"마짱, 여기에 떨어졌니?"

마짱은 "응." 하고 명랑하게 대답했다.

"사고로 떨어졌니?"

"떨어뜨렸어."

"누가?"

"도둑."

"응?" T씨가 목소리를 높였다.

"도둑? 도둑이 들었어?"

"도둑이 떨어뜨렸어. 뚜껑을 열고 마짱을 휙 넣었더니 물이 콸콸콸 흘러서 마짱도 떠내려갔어."

"누가 도와줬니?"

"아니." 마짱은 진지하게 대답했다. "자꾸자꾸 떠내려가더니 죽어버렸어."

T씨가 어리둥절해하자 동생이 "넌 살아 있잖아." 하고 말참견했다.

"살아 있지만 죽어버렸어."

T씨는 조금 불안해졌다.

"그게 언제 적 이야기야?"

"쪼끔 전."

마짱은 말했다. 밤에 도둑이 들었다. 마짱을 잡아갔다. 도랑 뚜껑을 열고 마짱을 안에 던졌다. 마짱은 손쓸 새 없이 새카만 물속에 휩쓸려 죽어버렸다.

"멍청하기는." 동생이 말했다. "살려달라고 하면 되는데."

"했어. 응애 하고 울었는데 소용없었어."

"응애?"

T씨가 되묻자 마짱은 고개를 끄덕이고 한숨을 떨구었다.

"아가, 불쌍해."

T씨는 입을 다물었다. 도랑 안에 버려진 아이는 마짱인지 아기인

지 묻고 싶었지만, 끝내 말이 나오지 않았다. T씨의 발치에 콸콸콸 물소리가 들렸다. 쇠로 된 뚜껑 아래 물이 흐른다.

T씨는 질 나쁜 소문 따위 믿지 않는다.
하지만 그 뒤로 그 도랑 뚜껑이 무섭다.

벽에서 나온 남자

Y씨는 모 대학 남자 기숙사에 들어갔다. 낡고 누추한 건물이지만 기숙사비가 쌌고 아침저녁으로 식사가 나온다. 용돈을 넉넉하게 받지 못하는 형편에 큰 도움이 되었다.

이런 낡은 기숙사라면 괴담이 하나둘쯤 있을 법도 하건만 그런 이야기는 전해지지 않는다. 늦은 밤에 기숙사생이 모여 떠들다 보면 곧잘 무서운 이야기를 하곤 하는데, 그런 때에도 기숙사에서 무슨 일이 있었다는 이야기는 듣지 못했다. 들은 이야기는 대개 어디서 이미 들은 듯한 도시 전설이었다.

어느 날 밤 일이다. Y씨는 자기 방에서 자고 있었다. 기숙사 방은 원래 2인실이라 방 한쪽에 2층 침대가 꽉 들어차 있다. 침대를 빼면 남은 공간은 세 평 정도. 이전에는 여기를 두 명이 썼지만, 요새는 기숙사에 들어오는 학생이 줄어든 덕분에 1인실이 되었다.

침대 위층을 쓸지 아래층을 쓸지는 사람마다 다른데, Y씨는 얌전히 아래층을 썼다. 옛날 설비라 그런지 Y씨에게는 좀 작아서 몸을 뻗으면 발끝이 발 쪽 벽에 닿는다. 그래서 대개 옆으로 돌아서 몸을 조금 웅크리고 잤다.

이날 밤도 똑같이 하고 잠들었다. 한밤중에 갑자기 눈을 뜬 이유는 없다. 그냥 잠이 깨서 탁자 위 알람시계를 확인하니 새벽 4시가 지나 있었다. 이상한 시간에 잠이 깼다 생각하며 몸을 뒤척이며 벽쪽을 향해 누웠더니 눈앞 벽에 사람 얼굴이 보였다.

처음에는 벽에 눈코 같은 얼룩이 있는 것처럼 보였다. 흠칫하면서 이런 데 얼룩이 있었나 생각하는데 그 눈코가 앞으로 쑥 튀어나왔다. 벽 색, 벽의 질감을 한 얼굴이 Y씨 코앞에 코끝이 닿을 듯이 나타났다.

Y씨는 굳었다. 목소리도 나오지 않았다. 벽 색깔 얼굴을 한 남자는 고개를 몇 번 갸웃하더니 Y씨 얼굴을 들여다보았다.

"……인가?"

뭔가를 묻는 듯한 웅얼거리는 목소리가 들렸다.

눈을 부릅뜬 채 대답도 못하고 있자 또다시 뭔가를 묻는다.

"……인가? ……오인가?"

아무래도 야스오인가, 하고 묻는 것 같았다.

목소리가 나오지 않아서 간신히 고개를 작게 저었다. 쑥 튀어나와서 머리를 갸웃하던 남자가 계속 물었다. 아무래도 이다 야스오인가, 하고 묻는 것 같았다. 같은 기숙사생이다. Y씨는 도망치고 싶은 일념으로 "저기요, 저기." 하고 꼬이는 발음으로 말하며 이다의 방 쪽을 가리켰다.

남자는 호오, 하고 말하고 사라졌다. 벽에는 얼룩 한 점 남아 있지 않았다.

다음 날 아침, 거의 자지 못한 Y씨는 찜찜한 기분으로 식당에 가서 이다를 찾았다. 잔뜩 흐린 습한 아침이었다. 옅게 구름 낀 하늘은 밝았지만, 공기는 당장에라도 쏟아질 것처럼 찌뿌듯하다. 그런 와중에 심드렁한 얼굴의 이다가 아침을 먹고 있었다.

"야, 아침에 무슨 일 없었어?"

Y씨가 찜찜한 심정으로 묻자 이다는 멀뚱히 고개를 끄덕였다.

"어떻게 알았어? 좀 전에 작은아버지가 돌아가셨다고 전화가 와서 밥 먹고 내려가 봐야 해."

그렇게 대답했다고 한다.

감사 인사

T씨는 고등학교 1학년 때 학교에서 쓰러져 입원한 적이 있다. 맹렬한 복통이 엄습해서 실려 간 병원에서 긴급 수술을 받았다. 다행히 그 뒤 경과가 좋아 3~4일쯤 지나니 일어나서 걸을 수 있게 되었다. 딱 그 무렵의 일이다.

무더운 장마철 밤이었다. 교외에 있는 병원은 건물이 아직 새것이고 밝은 느낌이지만 주위가 논이며 산으로 둘러싸여 있어 밤에는 적막했다. 외부와 단절된 듯한 고립감에 기분이 심하게 가라앉았다. 개인실이라 다른 사람 기척도 느껴지지 않는다. 조용한데 그 조용함이 위압감을 주니 오히려 불안해서 잠들 수 없다. T씨는 이날도 잠들지 못했다. 병실 안이 푹푹 쪄서 잠들기 어려운 탓도 있었다. 주위가 논이라는 환경 탓에 개구리가 우렁차게 울어댔는데, 이날 밤은 그마저도 시끄럽다는 느낌밖에 들지 않았다.

좀처럼 잠들지 못한 채 그저 뒤척이기만 했다. 잠들려고 발버둥치다 지쳐서 간신히 꾸벅꾸벅 졸기 시작한 늦은 밤 무렵, 갑자기 병실 문이 쾅하고 열리는 바람에 놀라 눈을 떴다.

병실 안도 어둡고 바깥 복도도 어둡다. 앞쪽 비상등 덕에 간신히 열린 문 형태가 어둑하게 보였다. 그 어두운 빛을 등지고 검은 그림자가 서 있었다. 그 사람은 입구에 우뚝 서서 꿈쩍하지 않았다. 사태를 이해하지 못한 채 응시하다 보니, 어둠에 눈이 익어 그 사람이 파란 파자마를 입은 다부진 남자임을 깨달았다. 남자는 그녀를 —어쩌면 그녀의 침대 쪽을 본 채 머리를 살짝 내밀고 두 다리를 벌린 채 딱 버티듯 우뚝 서 있었다. 남자가 치켜뜬 눈으로 자신을 노려보고 있는 것만 같았다. 무서워서 너스콜 버튼에 손을 뻗으려 했을 때, 그 사람은 어둠 속에 빨려 들어간 것처럼 사라져버렸다. 사람이 어두운 가루가 되어 주위 어둠 속에 스르륵 녹아든 것 같아서, 그제야 그녀는 자신이 이상한 것을 보았다고 느꼈다.

다음 날 그녀는 모친에게 그 이야기를 했지만, 다른 환자가 잠결에 방을 잘못 찾아왔을 거라며 상대해주지 않았다. 나중에는 시끄러워서 누가 항의하러 온 것 아니냐는 소리까지 했다. 그녀는 그렇지 않다고 필사적으로 호소했다. 돌이켜보면 볼수록 이상했다. 이상할 뿐만 아니라 악의적으로 위협하는 것 같아서 무척 무서웠다.

그녀가 자꾸만 말하니까 모친은 "그럼 만약을 위해 이렇게 하자."라며 웃음기 섞인 목소리로 말하며 병실에 소금을 뿌려주었다. 그런 게 과연 효과가 있을지 의심스러워서 그날 밤도 긴장으로 잠들지 못했지만, 다시 남자가 나타나는 일은 없었다. 다음 날 밤에도,

그다음 날 밤에도 남자는 모습을 드러내지 않았다.

또 그다음 밤 역시 쉽사리 잠이 들지 않았다. 남자를 떠올리고 소름이 끼쳤지만 동시에 이제 괜찮다는 생각도 들었다. 불안해서 몇 번이나 뒤척이는데 그때까지 들리던 개구리 소리가 뚝 멎었다. 스윽, 묘한 느낌의 바람이 입구에서 불어 들었다. 병실 문은 아래쪽 15센티미터쯤 비어 있다. 그곳을 슬쩍 보니 틈으로 하얀 얼굴이 병실 안을 들여다보고 있었다.

목소리가 나오지 않았다. 누가 복도에 엎드려서 틈으로 자신을 보고 있다. 남자가 아니라 하야스름한 기모노를 입은 노파였다. 기모노라기보다 잠옷이었다. 어떻게 잠옷임을 알았는가 하면, 할머니가 겨우 15센티미터쯤 되는 틈으로 병실 안에 기어 들어왔기 때문이다. 할머니 혼자가 아니었다. 할머니에 이어 손녀뻘 되는 여자아이가 똑같은 하얀 잠옷 바람으로 작은 손에 염주를 쥔 채 틈으로 기어 들어왔다.

할머니와 소녀는 문에서 침대 발치 가까이 기어오더니 그곳에 나란히 바로 앉아 양손을 모으고 염불을 외기 시작했다. 잠시 염불을 외더니 할머니는 T씨를 향해 "고맙습니다." 하고 말하고 정중하게 고개를 숙였다. 할머니를 따라 소녀가 꾸벅 인사한다. 그러자마자 감쪽같이 휙 사라져버렸다.

그녀는 비명을 질렀고, 달려온 간호사에게 아침까지 함께 있어달라고 했는데 그 뒤로 아무 일도 일어나지 않았다. 그리고 일주일쯤

더 입원해 있는 동안에도 어떤 괴이한 일도 일어나지 않았다고 T씨
는 말한다.

이제 무섭지는 않지만, 그저 인사받은 게 석연치 않아서 무척 기
묘한 기분이 든다고 한다.

가로등

M씨는 만화가 어시스턴트를 하고 있다. 한창 어느 선생님의 마감을 치르다 한밤중에 편의점까지 뭘 사러 가게 되었다. 선생님 댁은 조용한 주택가 한가운데에 있어서 밤에는 고적했다. 큰길가에 있는 편의점까지는 쥐죽은 듯 고요하게 인기척이 끊긴 주택가 도로를 한참 걸어가야 했다. 그래서 밤늦게 뭘 사러 갈 때에는 꼭 두 사람 이상 함께 갔다. 그날도 M씨의 동료 두 사람이 장을 보러 갔다.

얼마 뒤 두 사람은 짐을 들고 돌아왔다. 아주 기묘한 표정을 짓고 있었다. 작업실 근처에 이상한 사람들이 있다고 했다.

작업실을 나와 조금 간 곳이었다. 조용한 주택지를 조금 걸으면 교차로라 부르기도 뭣한 사거리가 나오는데, 그 앞 전봇대에 서 있었다. 전봇대에는 가로등이 달려 있는데, 어스름한 불빛 아래 전봇대에 딱 붙어 서 있는 여러 그림자가 있었다.

두 사람은 의아해하며 이런 시간에 뭔가 싶었다. 어린아이 모습이 보여 더 수상쩍었다. 아무래도 부부와 아이 세 명인 듯했다. 한

아이는 아직 어려서 엄마 품에 안겨 있었다. 한창 마감을 치르고 있던 때라 늦은 저녁이라고 부르기도 힘든 시간대였다. 그런데 저런 어린아이를 데리고 바깥에 멍하니 서 있다니 무슨 일인가 싶어 꺼림칙했다. 일가는 말없이 고개를 숙인 채 우두커니 서 있기만 할 뿐 두 사람이 지나가도 고개를 들거나 꿈쩍하지 않았다. 두 사람에게 관심을 보이기는커녕 가족끼리도 이야기를 나누거나 눈길을 주거나 하며 서로 의사를 주고받는 낌새가 전혀 없었다. 따뜻한 밤중에 그저 그곳에 서 있었다. 꼭 물건을 모아놓은 것처럼 말이다.

무슨 일이 있는 걸까—두 사람은 께름칙한 기분으로 가로등 아래에 서 있는 가족 앞을 지나쳤다.

그 일가는 편의점에서 장을 다 보고 돌아올 때에도 아직 그곳에 있었다고 한다. 여전히 가만히 고개를 숙이고 조각상처럼 서 있었다. 작업실에서는 이런 시간에 뭘 한 걸까 떠들었다.

그다음 날, 동틀 녘에 잠든 그녀들은 바깥이 이상하게 시끄러워서 눈을 떴다. 경찰차 사이렌, 헬리콥터의 굉음. 벌떡 일어난 그녀들은 텔레비전을 켜고서야 무슨 일이 일어났는지 알았다. 근처 민가에서 살인사건이 일어났다. 살해당한 사람은 부모와 아이 세 명. 피해자들을 유기하기 위해 토막 낸 상태였다. 딸아이 한 명만 캠프에 가서 무사했다.

그녀들은 외쳤다. —"어젯밤 그 가족."

하지만 일가는 그 시간 이미 죽어서 토막이 나 있었을 것이다. 돌이켜보니 가로등이 이상하게 어둑하고, 불빛 바로 아래에 서 있는 데도 사람들 얼굴은 전혀 보지 못했다. 얼굴 윤곽 안에는 흐릿한 그늘만 드리워 있었다.

그들이었을까? 그렇다면 그들은 왜 그런 곳에 서 있었을까. 눈앞을 지나친 두 사람에게 호소조차 하지 않고.

"아마 남겨진 여자아이에게 돌아오면 안 된다고 말하려고 그렇게 바깥에 서 있었던 걸 거야."

—그렇게 이야기되었다고 한다.

까마귀

M씨의 부친은 목수다. 꿈은 언젠가 중고 집을 사서 직접 수선하는 것이었다. 늘 그렇게 말했지만 실제로 아버지는 선반 하나 만들어준 적이 없다. 나중에, 나중에, 하면서 선반도 개집도 완성하지 못했다. 그래서 M씨와 어머니는 아마 집을 사도 절대로 수선하지 않을 거라고 똑같이 생각했다.

기왕이면 새집을 지으면 좋을 텐데—M씨가 그렇게 생각한 까닭은 당시 살던 집이 오래된 셋집이었기 때문이다. 문이 잘 안 맞고, 곳곳이 얼룩덜룩하다. 왠지 모르게 집 전체가 어둡고 항상 여기저기 삐걱거려서 기분 나빴다.

어느 날 일이다. 일요일이었던 것 같은데, M씨는 낮에 2층 자기 방에서 숙제하고 있었다. 그때 머리 위에서 끼익 하는 소리가 들렸다. 뭐지, 하고 고개를 들자 또 끼익 하고 소리가 났다. 꼭 천장 위를 누가 걸어 다니는 것 같았다. 무서워서 허둥지둥 숙제를 들고 1층 거실로 내려왔다.

그 이후에 이따금 천장 위에서 소리가 들렸다. 끼익끼익, 누가 걸어다니는 듯한 소리다. 때로는 천장에 매달린 전등이 흔들리는 것처럼 보일 때도 있었다. 너무 기분 나빠서 코웃음 칠 걸 알면서도 부모님에게 말했다. ─천장 위에 누가 있는 것 같다.

아버지는 그럴 리 없다고 일소에 부쳤다. 아버지는 2층 천장널은 얇은 합판이라 사람은 절대로 그 위를 걸어 다닐 수 없다고 했다.

"텔레비전 같은 데서는 곧잘 천장 위에 누가 숨어 있곤 하지만 그런 일은 불가능해. 천장널은 얇은 판자라서 위에 사람이 올라가면 무너진다고."

아버지는 그렇게 말했다. 그러니까 천장 위에 올라갈 때에는 대들보를 따라 움직일 수밖에 없단다.

그렇구나. M씨는 납득했지만, 여전히 이따금 아무리 생각해도 발소리로만 들리는 소리가 천장 위에서 나고는 했다. 아버지 말을 들은 탓인지 천장이 기운 것처럼 느껴지기도 했다. 그렇게 호소했지만 기분 탓이란 말을 들었다. 집 안에는 가족밖에 없고, 바깥에서 천장 사이에 숨어들 길은 없다. 분명히 맞는 말이라, M씨는 애써 발소리를 단순한 집 울림이라고 생각하려 했다.

그런 상태가 한참 지속되었을 무렵, M씨는 방 안에서 문득문득 썩은 내 같은 악취를 맡았다. 이것도 기분 탓이라고 생각하려 했다. 하지만 날이 갈수록 냄새는 지독해졌다. 특히 습기가 많고 기온이 높은 날에는 울컥할 정도로 냄새가 날 때가 있었다. 그러던 어느 날, 방에 들어온 어머니가 눈살을 찌푸렸다.

"이상한 냄새 나지 않니?"

역시 기분 탓이 아니었다. 어머니와 둘이서 방 안을 여기저기 뒤지며 어디서 악취가 나는지 찾았지만 알 수 없었다. 어머니가 아버지에게 이 이야기를 하자, 그제야 부친이 무거운 엉덩이를 들었다. M씨의 방에 올라와서 여기저기를 둘러본다.

"확실히 무슨 냄새가 나는군."

아버지는 말씀하셨다. M씨는 줄곧 천장 위에서 나는 것 같았다. 발소리 같은 그 소리와 아무래도 연결 지어 생각하고 만다. 그래서 머뭇머뭇 "천장 위는 아닐까?" 하고 말해보았다.

아버지는 고개를 갸웃거리면서도 작업용 접사다리와 손전등을 들고 왔다. 그러고서 옆에 창고로 쓰는 방에서 천장 위로 올라갔다.

조금 이따 위에서 "쓰레기 봉지 좀 가져와."라는 목소리가 들렸다. M씨가 쓰레기 봉지를 들고 사다리를 오르자 아버지가 시커먼 것을 들고 나타났다.

까마귀였다. 정확히는 까마귀의 시체다. 아버지가 아주 끔찍해하며 날개 끝을 잡은 시체에서 엄청난 냄새가 났다.

까마귀가 천장 위에서 죽어 있었던 건가. —이 까마귀는 어디에서 들어왔을까?

아버지에게 묻자 "모르겠다." 하고 불쾌해하며 대답했다.

"영문을 모르겠다만, 네 말이 맞았구나." 아버지는 말했다.

아버지는 M씨에게도 천장 위를 들여다보게 해주었다. 사다리를 올라 천장 위로 고개를 밀어 올리자 아찔한 열기와 끈적한 냄새가 자욱했다. 그리 넓지도 않은 천장 위 한가운데에는 기분 나쁜 얼룩이 있었다. 천장널에는 두껍게 먼지가 쌓여 있다. 그곳에 발자국이 이어졌다. 누군가 맨발로 돌아다닌 흔적이다.

—역시 누가 있었다. M씨는 새삼 오한이 들었다.

하지만 아버지는 아니라고 한다. 그렇게 말하고는 대들보를 붙잡고 천장널을 밟았다. 아버지가 발을 얹자 천장널이 삐걱거리며 휘었다. 옆에서 봐도 아버지가 체중을 다 실으면 판자가 부서지리란 걸 알 수 있었다.

그렇다면 누구의 발자국일까? 아무리 보아도 어른 발자국으로 보인다. 몸무게가 나가지 않는 사람이 천장 위 어둠 속을 어슬렁거리며 그곳에 까마귀 시체를 놓고 갔다—그렇게 생각하자 2층 방에서 두 번 다시 잘 마음이 들지 않았다.

아버지는 퉁명스럽게 입을 꾹 다문 얼굴로 까마귀 시체를 치웠다. 그러고 얼마 안 있어 M씨 일가는 이사했다. 아버지가 큰마음 먹고 집을 샀다. 신축 주택이었다. 중고 집은 뭐가 있을지 모른다— 아버지는 그 이후로 늘 그렇게 말한다.

파란 여자

F씨의 집에는 유령이 있었다. F씨가 처음 그것을 본 건 초등학교 1학년인가 2학년 때였다고 기억한다.

당시 F씨는 아직 1층 다다미방에서 부모님 사이에 끼어서 잤다. 어느 날 밤, 그녀는 눈을 떴다. 아마도 한밤중이었던 듯하다. 부모님은 그녀의 양쪽에서 곤히 잠들어 있었다. F씨는 잠든 엄마 모습 너머로 푸른빛을 보았다. 엄마 맞은편에 있는 맹장지에 푸른빛이 흔들리고 있었다. 이제 와 돌이켜보면 물 위에 반사한 빛이 일렁일렁 그물코를 그리며 흔들리는 것 같았다고 한다.

흔들흔들거리는 푸른빛이 이상하게 예뻐서, F씨는 빛을 물끄러미 바라보았다. 빛은 점점 모여들어 어떤 형태를 만들기 시작했다. 어리둥절해서 지켜보고 있으려니 푸른빛은 커다란 여자 얼굴이 되었다.

창백한 젊은 여자 얼굴이었다. 고개 숙인 여자의 얼굴에 긴 앞머리가 늘어졌다. 여자가 고개를 휙 들었다. F씨 쪽으로 시선을 돌리

고 표독스러운 얼굴로 날카롭게 쏘아보았다. 그 표정이 무서워서 F
씨는 큰 소리로 울음을 터뜨렸다. 부모님이 황급히 일어났지만, 여
자 얼굴은 사라졌고 F씨가 본 것은 당연히 '무서운 꿈' 취급을 받았
다. 하지만 F씨는 절대로 꿈이 아니었다고 줄곧 고집스럽게 믿었다.

그러고 나서도 때때로 집 안에서 있을 리 없는 인기척을 느끼곤
했다. 밤낮 가리지 않고 아무도 없는 다다미방에서 발소리나 물건
움직이는 소리가 들린다. 누가 등 뒤나 복도 끝을 지나가 다다미방
으로 들어간 기척이 난다. 그런 일이 여러 차례 있었다. 모습을 똑
똑히 본 적은 없었고, 딱히 실제로 해가 있는 것도 아니었지만 역시
꺼림칙했다.

F씨가 4학년이 되었을 때 일이다. 밤에 거실에서 가족과 이야기
를 나누던 그녀는 화장실을 갔다. 볼일을 보고 거실로 돌아오는 길
에 다다미방 옆을 지났다. 장지는 열려 있었다. 다다미가 스치는 소
리가 들려서 들여다보니 어둠 속에 복도 불빛을 받은 여자 뒷모습
이 보였다. 어머니라고 생각한 F씨는 "뭐 해?" 하고 말만 걸고 거실
로 돌아왔다. 어머니는 분명히 거실에 계셨다.

놀랐지만, 생각해보니 그 사람이 어머니일 리가 없었다. 어머니는
머리가 짧은데, 여자의 머리카락은 길었다. 게다가 그 여자는 계절
에 어울리지 않는 파란 반팔 여름 니트를 입고 있었다.

파란색을 떠올리고 퍼뜩 깨달았다. 그 사람은 옛날에 본 맹장지
에 비친 그 여자가 아니었을까. 어쩌면 집 안에서 느낀 기척의 범인

은 전부 그 여자였는지도 모른다.

그러고 나서도 다다미방에서 인기척을 느끼거나 발소리를 들었다. 모습을 똑똑히 본 적은 없었고, 여전히 실제로 해는 없었지만 '있다'고 느낄 때마다 표독스러운 표정이 떠올라 무서웠다. 상당히 빈번하다 갑자기 그쳤다.

F씨가 5학년이 되었을 때, F씨의 아버지가 급사했다. 아버지의 위패를 모신 새로운 불단|불상과 위패를 모시는 장 – 옮긴이|을 다다미방에 놓았다. 그 뒤로 여자의 기척은 사라져버렸다. 그러고 나서 기척을 느끼거나 소리를 들은 적은 단 한 번도 없었다. F씨는 죽은 아버지가 쫓아주었노라고 생각했다.

하지만 F씨는 어른이 되면서 의문을 느꼈다. 애초에 그 다다미방은 부모님 침실이었다. F씨가 자신의 침대에서 자게 되었을 무렵에 어머니도 침실을 나누어, 그곳은 아버지 방이 되었다. 그리고 여자의 기척이 나타나는 건 다다미방 주변이었다. —아버지 방뿐이었다.

언젠가 본 여자의 얼굴—맹장지에 떠오른 푸른 그 얼굴이 쏘아본 사람은 정말로 F씨였을까. 아니면 F씨 등 뒤에 자는 아버지였을까. 그러면 여자가 모습을 감춘 까닭은 원하는 바를 이룬 탓이 아닐까 생각하곤 한다.

정해진 위치

I씨와 언니는 고등학생이 된 지금도 2층 침대를 쓰고 있다. I씨가 위고 언니가 아래다. I씨는 2층 침대 위층과 아래층 사이, 위층에서 30센티미터쯤 아래 부근에 뭔가 있다고 말한다.

1년쯤 전에 처음으로 깨달았다. 한밤중에 공부하고 있는데 등 뒤에서 한숨이 들렸다. I씨와 언니의 책상은 벽 쪽에 나란히 있다. I씨가 앞쪽이고 언니가 안쪽이다. I씨 책상은 침대 바로 옆에 있다. 책상 옆이 침대에 거의 딱 붙어 있다. 책상 앞에 앉아 있을 때, 바로 머리 옆에서 "하아." 하는 두껍고 묵직한 남자 한숨이 들렸다.

I씨는 놀라서 돌아보았지만 당연히 아무도 없었다. 목소리는 오른쪽 비스듬히 뒤, 그러니까 침대 부근에서 들린 것 같았는데 그런 곳에서 소리가 날 도리가 없었다. 언니는 이미 침대에 누워 자고 있었고, 아랫단에서 자는 언니의 머리는 책상 앞에 앉은 I씨 허리보다도 낮은 위치에 있다. 위층에는 당연히 아무도 없다. 무엇보다 위층은 의자에 앉은 I씨 머리 위에 있다. 목소리가 들린 곳에는 위층과

아래층 사이 뻥 뚫린 공간뿐이었다. 잘못 들었나 하고 I씨는 위층 아래 30센티미터쯤 공간을 멍하니 응시했다.

그 뒤부터다. 한밤중에 혼자 있으면 한숨이 들리곤 했다. 책상 앞에 앉아 있을 때 특히 자주 들렸다. 잘못 들었다고 생각할 수 없을 정도로 또렷하게 뱃속부터 괴로운 것을 토해내듯 묵직한 한숨이 들린다. 영혼을 짜내는 것 같은 목소리로 내뱉은 숨결이 피부에 스친 기분마저 들었다. 반드시 위층 아래, 30센티미터쯤 부근에서 한숨 소리가 들렸다.

잠들려고 누웠을 때 들린 적도 있다. 요 바로 아래에서 누가 굵은 한숨을 짓는다. 이어서 뒤척이는 듯한 기척이 나기도 한다. 언니가 뒤척이는 것은 아니라고 생각한다. 그 사람이 뒤척일 때, 누군가의 몸이 위층 바닥에 닿기 때문이다. 매트 너머로 밀어 올리는 진동이 전해지고, 돌아누운 몸이 위층 바닥을 스치는 소리가 들린다.

I씨는 참을 수 없이 소름이 끼쳐서 결국 언니에게 그 이야기를 했다. 처음에 한숨 소리를 들은 지 석 달쯤 참고 나서였다. 그러자 언니는 안도한 것처럼 "너도?" 하고 되물었다.

언니도 I씨와 비슷한 무렵부터 2층 침대에 뭔가 있다고 느꼈다. 누가 잠자는 얼굴을 들여다보는 것 같아서 한밤중에 눈을 뜬 게 시작이었다. 가까이에서 한숨을 쉰 숨결이 느껴지는데, 눈을 뜨면 아무도 없다. 방 안에는 아무도 없고, 위층에서 잠든 I씨 숨소리가 들렸다.

그 이후로 같은 일이 계속되었다. 잠이 들락 말락 하면 누가 얼굴을 들여다본다. 눈을 떠도 아무도 없지만, 어딘가 위쪽에서 자신을 보는 느낌이 나서 어찌할 바를 모르겠다. 누가 있는 것 같다. 숨결이며 움직일 때 옷이 스치는 소리가 들린다. 누워 있는 위쪽에 뭔가 있다. 위층과 아래층 사이, 아무것도 없는 공간에.

단, 그 사람은 여자라고 언니는 주장했다.

때로는 들여다보는 사람이 뒤척이는 기척이 났다. 움직일 때 기척, 옷 스치는 소리가 들리고 머리카락이 언니 얼굴에 스르륵 드리운다. 긴 머리카락이다. 언니는 그러니까 여자가 틀림없다고 물러서지 않았다. 한번은 잠결에 그 머리카락을 치우려고 손을 젓다가 손가락을 물린 적이 있다고 한다. 작고 뾰족한 치열이었다. 그러니까 역시 여자다.

I씨는 어리둥절했다. 그럼 그 굵직한 한숨은 여자 소리인가? 도저히 그렇게 생각할 수 없다. 체격이 좋은 중년 남자 목소리가 떠올랐다. 그럼 그 남자 머리카락이 긴 걸까? 그것도 어째 어울리지 않았다.

어쨌거나 위층 아래, 30센티미터쯤 부근이란 점에서 I씨와 언니의 의견은 일치했다.

특별한 2층

N군이 캐나다에서 유학할 때 이야기다.

시험 전, 친구 아파트에 공부하러 갔다. 그 아파트는 대학 근처 오래된 건물로, 학생이 살기에는 조금 사치스러운 물건이었다. 대단하다고 말하자, 친구는 "2층은 특별해."란다. 아무래도 2층 방은 집세가 싼 모양이다. 1층에 식당 등의 가게가 들어와 있어서 시끄럽기라도 한가. 그래도 집을 방문해보니 부러웠다. 넓고 깔끔하고 분위기도 좋다. 2층 구석 방. 하얀 벽에 하얀 문, 하얀 나무 창틀, 더없이 '캐나다의 오래된 아파트'란 느낌이다.

그 방에서 소파에 드러눕거나 바닥에 앉아 각자 공부를 시작했다. 저녁에는 친구가 식사를 차려주었다. 밥 먹는 틈에도 교과서에서 눈을 떼지 않았다. 시험을 치르기만 하면 학점을 딸 수 있는 일본 대학처럼 후하지 않다. 교수는 진지하게 문제를 만들고, 문제를 풀 수 없으면 정말로 낙제를 시킨다.

두 사람이 말없이 공부하는 사이 밤이 깊었다. 느닷없이 누가 방

문을 두드렸다. 노크가 아니라, 손바닥으로 탕탕 문을 두드리는 듯한 소리였다.

무슨 일이지, 하고 놀라서 고개를 드니 친구가 짜증 난 것처럼 얼굴을 찡그린 참이었다.

"신경 쓰지 않아도 돼." 친구는 그렇게 말하고 시선을 교과서로 돌렸다. 하지만 그 사이에도 누가 문을 두드렸다. 무슨 급한 볼일이라도 있나. 긴급 사태를 알리는 것 같았다.

N군은 친구 대신 일어났다. "됐다니까." 친구의 목소리를 무시하고 현관으로 가서 문구멍으로 바깥을 본다. 문에 얼굴을 대자 동시에 소리가 그쳤다. 문 바깥에는 아무도 없었다.

"아무도 없어." 친구는 문을 열려는 N군의 손을 막았다. "그러니까 무시해."

의아해하는데 또 문 두드리는 소리가 들렸다. 이번에는 이 방이 아니라 옆이나 맞은편처럼 가까운 다른 방이다. 쾅쾅쾅 하고 문을 두드린다. 하지만 노크에 반응해 문이 열리는 기척은 없다. N군이 다시 문구멍에 얼굴을 대자 복도를 끼고 대각선 맞은편 방 문이 보였다. 그 문 앞에 사람은 없었다. 그런데 새하얀 문에 붉은 손자국이 쾅쾅하고 찍히는 게 보였다.

놀라서 꼼짝하지 못하고 있으니 소리가 그쳤다. 조금 이따 이번에는 옆—복도 이쪽 옆방 문을 두드리기 시작했다. 대각선 맞은편 방 문에는 여전히 붉은 손자국이 처덕처덕 몇 겹으로 찍혀 있었다. N

군은 참지 못하고 살며시 문을 열어보았다. 친구도 이번에는 문 여는 걸 막지 않았다.

문틈으로 얼굴을 내밀고 옆방 상황을 살폈다. 문을 두드리는 소리는 났지만, 아무도 없다. 살피는 김에 살짝 문을 열고 보니 맞은편 문에 뚜렷하게 찍혔던 붉은 손자국이 사라져 있었다. 문 두드리는 소리가 뚝 그쳤다.

N군은 문을 닫았다. 닫자마자 또 맞은편에서 문을 두드리기 시작한 소리가 들렸다. 본능적으로 또다시 문구멍으로 보니 맞은편 문에 손자국이 보였다. 아까 본 대로 붉은 손자국이 남아 있다.

"문구멍으로 볼 때만 보여. 날이 밝으면 사라지지." 친구가 말했다. "그리고 두드리는 사람은 문구멍으로도 보이지 않아."

그러니까 '2층은 특별'하다고 친구는 쓴웃음을 지었다. 이렇게 2층 방을 모조리 두드린다. 날마다 그러지는 않지만 '가끔'보다는 자주 있는 일이다.

예전에 이 아파트 지하주차장에서 살인사건이 났다고 한다. 단, 그 사건과 관계가 있는지, 왜 2층인지는 아무도 알지 못한다. 아는 것은 신경 쓰지 않으면 문제는 없다는 점이다.

"하룻밤에 한 번뿐이니까 이제 마음 놔도 돼." 친구는 말했다.

그 말대로 문을 두드리는 소리는 점점 멀어지더니 아파트 끝에 이르자 사라졌다. 그 이후에도 몇 번쯤 친구 방에 묵으러 갔지만 소리를 들은 건 그날 하루뿐이었다고 한다.

마음에 들다

　Y씨의 딸은 요즘에야 몇 가지 단어를 얘기할 수 있게 되었다. 좋아하는 장난감은 '미피' 인형, 좋아하는 놀이는 '그네'.

　인형은 Y씨가 친구로 사준 것이지만, 왜 그네가 좋은지는 잘 모른다. 근처 공원에 그네가 있지만, 딸은 아직 그네 놀이를 할 만큼 크지 않다. 딱히 태운 기억도 없고 '그네'라는 말 자체를 특별히 가르친 적도 없는데, 어느 틈에 "그네."라고 졸랐다. 처음에는 "아직 안 돼." 하고 말했지만 하도 그네, 그네 하니까 공원 그네에 안아서 태워보았다. 그런데 이건 '그네'와 다른지, 그네에 타면서 "그네."라며 칭얼거린다. Y씨의 부모가 의자가 두 개 마주한 형태의 실내용 그네를 사주었지만 이것 역시 아닌 듯하다. 현재 가장 '그네'와 비슷한 건 아버지에게 안겨 흔들거리는 놀이인 듯, 이렇게 해주면 조금 떨떠름해하면서도 어쨌든 좋아했다.

　"대체 뭘까?"

　Y씨 부부는 고개를 갸우뚱했다. 원래 조금 기묘한 데가 있는 아

이였다.

동물이나 아이에게는 어른 눈에는 보이지 않는 게 보인다고들 한다. 실제로 딸아이는 갓난아이 적부터 엉뚱한 곳을 볼 때가 많았다. 특히 지금 사는 아파트로 이사하고부터 더 잦아졌다.

문득 시선을 들고 한동안 파고들듯 허공을 쳐다본다. 그럴 때 딸아이는 아주 좋아하는 텔레비전 방송을 볼 때처럼 흥미진진한 표정을 짓고 있다. 재미있는 듯 까르르 웃으며 손가락으로 허공을 가리키기도 한다. 즐거워하니까 괜찮다고 생각하지만, 꺼림칙하기도 했다. 특히 남편이 없고 딸과 단둘이 보내는 밤에 갑자기 허공을 뚫어져라 쳐다보면 등줄기가 오싹해져서 그만하라고 말하고 싶어졌다.

딱히 귀신이 있다고 믿는 건 아니라고 Y씨는 말한다. 하지만 자꾸 딸아이 눈에만 뭔가 보이는 것 같았다.

솔직히 말하면 Y씨는 지금 사는 집에 그다지 정이 들지 않았다. 남편 직장에 가깝고 집세도 싸서 그 집으로 결정했지만, 아파트 자체가 어딘지 어두워서 마음에 들지 않았다. 방도 왠지 공기가 탁하다. 그렇게 오래된 건물도 아니고 따지고 보면 세련된 스타일의 집인데 어쩐지 답답했다.

그뿐만 아니다. 때때로 이유도 없이 덜컥 오싹할 때가 있다. 한밤중에 이상한 소리를 들은 적도 있다. 스윽 하고 뭔가가 물건을 쓰다듬는 듯한 소리다.

"아마도 뭔가 움직이면서 나는 소리라든가, 알고 나면 별것도 아닌 일이겠죠. 그래도 말이에요."

특히 딸아이가 느닷없이 허공을 쳐다볼 때에 스윽 하는 소리가 들리거나 하면 꺼림칙한 상상을 하게 돼서 진정이 되지 않았다.

그러던 어느 날이다. Y씨가 빨래를 하는데 등 뒤에서 딸이 신이 나서 까르르 웃었다. 기분 좋게 놀고 있나 보다 하면서 빨래를 마치고 나니 딸아이가 이상한 걸 들고 있었다. '미피'의 목에 끈을 걸어 흔들며 웃고 있다.

뭐 하는 거니, 거칠게 말하자 딸은 눈을 동그랗게 뜨고 "그네." 하고 말했다.

허둥지둥 인형을 빼앗았다. "미피가 괴로워하잖아." 하고 엄하게 말했다. "이건 그네가 아니야, 저게 그네지." 조부모가 사준 그네를 가리키자 딸은 허공을 손가락질했다.

"그네."

그 이후에 Y씨는 딸이 허공을 쳐다보면 그곳에 이상한 게 매달려 있는 것 같아서 무서워 견딜 수가 없다.

7번 레인

T씨가 다닌 중학교의 7대 불가사의에 '7번 레인'이라는 이야기가 있었다. 예전에 학교 수영장에서 여학생이 죽었다. 체육 수업 중에 물에 빠진 것이다. 발이 닿지 않을 정도로 깊은 곳도 없는 데다 수영이 특기였는데도 그녀는 수영장에 빠졌다. 아무도 그녀가 빠진 걸 알아채지 못했다. 수업이 끝나고 모습이 보이지 않음을 친구가 알아채고 다 함께 찾아보니 수영장 바닥에 가라앉아 있었다. 배수구에 들러붙은 모습이었는데, 그게 마침 7번 레인 아래였다. 그 이후로 7번 레인에서 수영하면 누가 발을 끌어당기곤 한다는 이야기다.

워낙 유명한 이야기고, 아무개 발을 잡아당겼더라는 소문은 T씨도 들었다. 하지만 그 '아무개'는 선생님의 중학교 때 동창이거나 몇 년이나 전에 졸업한 선배 친구거나 여름방학 수영장에 숨어든 근처 초등학생이거나 했다. T씨가 얼굴이나 이름을 아는 누군가의 이야기였던 예가 없었다.

"항상 누군가의 친구가 들은 이야기 아니면 친구의 친구지."

T씨는 곧잘 친구와 그렇게 얘기하며 깔깔댔다. ─하지만 그런 소문이 있는 이상 체육 수업으로 수영장에 들어가는 게 그리 유쾌한 일이 아님은 분명했다. 수영장이 낡은 탓도 있다. 탈의실은 낡았을 뿐 아니라 어둡고, 늘 축축하고 서늘한 느낌이 감도는 기분 나쁜 곳이었다. 수영 수업은 특히 여자아이 사이에서는 인기가 없었다. T씨가 사는 지역에서는 헤엄치는 게 기분 좋을 정도로 더운 날이 며칠 되지 않는 것도 관련 있는지 모른다. 장마철에는 아직 춥고, 충분히 기온이 오르는 한여름이 되면 여름방학을 하니까 수업이 없다. 여름방학이 끝나면 벌써 으슬으슬한 바람이 불기 시작한다. 결국 해마다 7월, 여름방학 전에 예의상 두세 번 수영 수업을 하고 마치는 일이 많았다.

그해도 그랬다. 두 번쯤 수영 수업이 있고 여름방학 직전 마지막 체육 수업이 세 번째. 이날은 모두가 일단 25미터를 헤엄치고 기록을 쟀다. 물론 이날까지 누가 발을 잡아당겼다는 학생은 없었다.

수업 전반에 연습 시간을 가지고, 드디어 기록 측정을 시작했다. 출석 번호 순서로 레인에 늘어서고 선생님의 호루라기 신호에 뛰어들어 헤엄친다. T씨는 자신이 7번 레인이 아니라 조금 안도했다.

기록은 선생님과 견학생, 그리고 순서가 늦은 학생이 재고, 한 조 계측을 마친 뒤에는 수영을 마친 학생들이 담당했다. 두 번째 조가 헤엄쳤다. 이어서 T씨 조가 되었다. 레인은 전부 여덟 개, 여덟 명이 호루라기 소리에 뛰어들어 25미터 레인을 끝까지 헤엄친다.

차례를 기다리며 늘어선 사이에 몸이 얼마쯤 따뜻해졌는지 뛰어든 물이 지독히 차가웠다. 푸르스름한 물은 조금 탁했다. 수영을 잘 못하는 T씨는 크게 뒤처졌다. 앞에서 헤엄치는 학생 다리가 물속에서 뒤집히며 하얀 물거품을 성대하게 흩뿌렸다.

T씨는 앞에 가는 친구를 뒤쫓아 도중에 빠지지 않고 겨우겨우 무사히 헤엄쳤다. 기록은 그냥저냥 나왔다. 서로 시간을 확인하는 동안에도 다음 조가 헤엄친다. 마지막 조가 헤엄쳤다. 그리고 7번 레인 앞에 한 학생이 홀로 남았다.

그 아이는 울 것 같은 얼굴로 안절부절못하며 주위를 둘러보았다. 이미 계측을 마친 학생들도 서로 얼굴을 마주 보았다. 이날 기록을 잰 사람은 딱 마흔여덟 명. 8레인이니 학생이 남을 리가 없었다. 게다가 출석 번호 순서로 1레인부터 늘어섰다. 7레인에 학생이 남을 리가 없다.

선생님이 묻고, 학생끼리 서로 물었지만, 수영하지 않은 학생은 없었고, 당연히 두 번 수영한 학생도 없었다. 모두가 한 번만 수영하고 기록을 쟀다. 선생님의 장부에는 견학생과 한 명을 제외하고 모두의 기록이 적혀 있었다.

모두가 어안이 벙벙해진 가운데 남은 학생은 선생님의 지시로 홀로 1번 레인을 헤엄쳐 기록을 쟀다. 선생님이 2번 레인에서 같이 헤엄치며 따라갔다고 한다.

군복

S씨의 소꿉친구로 취미가 좀 특이한 남자가 있다. 그는 군용품 수집가다. 그것도 신품이나 복제품에는 흥미가 없다. 실제로 쓴 제품만 골라 열심히 모았다.

S씨는 어느 날 이 소꿉친구를 길에서 우연히 만났다. 서로 고향에서 취직하기는 했지만, 고등학교를 졸업하고 좀처럼 얼굴 마주할 기회가 없었다. 그런 친구를 서점에서 우연히 만나 가까운 카페에서 이야기가 달아올라 그대로 오랜만에 집으로 놀러 가게 되었다.

몇 년 만에 찾은 오래된 다다미방 공부방은 여전히 오래된 철모며 여기저기 찌그러진 반합 등으로 가득했다. 이 친구가 언제부터 이런 물건을 모았는지, 처음 모으게 된 계기가 뭔지 그는 잘 기억하지 못한다. 원래 엄청나게 친한 것도 아니고 서로 집을 오가는 일도 그리 많지 않아서, 어느 날 보니 수집가가 되어 있었다. 사이가 나쁘거나 경원시했던 것도 아니다. 소꿉친구라는 것 말고는 그리 접점이 없었을 뿐이다.

하지만 기억하는 방에 비하면 수집품이 훨씬 늘었다. 옛날에는 많다는 인상이었는데, 이제는 그 방 하나에 수집품 말고는 존재하지 않았다.

'흠뻑 빠졌군.'

S씨는 그렇게 생각했지만, 친구는 특별히 수집품 이야기를 하려 들지 않았다. 오히려 S씨가 먼저 "굉장하네." 하고 이야기를 던졌을 정도다.

"그렇지, 뭐." 친구는 대답하고는 "몇 년쯤 전에 엄청난 걸 손에 넣었어."라고 했다. 그는 그물 선반에서 군복 한 벌을 꺼냈다. 옛날 일본군 군복 같은데, 가슴에서 배에 걸쳐 끔찍한 색깔의 얼룩이 있는 데다 탄흔까지 몇 개 남아 있었다.

"아무래도 미련을 남기고 죽은 병사 옷인가 봐. 시체에서 벗겼다는 것 같아." 친구도 이때만은 의기양양했지만, S씨는 그리 좋은 취미같이 느껴지지 않아 저도 모르게 얼굴을 찌푸리고 말았다. 그 표정을 오해했는지, 친구는 "너 이 자식, 안 믿는구나?"라며 묘한 얼굴로 웃더니 "뭐, 됐어." 하고 중얼거리고는 군복을 옷걸이에 꿰어 맹장지 위에 있는 상인방에 걸었다. 그 뒤로 화제는 옛날이야기로 돌아가 이야기에 빠져 있는 사이 밤이 깊었다. 친구가 묵고 가라고 끈질기게 권하고, 다음 날부터 여름휴가라 걱정도 없고 해서 그날 밤 소꿉친구 방에서 오랜만에 베개를 나란히 두고 자게 되었다.

불을 끄고 이불에 눕고 나서도 한동안 끊임없이 옛날이야기를 하다가 겨우 잠든 지 얼마쯤 지났을까. S씨는 한밤중에 눈을 번쩍 떴다. 손목시계를 보니 새벽이 가까웠다. 한숨 더 자려고 뒤척이다 어두운 방 안에 서 있는 사람을 보았다.

벽 쪽에 누가 서 있다—S씨는 흠칫했지만 이내 '아, 군복이구나.' 하고 떠올렸다. 사람처럼 보인 게 군복을 걸어둔 맹장지 앞이었기 때문이다. 옆에서는 잠든 친구의 숨소리가 들렸다. 물론 친구일 리는 없다. 하얀 맹장지 앞에 희미한 검은 뒷모습. 별생각 없이 바라보다 그 뒷모습에 머리가 있음을 깨달았다. 고개를 푹 숙이고 맹장지를 향해 우두커니 서 있다. 군복을 입은 어깨 위로 옆얼굴이 살짝 보였다. 남자는 이를 악다물고 엉뚱한 곳을 노려보았다.

당장에라도 남자가 돌아볼 것 같아서 그는 자는 척하며 다시 몸을 돌렸다. 이불을 눈까지 끌어올리고 무작정 눈을 감고 있었다.

그대로 어느 틈에 잠들어버렸는지 다음에 그가 눈을 떴을 때, 이미 해가 중천이었다. 벌써 일어난 친구는 느긋하게 창가에서 담배를 태웠다.

친구는 맹장지를 흘끔 보았다. 지금은 그곳에 군복이 없었다. 사실은 어젯밤에, 하고 그가 이야기를 꺼내니 소꿉친구는 깨끗하게 수긍했다.

"기일이겠지. 해마다 꼭 같은 날이거든."

그렇게 말하고 나서 씩 웃으며 S씨를 돌아보았다.

"어때, 원통해 보였지?"

추월

U씨는 어느 날 밤, 차에 친구를 태우고 시골 길을 달렸다.

전원 지대를 관통하는 전망 좋은 직선 도로인 데다 새벽 3시쯤이라 오가는 사람은 물론이고 자동차조차 거의 없었다. 두 사람은 기회다 싶어 제한 속도를 훌쩍 넘겨 질주했다.

그때 전방에 하얀 물체가 보였다. 이내 그것이 흰옷을 입은 여자의 뒷모습임을 알았다. 고개를 숙이고 잡초가 우거진 길 가장자리 구역을 걷고 있었다.

"말도 안 돼." 친구는 비명인지 환호성인지 모를 소리를 질렀다. U씨도 "나왔다." 하고 소리 질렀다. 이런 시간, 이런 장소다. 여자 혼자 걷고 있을 리가 없다. 게다가 판에 박힌 듯 '흰 옷'이다. 둘이서 귀신이 틀림없다며 떠들었지만, 실제로 얼마나 그걸 믿었는지 자신들도 알지 못한다.

원래 두 사람 다 괴담을 좋아한다. U씨가 차를 사고부터는 자주 이렇게 심야 드라이브를 나갔다. 나온다는 이야기가 도는 터널이나 고갯길에 가거나 소문으로 들은 폐가를 찾아다니기도 했다. 그렇다고 정말로 기묘한 것을 만난 적은 없었다. 그럴싸한 일을 찾아내고서는 꼭 뭔가를 만난 것처럼 흥분해보기도 했지만, 정말로 귀신을 보았다거나 괴이한 현상을 맞닥뜨렸다고 생각하지는 않았다. 결국 아무것도 없음을 확인하고는 서로 아무것도 아님을 너무나 잘 안다는 사실을 알면서 떠들어댈 뿐이다.

이날도 그랬다고 U씨는 말한다. 하지만 그래도 묘했다. 새벽 3시, 인근에는 인가의 불빛조차 보이지 않는다.

명치에 작은 응어리 같은 걸 느끼면서 환호하는 사이에 자동차는 그녀에게 접근했다. 전조등이 여자의 뒷모습을 비추었다.

하얀 여름 원피스였다. 길가를 뒤덮은 풀을 밟으며 고개를 숙인 채 터벅터벅 걸었다. 머리 길이는 어깨에 살짝 걸치는 정도. 나이는 열여덟 살에서 스무 살 정도. 앞머리가 드리워져 얼굴은 보이지 않았지만, 몸매와 분위기로 그쯤 같았다. 하얀 윗옷 옷깃에는 돌고래 같은 형태의 푸르스름한 브로치를 달았다.

떠들어대던 친구의 목소리가 그쳤다. U씨는 그녀를 뚫어져라 보았다. 아래턱 선이 가냘프고 입술은 얇고 도톰한 윤곽을 그렸다. 그런 세세한 곳까지 보였다. 보일 정도로 천천히—꼭 느린 동작처럼 그들은 그녀를 앞질렀다.

U씨는 몇 번이나 그녀와 속도계를 번갈아 보았다. 번갈아 볼 만한 여유가 있었다. 속도계 바늘이 70킬로 가까이 가리켰는데도 말

이다.

사이드미러 속 그녀는 하얗게 떠오르듯 천천히 멀어졌다. 전조등 불빛으로 좁게 보이는 전방 풍경만 빠르게 흘러갔다.

U씨는 사이드미러에서 시선을 떼고 앞을 노려보며 액셀을 밟았다. 친구는 조수석에서 몸을 틀고 등 뒤를 응시하다가 이내 "도망쳐." 하고 중얼거렸다.

"우리를 봤어. 저거 뭐지?"

말하자마자 화들짝 놀라 앞을 보며 "사이드미러 보지 마. 우선 도망쳐."라고 얘기했다.

U씨는 그 말에 따랐다.

점지하는 것

 N씨는 최근에 드디어 이혼했다. 원인은 알기 쉽게 말하면 '아이가 생기지 않아서'가 되지만, N씨가 딱히 그렇게까지 아이를 원한건 아니다. 남편도 아이에 목매지 않았다. 남편은 오히려 "조금 더단둘이 살아도 되잖아."라는 태도였다. 목맨 사람은 남편의 부모와친척이었다. 큰 명절과 관혼상제, 무슨 일이 있어 시댁에 갈 때마다아직 소식 없느냐고 물었다. 아직 없느냐고 채근만 한다면 흔한 이야기니 참을 방도가 있었을 거라고 N씨는 말한다. 문제는 시부모와 친척이 '아이를 점지받는 좋은 방법이 있다'며 말한 일이다.

 처음 "사실은 좋은 방법이 있어." 하고 비밀을 털어놓듯 말한 건결혼하고 2, 3년쯤 지나서였다. 성묘하러 가라는 말을 들었다고 한다. 남편 고향에서는 일부에서 "무덤에 인사를 드리면 아이를 점지받는다"는 미신이 있는 모양이다. 그러니까 꼭 가보라고 하는데, N씨는 이게 고통이었다.

 밤이 가장 좋지만, 사람 눈이 없으면 낮도 괜찮다. 단, 그때 가는 묘는 조상 묘가 아니다. 조상 묘가 있는 묘지도 아니다. 요컨대 무덤가라면 어디든 괜찮다. 하지만 옛날에는 시신을 땅에 묻은 묘가 가장 좋다고 했던 모양이다. 요새는 더 이상 토장을 하지 않지만, 성묘를 권한 사람들은 그래도 오래된 묘지가 좋다고 했다. 몰래 묘역에 가서 적당한 무덤에 꽃과 선향을 공양하고 인사를 드리면 아이를 점지해준다. 되도록 어린아이 무덤이 좋다. 아니면 찾는 이가 별로 없는 듯한 쓸쓸한 무덤이 좋다.

N씨는 처음에 그렇게 선행을 베풀면 아이를 점지받는 건가 했는데, 친척 아주머니가 꼭 치사한 샛길이라도 알려주는 듯한 표정으로 "여자아이를 원하면 여자아이를 주워 와." 하고 말하는 소리를 듣고 그렇지 않음을 깨달았다.

어린아이 무덤은 다시 태어나고 싶은 마음이 강하게 남아 있으니 줍기 쉽다. 충분한 공양을 받은 무덤은 주인이 "위로 올라가버려서" 줍기 어렵다. 반대로 관리가 되지 않은 무덤은 줍기 쉬운데, 너무 황폐한 무덤이면 태어나는 아이 성격이 비뚤어지는 일도 많으니 주의가 필요하다.

시어머니가 함께 가준다고 꾀어서 딱 한 번 그 '성묘'를 했는데, N씨는 그 뒤 한동안 정말로 애가 들어서면 어쩌지 싶어 제정신이 아니었다.

시댁에서는 그게 당연한지도 모른다. 하지만 N씨는 도저히 견딜 수 없었다. 싫어하는 N씨를 그쪽 가족은 이해하지 못하고, 점지받는 방법이 있음에도 하지 않는 데 화를 냈다. 사이가 점점 험악해져서 결국 이혼에 이르렀다고 한다.

전화박스

롯코 산 드라이브코스는 '나오기'로 유명하지만, 그보다 이 산에는 '뒷길'이라 불리는 길이 있는 모양이다. 그곳에는 터널이 딱 하나 있고, 이 터널이 '나오는' 명소라고 한다.

터널을 지나면 하얀 손이 차를 향해 튀어나오고 이어서 얼굴이 튀어나온다거나, 터널 입구에 여자 귀신이 나온다고도 한다. 차 지붕 위에 할머니가 달라붙거나 누가 쫓아온다는 이야기도 있었다. 요컨대 흔하디흔한 온갖 괴담이 다 모여 있으니 신빙성은 한없이 낮다.

"하지만 담력 시험하기에는 그 정도가 딱이지." T씨는 말한다.

그러니까 T씨 일행은 안심하고 담력을 시험하러 갔다.

아니나 다를까 터널에서는 아무 일도 없었지만, 여름 산에는 독특한 분위기가 있다. 짙은 어둠과 왕성한 녹음, 그 내음, 그 밑바닥에 감도는 썩어가는 물 냄새. 벌레 소리, 새의 날갯짓, 작은 동물의 기척. 여름 산에는 온갖 것이 숨어 있다. 삶과 죽음조차 혼돈되어 있어 뭐가 나올지 알 수 없는 잡탕 전골처럼 의뭉스러운 구석이 있다.

그 분위기만은 만끽하며 밤 도로를 달렸다. 터널을 나와 조금 가자 산사가 있었다. 산문 아래까지 갔을 때, 전화박스가 눈에 들어왔다. 친구 한 사람이 전화할 볼일을 떠올렸다기에 차를 멈추었다. 아직 휴대전화가 보급되지 않은 시절 이야기다.

그녀들은 전화박스에 들어갔다. 더운 계절이라 박스 문은 열어둔 채 등으로 누르며 수화기를 들었다. T씨는 차에서 내려 함께 문에 몸을 기댔다. 남자 친구가 두 사람, 차 안에 남아 담배를 피웠다.

이용하는 사람이 별로 없는지 전화박스 모서리마다 거미줄이 몇 겹이나 드리워 있었다. 박스 불빛에는 날벌레와 나방이 꼬였고, 죽은 벌레가 바닥이며 전화기 위에 널브러져 있었다. T씨는 친구에게 기분 나쁘니까 빨리하라고 재촉했다.

응, 하고 건성으로 대답한 친구는 "어, 뭐라고?" 하고 소리쳤다. 전화 상대에게 묻는 소리였다. 이야기가 통하지 않는지 "뭐야, 이거." 하고 몇 번이나 외치다 이윽고 수화기를 귀에서 뗐다.

"이상한 목소리가 들리네."

내민 수화기에 T씨도 귀를 대보았다. 분명히 신음하듯 나직한 소리가 울렸다. "여보세요." 말을 걸자 낮고 일그러진 목소리가 "여보세요." 하고 따라 한다. "누구야? 장난 그만해." 하고 말하자, "그만해에." 하고 나직한 목소리가 묘한 억양으로 말하며 풉 하고 웃었다. 전화 상대방도 [이상한 목소리 내지 마.]라고 한다.

T씨는 그만 끊으라며 친구에게 수화기를 돌려주었다. 친구는 고개를 끄덕이고 산에서 내려가 다시 걸겠다고 전화 상대에게 말했다. 그때 T씨 머리 위를 뭔가 휙 스쳤다.

본능적으로 몸을 빼고 손으로 떼쳤다. 휘저은 손을 보니 거미줄이 몇 겹으로 감은 것처럼 달라붙어 있었다. 떼어내려고 손을 흔들었다. 친구가 "꺄악!" 하고 소리 지르며 손을 피하다가 전화박스 문이 닫혔다. 친구는 서둘러 전화를 끊고 전화박스를 나오려 했다. 어째서인지 문이 열리지 않았다. 열리지 않는다고 당황하며 외친 친구는 이내 얼굴 주위로 손을 저었다. 그 손에 두껍게 감겨 있는 거미줄이 보였다.

T씨도 문을 잡았다. 어째서인지 전혀 꿈쩍할 낌새가 없었다. 안절부절못하는 두 사람을 보고 차에서 기다리던 남자 친구들이 도우러 왔다. 다 함께 밀어도 당겨도 전화박스 문은 전혀 꿈쩍하지 않았다. 꺼내달라고 울먹이는 친구의 머리카락에 오래된 날벌레 시체와 함께 거미줄이 뒤얽혀 있었다.

무슨 짓을 해도 문이 꿈쩍하지 않아, 하는 수 없이 전화박스 유리를 깨서 친구를 구해냈다.

기분 나쁘기도 하고 사후 처리도 어찌해야 할지 몰라서 그들은 이야기해보자며 산사로 향했다. 다행히 절집 창문에는 아직 불이 켜져 있었다. 미안해하며 찾아가 전화박스 이야기를 하자, 모습을 드러낸 주지가 껄껄 웃었다.

"이런 산속에 전화박스가 있을 리가 없잖소."

그들이 돌아가 보니 정말로 전화박스는 없었다.

그들은 허겁지겁 산을 내려왔다고 한다.

공작실에서

K씨의 사촌 J군이 중학교에 들어간 해에 있었던 일이다. J군은 중학교에 입학하자 탁구부에 들어갔다. 탁구부에서는 해마다 여름방학에 합숙을 한다. 합숙이라고 해서 어디로 가는 건 아니고, 그저 학교에서 며칠 묵을 뿐이다. 오전에는 고문 선생님이 지켜보는 (감시하는) 가운데 자습, 오후에는 계속 연습. 청소도 빨래도 식사준비도 스스로 해야 한다. 제법 고될 것 같지만 친한 친구들과 함께 먹고 잔다니 얼마나 재미있을까. 마지막 밤에는 교정에서 캠프파이어를 하고 불꽃놀이를 하기로 되어 있다. 이날만은 소등 시간도 없고 다소 도를 지나쳐도 용서받는 모양이다. 그렇게 듣고 J군은 처음으로 참가하는 합숙을 손꼽아 기다렸다.

시작되어보니 합숙은 예상대로 힘들었고 예상대로 즐거웠다. 그리고 마지막 밤.

교정에서는 부원들이 장작을 쌓아 올려 캠프파이어 준비를 했다. J군과 두 사람이 조금 떨어진 곳에서 불꽃놀이 준비를 했다. 사 온 불꽃놀이 봉지를 뜯어 종류별로 나눈다. 한창 작업을 하다 별생각 없이 고개를 들어 학교 건물 쪽을 보니 정면 2층 한 창문에 하얀 그림자가 있었다.

J군이 본 건 정면 현관이 있는 중앙 건물이었다. 1층에는 교장실과 교무실 등이 있고 2층, 3층에는 미술실이며 음악실 등의 특별 교실이 있다. 하얀 그림자가 보인 건 교무실 바로 위에 있는 교실로, 공작실 창문이었다. 하지만 그곳에 사람이 있을 리가 없다. 저녁에는 건물 자체를 닫고 열쇠로 잠가놓는다. 당번으로 출근한 선생님이 돌아가면 아무도 들어갈 수 없다.

J군은 놀라서 주위 사람을 보며 공작실 창문을 가리켰다. 다들 그쪽을 보았을 때는 이미 사람 모습은 보이지 않았다. 다만 모두가 지켜보는 눈앞에서 창문 안 커튼이 흔들렸다. 꼭 누가 커튼을 걷어 올렸다가 툭 놓은 느낌이었다.

들어가지 못하게 되어 있는데 누가 학교 건물 안에 들어간 걸까.

J군과 친구들은 주위를 둘러보았지만 빠진 부원은 없었다. 공작실 창문으로 시선을 돌리자 어느새 그 창문이 열려 있었다. 모두가 "어?" 하고 소리 질렀다.

"창문이 열려 있었나?"

"그럴 리 없는데."

애초에 열려 있을 리 없는 창문이다. J군이 사람 그림자를 보았을 때, 분명히 창문은 닫혀 있었다. 창문의 반사 탓에 안의 모습이 똑똑히 보이지 않아서 잘못 보았나, 기분 탓인가 생각했을 정도다. 하지만 지금은 분명히 열려 있다. 공작실 커튼이 바람에 흔들렸다.

J군과 친구들이 이상함을 깨닫고 캠프파이어를 준비하던 다른 부원들과 고문 선생님까지 모였다. 무슨 일이냐고 묻기에 J군은 공작실 창문을 가리켰다. 베란다에 면한 창문 하나가 틀림없이 열려 있었다. 조금 전까지 닫혀 있었다고 설명하려 했을 때였다.

건물 창문 바깥에는 교정 쪽으로 베란다가 이어져 있다. 공작실 앞에 있는 베란다의 금속제 난간에 걸레를 몇 장 말려놓았다. 방학 중에 그곳에 방치되어 비바람을 맞은 걸레는 바싹 말라서 빳빳하게 굳어 있었다. 그중 한 장이 갑자기 난간에서 떨어졌다.

베란다 안쪽에서 바깥쪽으로 밀어낸 것처럼 떨어진 걸레는 난간에 걸렸던 형태를 유지한 채 교정에 떨어져 작은 소리를 내며 굴렀다.

젖은 걸 짜서 막 말린 걸레나 부드럽게 마른 걸레였다면 바람이나 어떤 충격으로 미끄러져 떨어지기도 하리라. 하지만 교정에 나뒹굴어도 난간 형태를 그대로 유지할 정도로 굳은 걸레가 자연히 떨어질 수 있을까?

그렇게 생각하면서 J군이 공작실로 시선을 돌리니 베란다 바로 앞에 있던 나무 우듬지가 풀썩하고 크게 흔들렸다. 웬만큼 중량이 있는 뭔가가 우듬지에 떨어졌거나 뛰어내린 것처럼 흔들렸다. 모두가 마른 침을 삼켰다. J군은 당장에라도 우듬지에서 뭔가가 뛰어

내려올 것 같아서 흔들리는 가지를 응시했다.

하지만 그게 다였다. 묵직하게 흔들리던 가지가 잠잠해졌다. 딱딱한 걸레만 교정에 나뒹굴었다. 공작실 창문은 계속 열려 있었다.

지금도 동아리 안에서 이야깃거리가 되고 있다고 한다.

터널

K씨의 오빠가 친구 세 사람과 여행을 갔다. 친구의 차를 타고 토호쿠를 돌아 일주일의 여정을 마치고 고속도로로 돌아올 때였다.

네 사람을 태운 차는 밤중에 긴 터널에 접어들었다. 터널에 들어갈 때에는 주위에 분명히 차가 여러 대 있었다고 한다. 기나긴 터널을 달리는 동안 어느새 주위에 자동차가 보이지 않았지만, 이 시점에서 그들은 그것을 별로 묘하게 생각하지 않았다. 그때 갑자기 흰 옷을 입은 여자가 차 앞으로 뛰어들었다.

급브레이크를 밟자마자 둔탁한 충격음이 들리고 하얀 그림자가 보닛 위를 섬광처럼 튀어 차 후방으로 사라졌다. 회전한 차는 터널 벽에 옆면을 긁으며 간신히 멈추었다. 맨 먼저 운전하던 친구가 차에서 뛰어나갔다. 오빠와 다른 친구들도 뒤따랐다. 다행히 차에 타고 있던 사람들은 모두 다치지 않고 넘어간 모양이다. 다들 새파랗게 질려 다리가 후들거렸지만 아무튼 모두 차 뒤쪽으로 달려갔다.

그런데 어디에도 피해자 모습이 없다. 주황색 조명이 기묘한 그림자를 드리운 가운데 노면을 살피고 차 주위부터 아래까지 뒤졌다. 그러나 여자 모습은 물론이고 사고가 있던 상흔조차 발견할 수 없었다.

"확실히 쳤지?"

그들은 얼굴을 마주했다. 이럴 때는 어쩌면 좋을까. 역시 경찰에 신고해야만 할까. 어쩔 줄 몰라 할 때 맞은편 차선에 빈 차 등을 켠 택시가 지나갔다. 운전사는 차를 멈추고 내리더니 그들에게 "무슨 일 있으세요?" 하고 말을 걸어주었다.

택시 운전사라면 이런 일도 잘 알리라. 매달리는 심정으로 그들은 입을 모아 사정을 호소했다. 분명히 여자를 쳤는데 여자 모습이 어디에도 없는 데다 핏자국도 뭣도 없다. 그 이야기를 듣더니 운전사는 알겠다는 얼굴로 "아아." 하고 고개를 끄덕였다.

"예전에 이 터널에서 불이 났어요. 그래서 가끔 죽은 사람이 나오죠."

운전사 말로는 이 터널에서는 흔한 일이라고 한다. 석연치 않았지만, 실제로 여자 모습만 안 보이는 것이 아니라 자동차 보닛에도 흠집 하나 없었다.

운전사는 "사람과 부딪쳤다면 이럴 수는 없죠. 차도 엉망이 되니까요." 그렇게 말하며 "유령을 쳤으니 기분은 나쁘겠지만 진짜 사고가 아니라 다행이네요." 하고 위로해주었다.

그 말이 맞다. 그들은 운전사에게 고맙다고 인사하고 뒷맛은 나쁘지만 차에 탔다. 옆면에 흠집이 나고 긁은 쪽 사이드미러가 부러졌지만, 어쨌든 차는 문제없이 움직였다. 다들 간신히 어깨에 힘을 툭 뺐을 때 터널을 나왔다. 어느새 트럭과 승용차가 주위를 달렸다. 그것을 보고 그중 한 사람이 중얼거렸다.

"추돌사고가 안 났기에 망정이지."

맞는 말이다. 모두 새삼 부서진 사이드미러를 보며 안도의 한숨을 내쉬었다. 무슨 영문인지 주위에 차가 없던 덕분이다. 그렇지 않았으면 급정차한 그 순간 추돌 사고가 나서 큰 사고가 됐을지도 모른다. 다중 사고 가능성도 있다. 게다가 마음이 급해 아무 생각도 없이 차를 뛰쳐나왔는데 뒤에 오는 차가 있었다면 자신들까지 치였을지 모른다.

저마다 이러쿵저러쿵 말하다가, 불현듯 다들 입을 다물었다. 누가 툭 하고 내뱉었다.

"그러고 보니 여기 고속도로지?"

고속도로다. 애초에 여자 혼자 뛰어나올 리가 없다. 뒤에 차가 전혀 오지 않았던 것도 이상하다. 지금까지 줄곧 심야편 트럭이 주위를 달리고 있었다.

또 다른 한 사람이 말했다.

"고속도로에 택시가 다니나?"

그들은 얼굴을 마주 보았다. 빈 차 표시등을 똑똑히 보았다.

"보통은 있더라도 손님을 태웠거나 돌아가는 차지."

"그보다 그 기사 아저씨는 왜 그렇게 선선히 차를 세우고 내렸지?"

일반 도로가 아니다. 고속도로다. 모두 말을 잃었을 때, 운전하던 친구가 신음하듯 말했다.

"곰곰이 생각하니 그 터널은 상하행선이 따로따로였어."

다들 철렁했다. 그랬다. 애초에 터널 안에는 맞은편 차선 따위 존재하지 않았다. 상행뿐인 2차선이다—.

대체 자신들은 뭘 맞닥뜨렸던 걸까. K씨의 오빠는 여태껏 모르겠다고 한다.

모래 언덕

I씨가 대학 동아리에서 여름 합숙을 갔을 때 일이다.

합숙이라고 해도 특별히 뭘 하는 건 아니다. 동아리에서 단체 여행 가서 놀다 오는 별것 아닌 행사다. 여름에는 대개 바닷가에 가서 해수욕하고 불꽃놀이를 하고 담력 시험을 하는 게 전통이지만, 유감스럽게도 동아리에는 남자들뿐이라 화사함은 전혀 기대할 수 없다.

이해에도 바닷가로 갔다. 도착한 다음 날에는 바닷가에서 수영이나 하자는 이야기가 나왔는데, 아쉽게도 그날은 날이 흐려서 조금 으슬으슬했다. I씨는 특히 추위를 많이 탄다. 조금 헤엄쳤더니 몸이 차가워져서 따뜻한 모래사장에 드러누웠다. 곁에 있던 녀석들이 재미 삼아 I씨의 몸 위에 모래를 덮었다. 처음에는 따뜻해서 좋아하던 I씨도 흥에 겨운 동아리 친구들이 어마어마한 양의 모래를 쌓아 올리기 시작하자 좋아만 하고 있을 수 없어졌다. 따뜻하지만 무거웠다.

"숨을 못 쉬겠어."

I씨가 불만을 토로했을 때에는 늦었다. 이미 옴짝달싹할 수 없었다.

"정말로 숨을 쉴 수가 없다니까."

I씨는 호소했지만 사람들은 두두룩하게 쌓아 올린 모래 언덕 위에 모래로 'F컵'이며 똥배를 쌓은 끝에 "이제 안 춥지?"라고 웃으며 바다로 가버렸다.

남겨진 I씨는 꿈틀꿈틀 몸을 흔들어보았지만 모래 언덕은 무너질 낌새가 없었다. 무거운 데다 숨이 막혔다. 어린아이 같은 장난을 다 한다. 어이가 없어서 그대로 눈을 감았다. 움직이지 못하니 하는 수 없다. 다행인지 불행인지 잠도 부족했다. 수영도 하고 몸이 따뜻해진 덕분에 졸려서 그대로 수마에 몸을 맡기기로 했다.

—그리고 꿈을 꾸었다.

꿈속에서도 I씨는 바닷가에서 모래에 묻혀 있었다. 역시나 꿈쩍하지 못한 채 어떻게든 모래 산을 무너뜨리려 안달이 나 있었다. 쏴아 하고 파도가 밀려오는 소리가 들렸다. 물이 발치에 스며든 느낌이 들어 순간 오싹해졌다.

파도 소리가 가깝다. 만조다. I씨는 그렇게 생각했다. 파도가 어디까지 왔는지 확인하려고 목을 돌려 보았지만 자신의 몸 위를 뒤덮은 모래 산과 당장에라도 비가 쏟아질 것처럼 찌푸린 하늘 말고 아무것도 보이지 않았다. 보이지 않는 게 불안에 박차를 가했다.

"이봐!" I씨가 소리 질렀지만, 모래의 무게로 충분한 소리가 나오지 않았다. 주위에 사람이 있는 기척도 없다. 거친 파도 소리가 들렸다.

또 차가운 물이 스며들었다. 허리 부근까지 젖었다. 틀림없다. 파도가 발치까지 왔다.

물기를 품은 모래는 더욱 무거운 데다 무슨 이유인지 다리가 푹푹 빠졌다.

지를 수 있는 만큼 목소리를 크게 내지르는 사이에 젖은 감촉이 등까지 이르렀다.

—사람 살려!

소리를 지르자 동시에 몸 위를 넘은 파도가 얼굴에 밀어닥쳤다. 그때, 키득거리는 웃음소리가 들렸다.

어느새 주위에 인기척이 났다. 여러 사람이 소리를 죽여 웃고 있었다.

웃지 말고 도와줘. 정말로 빠진다고. 빠져버린다고.

파도는 I씨 어깨 부근까지 밀려왔다. 그저 하늘을 바라볼 수밖에 없는 얼굴에 물보라가 튀어 머리를 적셨다. I씨는 목청껏 도움을 요청하며 외쳤지만 냉정하게 소리 죽여 웃는 소리만 들렸다.

너희는 내가 빠지는 모습을 보고 웃음이 나와?

파도가 밀려들어 물이 귀를 쓸고 갔다. —싸늘한 그 감촉에 눈을 떴다.

눈을 뜨니 찌푸린 하늘만 보였다. 파도 소리가 들렸지만, 꽤 멀었다. 동아리 사람들의 떠들썩한 소리가 들렸다.

아마도 모래 무게에 숨까지 막힌 탓에 그런 꿈을 꾸었으리라. 진짜면 견딜 수 없다. I씨는 다시 몸을 흔들었다. 역시 모래 산은 꿈쩍도 하지 않았다.

—아니, 발아래 모래에서 꿈틀꿈틀 움직이는 감촉이 났다.

모래가 움직인다. 그보다 뭔가 모래 속에서 움직이고 있다. 분명히 모래와는 다른 감촉이 종아리에 닿았다.

I씨는 소리쳤다.

"누가 와줘! 뭔가 있어!"

필사적으로 친구 이름을 불렀다. 무슨 일이냐고 묻는 듬직한 소리가 들리고 여러 명이 급히 돌아오는 기척이 났다.

I씨는 모래 안에 뭔가 있다고 호소했다. 이상하게 여긴 친구들이 모여 서둘러 모래를 파서 무너뜨려주었다. 그러는 동안에도 모래와는 명백히 다른 매끈한 뭔가가 I씨 발아래에서 꿈틀거렸다.

빨리, 빨리해, 하고 소리 지르던 I씨는 몸이 자유롭게 되자마자 모래 산을 발길질로 치우며 일어났다. 모래를 감아올리며 발이 허공을 찬다. 그 아래에 하얀 물체가 보여 I씨는 숨을 삼켰고, 친구들도 깜짝 놀라 소리를 질렀다.

틀림없이 하얀 손이었다고 한다.

하얀 손은 허공을 쥔 채 모래 속으로 사라졌다.

이제 틀렸어

N씨가 도쿄에 있는 대학에 다니는 사촌에게 들은 이야기다.

사촌이 사는 동네 근처에 귀신이 나오기로 유명한 폐가가 있다. 그 지역에서만 유명한 것이 아니라, 잡지에도 소개된 적 있는 건물로, 무성한 담쟁이덩굴이 벽면 가득 휘감고 지붕까지 뒤덮은 더없이 낡고 사연 있어 보이는 완벽한 폐가라고 한다.

사촌은 동아리 모임에 갔다가 심야 방송에서 또 그 건물이 소개되었다는 이야기를 들었다. 계절은 여름, 해마다 꼭 하는 담력을 시험하러 가는 방송이었다. 방송 중에 소재지는 밝히지 않았지만, 방송을 본 사람들은 그 집이 틀림없다며 떠들어댔다. 그중 몇 사람이 그곳에 가 보기로 했다. N씨의 사촌은 그런 걸 그다지 좋아하지 않아서 가지 않았다. 결국 사이좋은 선배를 포함해 세 사람이 그곳에 갔다.

선배들은 그중 한 사람의 방에 모여 밤이 깊어지기를 기다렸다. 이야기를 듣고 온 한 사람을 더해 네 명이 차를 타고 그곳으로 향했다.

도착한 집 문은 쇠사슬이 감긴 채 닫혀 있었지만, 주위를 둘러싼 담 일부가 산울타리에 손질이 잘 되어 있지 않아 큰 어려움 없이 부지 안으로 숨어들 수가 있었다.

정원에 들어가보니 온통 여름풀에 묻혀 있었다. 여름풀이 이슬을 잔뜩 머금고 다리에 달라붙는다. 풀숲 안 곳곳에 정원석이며 쓰레기가 숨어 있다. 우거진 정원수 사이에는 거미집이 걸려 있고, 엄청난 모기떼가 날아다녔다. 반바지 차림이었던 선배는 이 시점에서 이미 시시한 모험심을 일으킨 걸 후회했다.

그런 황폐한 정원을 지나자 유리문이 있었다. 덧창이 있지만, 낡아서 크게 뒤틀렸다. 틈에 억지로 손을 집어넣어 힘껏 밀고 당기니 빠졌다. 빠진 덧창을 땅에 내려놓았을 때, 안쪽에 붙어 있는 부적을 보았다. 덧창 두 장에 걸치듯 붙인 부적은 덧창을 떼는 바람에 찢어졌다.

선배 일행은 찜찜함을 느끼면서 건물 안으로 발을 디뎠다. 마루가 있었다. 그 앞은 다다미방인데, 다다미는 찢기고 물렁물렁해졌다. 조심조심 다다미방을 빠져나가려던 때였다. 선배 발치가 쑥 빠졌다.

바닥이 뚫려버렸다. 다리를 빼내려 했지만 썩은 골풀이 들러붙어 마음대로 되지 않았다. 친구의 손을 빌려 간신히 기어 나와보니 뭐에 베였는지 한쪽 다리 무릎이 피범벅이었다. 이거 큰일이다 싶었던 그들은 서둘러 그곳을 나왔다. 건물을 빠져나와 산울타리를 지나 차에 탔다.

"깜짝 놀랐네."

"너, 없어진 줄 알았어."

긴장감이 풀려 돌아가는 길 차 안에서는 다들 흥분해 있었다. ― 아니, 운전하는 친구만 잠자코 있었다. 말을 걸어도 건성으로 대답하며 굳은 얼굴로 몇 번이나 백미러를 쳐다보면서 오로지 차만 몰았다. 속도를 너무 내는 것 같아서, 선배는 친구에게 "안전 운전하며 가자." 하고 말했다. "알겠다니까." 친구는 그렇게 말하면서 속도를 늦출 기미가 없었다. 뒤쪽을 신경 쓰는 것처럼 몇 번이고 백미러를 보았다.

뭐가 보이나 싶어 선배도 백미러를 들여다보았지만, 특별히 뭐가 비치는 것 같지 않았다. 집에 거의 다 와서도 친구 상태는 여전히 이상했다. 백미러를 자주 흘끔거리기만 하고 대화에는 전혀 끼어들지 않았다. 기분 탓인지 낯빛도 어두웠다. 보아하니 어깨에 이상하게 힘이 들어갔고, 핸들을 쥔 팔이 경직된 것 같았다.

"왜 그래?" 조수석에 탄 선배가 물었다.

"미안…… 이제 틀렸어!"

그 순간, 그는 느닷없이 소리를 지르고 또 지르며 핸들을 급하게 꺾어 길가 콘크리트 담장에 차를 들이받았다.

정신이 들고 보니 선배는 조수석에서 튕겨 나와 남의 집 마당에 뒹굴고 있었다. 집주인이 놀라서 집에서 나오는 참이었다. 시멘트벽 돌 담장을 들이박아 부수며 멈춘 차 안에서 친구 두 사람이 휘청거리며 내렸다. 운전한 친구만 끝내 내리지 않았다.

즉사였다고 한다.

세발洗髮

F씨의 할머니는 예절 교육에 무척 엄한 사람이었다. F씨가 어릴 적 시골에 있는 할머니 댁에 갔을 때 이야기다.

F씨 일가는 해마다 백중을 시골에서 지낸다. 대개 부모님과 함께 귀성 철 즈음에 시골에 오는데, 이해에는 무슨 사정이 있어 오빠와 F씨만 한발 먼저 할머니 댁에 왔다.

할머니 댁에는 또래 사촌도 있다. 이웃 아이들과도 잘 알았고, 주위 산은 놀 거리 천지였다. F씨는 할머니 댁에 가는 게 엄청 좋았지만, 할머니만은 어려웠다. 할머니는 이런저런 일에 잔소리가 심했다. 아침에는 일어나서 제일 먼저 불단에 합장을 하라든가, 밥 먹을 때에 팔을 괴면 안 된다든가, 자질구레한 소리를 듣는다. 특히 이해에 시끄럽게 들은 게 머리카락 처리였다.

F씨는 이 무렵 머리를 길게 길렀는데, 머리를 감거나 빗은 뒤에 떨어진 머리카락을 스스로 주워 버리라는 소리를 들었다. 혼자 씻을 나이가 되었기 때문인지도 모른다. 머리를 감으면 꼭 떨어진 머

리카락은 주워서 버려. 머리카락은 절대로 흘려보내서는 안 돼.

그런데 이게 귀찮았다. 자신의 머리카락인데 빠져서 떨어지면 더럽게 느껴지는 까닭은 뭘까. 왠지 만지고 싶지 않고, 젖은 머리카락은 손가락에 휘감기기 때문에 버리기 어렵다.

싫다고 생각하니까 자꾸 까먹는다. 대개 목욕하고 나올 때에야 머리카락 줍기를 깜빡한 걸 깨닫고, 증거 은멸이라 칭하며 따뜻한 물을 흘려보냈다. ─그러던 어느 날.

F씨는 욕실에서 머리를 감고 있었다.

할머니 댁 욕실은 건물 끝에 있다. 원래는 화장실과 함께 다른 건물에 있던 욕실을 개축하며 복도로 집과 이었다. 그 탓에 인기척이 멀다. 창문 바로 밖은 뒷산이라 욕실에 들어가면 자신이 내는 물소리 말고는 아무 소리도 들리지 않았다. 그게 불안하고 무서워서 F씨는 할머니 댁 욕실을 좋아하지 않는다. 머리카락 청소를 하기 싫은 건 되도록 욕실에 오래 있고 싶지 않은 탓인지도 몰랐다.

이날도 으슬으슬한 기분으로 머리를 감았다. 실제로 창을 타고 산속 밤공기가 들어와 쌀쌀했다. 빨리 끝내고 싶어서 서둘러서 머리를 헹굴 때.

웅크리고 앉은 자신의 몸 틈으로 뭔가가 흘끔 보인 것 같았다. 깜짝 놀라 시선을 돌리니 자신의 몸과 올린 팔 사이에 누군가의 다리가 보였다.

누가 바로 뒤에 살짝 비껴서 서 있다. 검푸른 아이의 발이었다.

바로 뒤에 있으면서 아무 기척도 나지 않았다. 봐서는 안 되는 존재다, F씨는 순간적으로 생각했다. 눈을 감고 큰 소리로 노래하면서 머리를 헹구고 도망치듯 욕조로 뛰어들었다. 욕조 구석에 몸을 기대고 돌아보니 욕실에는 아무도 없었다.

F씨는 기분 탓이라고 생각하려 했다. 그런데 욕실에 들어갈 때마다 뭔가 있다. 고개 숙인 몸 틈이나 문득 시선을 돌린 시야 끝에 검푸른 다리가 보였다. 등 뒤에서 사각사각 희미한 소리가 들릴 때도 있었다. 어쩐지 머리카락을 씹는 소리인 것만 같았다.

욕실이 끔찍하게 싫어진 어느 날이다. 할머니가 F씨를 불렀다.

"머리카락 제대로 안 버렸지?"

욕실 바닥 배수구가 꽉 막혔다고 혼이 났다. 할머니는 F씨를 욕실로 끌고 가 청소를 시켰다.

할머니가 지켜보는 가운데 F씨는 마지못해 배수구를 청소했다. 할머니 말씀대로 덮개를 뺐다. 은색 덮개를 들자 머리카락이 주르륵 길게 뒤얽혀 있었다. 머리카락을 잡아떼고, 이어서 손가락을 배수구에 집어넣었다. 구멍 주위를 빙그르르 쓸었을 때 갑자기 뭔가가 손가락을 잡아당겼다.

F씨는 비명을 질렀다. 힘껏 손가락을 빼고, 울면서 할머니에게 호소했다. 뭔가가 손가락을 잡아끌었다, 이 욕실에는 뭔가가 있다.

할머니는 어이없어하며 F씨를 보았다.

"그러니까 머리카락을 주워서 버리라고 했지."

이 집 욕실에는 나온다고 한다. 젖어서 뒤엉킨 머리카락을 좋아해서 청소를 게을리하면 나온다. 깨끗하게 청소하면 더 이상 나오지 않는다는 말에 F씨는 울면서 청소를 마쳤다. 그 뒤로 머리카락을 깨끗하게 청소하고부터는 정말로 나오지 않았다.

할머니 일가는 옛날부터 그것을 '세발'이라고 불렀다고 한다.

발소리

U씨가 아직 대학생이던 시절 이야기다.

어느 날 밤, 그는 우연히 들어간 레코드 가게에서 계속 찾던 카세트테이프를 찾았다. 그 무렵 갑자기 유명해진 예능인의 낭독 테이프로, 특기인 무서운 이야기를 수록한 것이었다. U씨는 줄곧 그 테이프가 듣고 싶었다.

가게에 진열된 테이프는 두 개. 하나는 만화로도 만들어진 유명한 이야기고, 또 다른 하나는 짧은 이야기가 몇 개 들어간 옴니버스였다. 때마침 U씨는 아르바이트비를 받은 참이었다. 두 개 다 흔쾌히 사서 돌아왔다.

아파트에 돌아온 U씨는 일부러 밤이 깊어 주위가 쥐 죽은 듯 고요해지기를 기다렸다가 불을 끄고 테이프를 들었다. 무서운 분위기를 만끽하며 크게 만족한 U씨는 그걸 친구에게도 들려주고 싶었다. 그래서 다음 날, 친구를 붙잡고 테이프를 들으러 오지 않겠느냐고 했다.

유유상종이라고, 친구 역시 무서운 이야기를 무척 좋아했다. 테이프 이야기를 하자 크게 기뻐하며 밤에 아르바이트를 마치고 놀러 오겠다고 했다.

　U씨는 촛불까지 준비해놓고 친구를 맞았다. 무더운 방 안에서 촛불을 켜고 둘이서 첫 번째 테이프를 들었다. U씨도 똑같이 생각했지만, 친구도 "아는 이야기인데 실제로 들으니 역시 무섭네." 하며 대단히 만족하는 눈치였다.

　"그렇지?" 하고 웃으며 또 다른 테이프 하나를 틀었다. 마른 침을 삼키고 중간까지 들었을 때다. 갑자기 테이프가 멋대로 되감기기 시작했다.

　당연히 버튼은 누르지 않았다. "왜 이러지?" 그렇게 말하는 사이에 되감긴 테이프는 멋대로 멈춰서 멋대로 재생되기 시작했다.

　"지금 이거 뭐야?"

　이미 들은 단락을 의아해하며 듣다 보니 다시 갑자기 테이프가 되감기기 시작했다. 어느 정도 돌아가면 멋대로 재생된다. 아까와 같은 부분이었다. 조금 듣고 있으면 다시 되감겨서 또 똑같은 곳부터 재생된다. 기분 나빠서 정지 버튼을 눌렀지만 테이프는 멈추지 않았다. 다른 어느 버튼도 듣지 않았다.

　이제 와 생각하면 아예 전원 코드를 뽑아버리면 됐을지도 모른다. 하지만 그때는 그런 생각은 하지 못한 채 친구와 둘이서 홀린 것처럼 카세트를 응시하면서 테이프 목소리를 들었다.

멋대로 되감겨 정확하게 똑같은 곳부터 재생된다. 아무개 씨가 지방에서 묵은 민가에 어린아이 유령이 나온다는 괴담이었다. 아이의 발소리가 방 주위를 우당탕 돌아다닌다는 대목으로 멋대로 돌아가버린다.

카세트는 열몇 번 되감기를 되풀이하더니 뚝 멈추었다. 허둥지둥 테이프를 빼보았지만 테이프에는 이상이 없었다.

"어쩌지?"

U씨가 묻자 친구는 굳은 얼굴로 U씨와 테이프를 번갈아 보았다.

"왜 나한테 물어……."

테이프를 이어서 들어보고 싶지만, 또 똑같은 일이 일어나면 견딜 수 없다.

"그보다 이거 께름칙하지 않아?"

친구는 그렇게 말하면서도 결국―이것도 '무서운 것을 보고 싶어 하는 호기심'일까―이어서 들었다. 이번에는 이상 없이 끝까지 들었다.

"엄청난 체험을 한 것 같아." 친구는 그렇게 말하고 돌아갔다. "돌아가려니 무섭다." 같은 소리를 하고 웃으면서 말이다.

아파트에 홀로 남겨지니 새삼 그게 뭐였을까 싶었다. 다시 생각하면 할수록 기분 나빠서, U씨는 테이프를 케이스에 다시 넣고 벽장 짐 사이에 처박았다.

그날 밤이었다. 자려고 이불 속에 누웠다가 문득 누군가의 시선을 느꼈다. 돌아보니 벽장문이 조금 열려 있었다. 아까 닫았을 때 짐이 끼어서 제대로 닫히지 않았나. 하지만 그 틈으로 누가 이쪽을 보는 것 같다. 테이프 사건 탓인지 아무래도 어린아이 같다는 느낌을 떨칠 수 없었다. 틈으로 U씨를 물끄러미 보고 있다—보고 있는 것만 같다. 문을 닫고 싶었지만 닫으려고 문고리를 잡으면 틈에서 나온 손에 붙들릴 것 같은 망상이 불현듯 떠올라 끝내 꼼짝할 수가 없었다.

기분 탓이 틀림없다. 이상한 일이 있었으니까. 자신을 타이르며 U씨는 여름 담요를 머리까지 뒤덮고 억지로 잠을 청했다.

그다음 날 밤, 이번에는 잠결에 발소리를 들었다. 누가 방 안을 뛰어다닌다. 역시 어린아이라고 생각했다. 그런 일이 며칠쯤 계속되었는데, 이것도 테이프 사건 탓에 꾼 꿈이었는지도 모른다. 며칠 이어지더니 그쳤다.

그로부터 조금 지난 뒤 일이다. 대학에서 테이프를 들으러 왔던 친구를 만나 원성을 들었다.

테이프 사건이 있은 다음다음 날, 친구는 U씨를 찾아왔다고 한다. 초인종을 눌렀지만 대답이 없다. 그러고 보니 오늘 아르바이트하는 날이던가 하며 체념하고 돌아가려 할 때, 문 안쪽에서 소리가 들렸다. 누가 잰걸음으로 현관에 나오는 것 같았다.

자고 있었구만, 하고 생각한 친구는 문이 열리기를 기다렸다. 하지만 그 소리는 문 바로 앞까지 와서 잠시 그곳에 머물더니 어째서인지 방 안쪽으로 돌아가버렸다.

"집에 없는 척할 필요는 없잖아." 친구는 진심으로 마음이 상한 것 같았다. 하지만 U씨는 그날 그 시간에 정말로 아르바이트 때문에 집을 비웠다. 문 안쪽에 있던 '누군가'는 결코 U씨가 아니다.

그렇게 말했지만 친구는 믿어주지 않았다. 한동안 "네게는 박정한 구석이 있어."라고 했다.

그 뒤 U씨는 딱 한 번, 아파트에 돌아올 때 누가 나오는 발소리를 들은 적이 있다. 열쇠를 돌리려는데 누군가 발소리를 내며 현관에 나왔다. 하지만 작정하고 연 문 너머에는 아무도 없었다. 방 안에도 누가 있었던 흔적은 없었다.

그것을 끝으로 기묘한 일은 그쳤다고 한다.

폐병원

G씨가 사는 동네 근처에는 한때 결핵환자 요양원이며 전염병에 걸린 환자를 수용하기 위한 격리병원이 띄엄띄엄 있었다. 대부분이 지금은 폐쇄되어 건물 자체도 허물었지만, 관광지로 유명한 시라카바 호수 근처 산속에 아직 남아 있는 건물이 있다.

어느 날, 시라카바 호숫가 호텔에 젊은 남자 세 명이 함께 투숙했다. 여름방학을 이용해 멀리 도쿄에서 차로 온 그들은 낮에 관광지에서 만난 같은 세대 여행객에게 폐병원 소문을 들었다.

고원에서 만난 그들은 그곳이 무슨 병원이었는지는 모른다고 했다. 다만 폐업한 지 꽤 시간이 흘렀는데도 황폐한 건물 안에는 당시 비품이 그대로 놓여 있다. 폐병원 안에 의료기재가 방치되어 있는 건 흔한 일이라도, 병실임 직한 방에는 환자의 개인 물건으로 보이는 물건까지 남아 있어 그게 상당히 이상하다고 한다. '나온다'는 소문도 있는 듯하지만, 실제로 어떤지는 모른다. 상당히 무시무시한 곳이라는 이야기라, 보고 싶어서 가까운 도시에서 일부러 왔다. 하지만 어젯밤 내내 뒤져도 찾지 못했다. 이대로 돌아가기도 억울해서 하다못해 관광지 정도 돌아보고 나서 돌아가기로 했다고 한다.

그 이야기를 들은 세 사람은 호텔에 갔다가 그날 밤에 자신들도 폐병원을 찾으러 갔다. 소재지 단서는 '근처 산속'이란 어이없이 막연한 말뿐이라 찾을 수 있으리라고는 생각하지 않았고, 프런트에 물어볼 수도 없는 노릇이라 담력 시험이 아니라 소소한 드라이브 기분이었다.

그들은 정처 없이 가까운 산길을 달렸다. 낮에 만난 사람들도 찾지 못했다니까 도롯가는 아니리라 어림짐작하고 그럴싸한 샛길을 찾을 때마다 들어가 보았다. 대부분 임도로 숲 속에서 끊겨버렸지만, 가로등 하나 없는 캄캄한 산속에 인가는 물론이고 인기척조차 없는 길을 전조등 불빛만을 의지해 나아가는 건 제법 으스스하고 유쾌했다.

몇 번이나 샛길로 들어갔다 나왔는지, 이미 심야라 부를 시각도 지난 무렵이었다. 그들은 그곳에 이르렀다. 풀숲에 묻힌 언덕길을 오르자 갑자기 전방의 시야가 뚫리며 다 쓰러져가는 낡은 철근 콘크리트 골격 건물이 나타났다.

자갈을 깐 앞마당도 풀로 뒤덮였다. 무성한 잡초를 타이어로 짓밟으며 그들은 자동차를 건물 바로 앞에 세웠다. 풀 사이에는 쓰레기가 널려 있었다. 쓰레기를 밟고 지나가 현관에 이르니, 문고리에 사슬을 감아 문을 엄중하게 봉쇄해놓았다. 하지만 그들과 마찬가지로 담력 시험 기분으로 찾아온 침입자가 어지럽힌 것이리라. 1층 창문은 대부분 깨져 있었고, 깨진 창문으로 손전등을 비추어 들여다보니 곳곳에 탐방객이 남긴 낙서나 쓰레기가 보였다.

창문으로 들어갈까, 아니면 뒷문이라도 없는지 찾아볼까. 의논하면서 건물을 따라 걷다가 세 사람 중 한 사람이 걸음을 멈추었다. 나머지 두 사람도 걸음을 멈추고 입을 떡 벌리고 건물을 올려다보는 친구의 시선을 좇았다. 그는 꼭대기 층—3층 창문을 올려다보고 있었다. 어둠 속, 벽면만 희미하게 허연 그곳에 빼끔히 새카만 창문이 뚫려 있다. 그 창문 안에 누군가 있었다. 그곳에 인간이 있다고 해도 본디 보일 리가 없다. 그런데 그 사람들은 하얗고 희미하게 드러났다.

"있어……."

누가 중얼거렸다. 이내 다른 한 사람이 힉 하고 외쳤다. 그가 슬며시 손가락을 들어 가리킨 옆 창문에도 하얀 사람 모습이 있었다.

그들은 슬금슬금 뒷걸음질쳐서 그 자리를 벗어나려 했다. 정신 차리고 보니 여기저기 창문에 하얀 사람이 여럿 있었다. 창가에 우두커니 서 있는 사람들은 그들을 물끄러미 내려다보았다. 지켜보고 있다.

한 사람이 차 쪽으로 몸을 휙 돌렸다. 남은 두 사람이 뒤따랐다,

그리고 그곳에 얼어붙었다. 현관 앞, 건물 가까이에 세워둔 차 안에 하얀 사람이 가득 타고 있었다.

깊은 산속이다. 차 없이는 호텔로 돌아가는 건 고사하고 인가가 있는 곳까지 나갈 수조차 없다. 그들에게 선택의 여지는 없었다. 뭐가 어떻든 그 차에 탈 수밖에 없다. 다 함께 큰 소리를 지르며 눈을 감고 차 안으로 돌진했다. 저항 없이 좌석에 앉을 수 있었다. 하지만 차 안에는 희미하고 하얀 안개 같은 게 자욱했다.

이건 아무것도 아니다. 자신들을 타이르며 차를 출발했다. 카스테레오 음량을 높이고 큰 소리로 노래하면서 산길을 내려갔다. 달리는 가운데 안개는 걷혔다. 한 사람씩 탈락하듯 이쪽 안개가 휙 걷히고 이어서 저쪽 안개가 옅어졌다. 도시의 불빛이 보일 무렵, 차 안의 안개는 깨끗하게 걷혀 있었다.

간신히 한숨 돌리고 호텔에 돌아왔지만, 돌아오자마자 그중 한 사람이 쓰러져 원인불명의 고열로 병원에 실려가 버렸다. 그들은 프런트 담당자에게 일의 경위를 얘기하고 저주라고 주장했지만, 그렇다고 어떻게 해줄 수도 없는 노릇이었다. 쓰러진 청년은 원인을 모른 채 며칠 동안 이 지역 병원에 입원했다. ─G씨는 그때 프런트를 맡았던 아버지에게 그렇게 들었다.

다른 한 쌍

S씨 학교에는 여름에 여름학교가 있다. 가까운 호숫가에서 캠핑을 하는데 그때 있었던 이야기다.

2박 3일 중 이틀째, 그러니까 마지막 밤에 S씨와 친구들은 저마다 텐트에서 잤다. 첫날 밤에는 늦은 밤, 아니, 새벽까지 텐트를 나오거나 서로의 텐트를 오가며 노닥거리기도 했지만, 이튿날 밤에는 모두 지칠 대로 지쳐 일찌감치 잠들어버렸다.

그날 한밤중에 비명을 들은 S씨는 벌떡 일어났다. 옆에서 자던 친구와 얼굴을 마주 보고 텐트를 나가니 옆옆 텐트에 친구들이 모여 있었다. 한 아이가 새파랗게 질려 있었다.

그녀 말로는 한밤중에 눈을 뜨니 옆에 있어야 할 친구 얼굴이 없었다고 한다.

2인용 텐트라 그 아이 옆에는 친구가 자고 있어야 했다. 실제로 옆 여름 담요의 부푼 모양새가 사람이 자는 것 같았다. 그런데 있어야 할 곳에 얼굴이 없다. 무슨 일인가 하고 여름 담요를 끌어당겨

보자 발이 나왔다. 발치를 돌아보니 친구 머리가 보인다. 별것 아니었다. 친구가 거꾸로 자고 있었을 뿐이다.

그렇게 납득했을 때 깨달았다.

여름 담요에 발이 두 쌍, 나와 있다. 놀라서 비명을 지르자 다리 두 개가 여름 담요 안으로 슥 사라졌다.

비명을 듣고 사람들이 모였다. 옆에서 자다 일어난 그 친구는 그저 멀뚱히 있었다고 한다.

돌아간다

Y씨가 싱가포르에 있던 시절, 일본인 학교 친구 일곱 명과 함께 방과 후에 무서운 이야기를 한 적이 있다. 어둑한 교실 한가운데에서 저마다 무서운 이야기를 펼쳐놓았다. 분위기가 달아올라 누가 엔젤상을 하자는 말을 꺼냈다. 다시 말해 콧쿠리상이다.

리포트 용지에 히라가나를 적고 동전을 준비했다. 너무 많은 사람은 하기 어려워서 대표로 세 사람이 동전에 손가락을 얹었다. Y씨는 그 모습을 지켜보았다.

세 사람이 신묘한 표정으로 부르자 동전이 조금씩 움직였다. 동전은 Y씨와 친구들의 실없는 물음에 수상쩍은 대답을 돌려주었다. 맞는 대답도 있는가 하면 엉터리 같은 대답도 있다. 그렇게 30분쯤 지났을 무렵, Y씨는 주위가 점점 어둡고 으슬으슬해지는 것 같았다.

Y씨는 무서운 이야기를 하거나 콧쿠리상을 보거나 할 때, 등이 오싹하면서 식은땀이 날 때가 있다. 이때도 그랬고, 심지어 더 심했

다. 팔에서 어깨에 걸쳐 일부분이 이상하게 썰렁한 공기에 닿은 것 같았다.

"이 부분, 굉장히 차갑지 않니?"

Y씨가 친구에게 말하자 친구는 Y씨 팔 부근을 만지고는 소리를 질렀다. 차가운 공기 덩어리 같은 게 그곳에 있단다. 다른 친구들이 잇따라 만져 본다. Y씨 팔 부근에 딱 사람 머리 정도만 한 뭔가가 있다. 그곳만 축축하고 차가운 느낌이 든다.

"안 되겠어, 그만하자."

누가 말했다. 엔젤 씨에게 "돌아가 주세요."라고 말했다. 동전은 글자에 빨려 들어가듯 움직인다.

'돌', '아', '간', '다'

보통 '예'로 움직이는 걸 확인하고 끝내는데, 이걸로 될까. 친구 중 한 사람이 고개를 갸웃했다. 다른 한 사람이 "돌아간다고 하니까 끝내도 되는 거 아니야?"란다.

"끝내도 되는 거죠?"

만에 하나를 위해 한 친구가 물었다.

'돌아간다'

"끝내도 괜찮으면 '예'라고 대답해주세요."

'돌아간다'

Y씨와 친구들은 얼굴을 마주 보았다. 어떻게 물어도 뭘 부탁해도 '돌아간다'고밖에 대답하지 않는다.

"그럼 돌아가주세요."

손가락을 얹은 친구가 그렇게 말하고 억지로 끝냈다.

"분명히 돌아가줄 거야. 괜찮아."

친구가 그렇게 말했을 때, 교실 구석에 있던 텔레비전 쪽에서 달칵하고 단단한 소리가 들리고, 동시에 텔레비전이 켜졌다. 잠깐 큰 소리로 치직거리며 아무 신호도 잡히지 않은 화면이 비치더니, 이내 삑 하고 큰 소리를 내며 화면이 빨려 들어가듯 어두워졌다. 완전히 새카매지기 전에 소리가 왁 들렸다.

많은 사람이 일제히 뭔가를 외치는 소리였다. Y씨에게는 "미치코."라고 들렸다. 친구는 "엄마."라고 했다고 한다. 어쨌거나 여러 사람이 저마다 누군가를 부르는 소리였다. 일제히 소리를 지르고, 어두워지는 화면에 맞춰 슥 멀어지듯 사라졌다.

Y씨와 친구들은 허겁지겁 교실을 뛰쳐나왔다.

그 뒤에 학교가 일본인 무덤을 밀고 세운 건물이라는 소문을 들었다.

그들은 돌아가고 싶었는지도 모른다. 고향에 남긴 누군가를 줄곧 불렀는지도 모른다—Y씨는 그런 것만 같다.

기녀

K씨의 집은 낡았다. ―그리고 나온다.

결코 창문이 적지 않은데도 어스름하고 집 곳곳에 어둑한 곳이 있다. 그 어둠을 슥 가로지르는 그림자가 있다. 때로는 희미한 소리가 들리기도 한다. 여성이 뭐라고 중얼거리는 목소리인데, 뭐라고 하는지 알아듣은 예가 없다고 한다.

복도를 걷고 있으면 발소리가 따라올 때가 있다. 아무도 연 적 없는 장지가 열려 있다. 밤에 남몰래 우는 소리가 들리기도 한다. 자고 있으면 누가 흔들어서 깬다. 이제 익숙해져버렸지만 어릴 적에는 무서웠다. 그래서 K씨는 초등학생 때까지 줄곧 엄마 방에서 잤다.

어느 날 밤이었다. K씨는 한밤중에 눈이 번쩍 뜨였다. 별생각 없이 뒤척이는데 잠자리 바로 옆에 옛날 기녀 차림 여성이 서 있었다. K씨 쪽으로 옆얼굴을 보인 채 반침 부근 다다미를 지그시 보고 있었다.

당장에라도 돌아보지 않을까, 눈이 맞지 않을까, 무서워서 견딜 수 없었던 K씨는 반사적으로 "꺄악." 하고 소리를 지르며 저도 모르게 발로 찼다.

그러자 기녀는 깜짝 놀란 듯이 휙 물러났다고 한다.

텐트

이건 N씨가 친구에게 들은 이야기다. 동급생 중 A군이라는 남자 아이가 여름방학에 아버지와 둘이서 산에 캠핑을 갔다.

두 사람은 야영장에 도착하자마자 텐트를 쳤다. 돌을 쌓아 아궁이를 만들던 아버지의 지시로 A군은 장작을 모으러 숲에 들어갔다.

이름만 야영장이지 숲 속 시냇가에 평지가 있을 뿐, 화장실 말고는 이렇다 할 설비도 없는 곳이었다. 설거지는 화장실 옆 큰 냇가에서 할 수 있지만, 공동 아궁이 같은 건 없다. 음식을 하려면 가스버너를 가져오거나 A군네처럼 근처 돌로 아궁이를 만들어 부근에서 해 온 땔감을 태울 수밖에 없다. 주변에 사는 사람만 이용하는 그 정도 야영장이다 보니 캠핑 철에도 붐비는 일이 거의 없다. 실제로 이날도 A군네 텐트 말고는 떨어진 곳에 또 다른 텐트 하나가 보일 뿐이었다. A군의 아버지는 그런 적적함이 마음에 들어 가끔 A군을 데리고 그곳을 찾았다.

A군은 아직 저녁 햇살이 남아 있을 때 숲으로 들어갔다. 땔감이 될 만한 마른 가지를 주워 모으면서 걷다가(그러는 김에 딱정벌레와 사슴벌레가 모일 만한 나무를 물색하며), 별생각 없이 옆을 보니 바로 옆 수풀 속에 여자가 웅크리고 있었다. A군은 처음에 그 여자가 볼일이라도 보는 줄 알았다. 그래서 못 본 척했지만, 시간이 꽤 지나도 꿈쩍하는 낌새가 없었다. 어디 아픈가, 아니면 자기 때문에 나오지 못하는 걸까. 그렇게 생각하며 여자를 쳐다보았다. 여자는 고개를 들고 씩 웃는가 싶더니, 덤불 안 어둠 속으로 휙 가라앉듯 사라져버렸다. A군은 놀라서 텐트로 도망쳐 돌아왔다. 놀림당할 것 같아서 아버지에게는 이 일을 말할 수가 없었다.

꺼림칙해하며 잠든 그날 밤, A군은 텐트 바깥에서 뭔가 스치는 소리를 들었다.

잠이 깨서 귀를 기울이니 스윽 하고 가는 것이 텐트 표면을 매만지는 듯한 소리가 들린다. 처음에는 누가 텐트 표면을 손바닥으로 쓰다듬는 줄 알았다. 눈을 뜨고 주위를 둘러보았지만 불빛 없는 텐트 안은 어둡다. 자기 옆에서 자는 아버지 모습조차 또렷이 보이지 않는데 텐트 바깥 상황을 알 길이 없었다.

누가 뭔가 찾는 것처럼 텐트 표면을 매만진다. 아니, 잘 들어보니 그것은 부드러운 빗자루 따위로 텐트 표면을 쓰는 것 같은 소리로도 들렸다.

소름이 끼쳐서 아버지를 깨우려고 누운 채 팔을 뻗어 찔러도 아버지는 곤한 숨소리를 내며 일어날 기척이 없었다. 하다못해 잠든 척하며 무시해버리고 싶었지만, 바깥과 안쪽을 가로막은 것은 얇은 텐트 천 한 장이다. 몸을 덮어주는 것은 여름 담요 한 장뿐, 게다가 A군 바로 옆에는 텐트 입구가 있다. 두 장의 천만 드리운 채 한가운데 지퍼조차 채우지 않았다.

스윽 하고 비질하는 소리는 이어졌다. 미덥지 않은 텐트 안에서 그 소리를 계속 듣고 있을 수가 없었다. A군은 몸을 일으켜 입구 틈을 들여다보았다. 어둠만 보였다. 살며시 머리로 천을 가른 순간 머리 위에서 여자 얼굴이 거꾸로 매달린 채 떨어졌다.

씩 웃은 여자 얼굴은 낮에 숲 속에서 본 얼굴이었다. 여자는 양손을 A군 목에 대고 꽉 졸랐다. A군은 텐트 안쪽에서 자는 아버지에게 도움을 요청하려 했지만 소리도 내지 못하고 금세 의식을 잃고 말았다.

그리고 A군이 눈을 뜨자 햇살이 밝은 텐트 안에서 여름 담요를 잘 덮고 자고 있었다. A군은 일어나 아침을 지으려고 불을 지피던 아버지에게 물었다.

"나 제대로 텐트 안에서 잤어?"

아버지는 의아해하며 그렇다고 했다. 그럼 꿈이었을까. A군이 생각했을 때 아버지가 "사실은 어젯밤에 이상한 꿈을 꿨는데." 하고 말했다.

아버지는 어젯밤 A군이 텐트 바깥에서 누군가에게 습격당하는 꿈을 꾼 모양이었다. 스윽 하고 뭔가 텐트 표면을 쓰는 듯한 소리를 듣고 아버지도 눈을 떴다—꿈속에서. 뭐지 하고 생각하는데 느닷없이 A군이 천천히 일어나 입구 쪽으로 기어가더니 누군가에게 붙잡히기라도 한 것처럼 텐트 바깥으로 끌려나갔다.

아버지의 눈앞에서 A군 다리가 버둥버둥 날뛰었다. 아버지는 도우려 했지만 어째서인지 몸이 꿈쩍하지 않았다. 텐트 입구 끝이 젖혀지고 허공에 매달린 A군이 보였다. A군의 다리만 허공에 뜬 채 발버둥쳤다. 손가락 하나 움직이지 못한 채 미안해하다가 의식이 끊겼다. 눈을 뜨니 텐트 안이었다. A군은 옆에서 색색거리며 자고 있었다. 꿈이었구나 하고 가슴을 쓸어내렸다고 한다.

A군은 께름칙해서 어제 본 여자와 어젯밤 꾼 꿈 이야기를 했다. 아버지는 의아해했지만 "이상한 일도 다 있군." 하고 말았다. 그만 돌아가자고 하려나 했는데, 딱히 그런 이야기 없이 A군과 아버지는 예정대로 야영장에서 세 밤을 자고 집에 돌아갔다. 그 뒤로 기묘한 일은 일어나지 않았다. 이상한 꿈을 빼면 유쾌한 캠프였다.

캠프를 즐기고 돌아온 며칠 뒤, A군이 신문을 보니 그 야영장에서 죽은 지 꽤 지난 여자 시체가 발견되었다고 적혀 있었다. 야영장에서 조금 들어간 숲 속에서 목을 맸다고 한다.

낯익은 사람

K씨의 부친은 도내 고등학교 체육교사다. 운동부가 체질에 딱 맞는 사람이라 좋게 말하면 호탕하며 도량이 넓고, 나쁘게 말하면 조잡하고 둔하다. 운동부 고문으로 해마다 여름에는 학생들을 데리고 합숙한다. 치바 현 바닷가에 있는 학교 시설을 합숙 장소로 이용하고 있다.

얼마 전에도 합숙을 하고 돌아왔다. 그리고 자꾸만 고개를 갸웃거렸다.

"해마다 똑같은 곳에 사람이 있을 수 있나?"

K씨의 아버지는 돌이켜보면 벌써 7, 8년이나 계속 만났다고 했다.

합숙소까지는 학교에서 마련한 버스로 간다. 해마다 같은 곳에 가니까 당연하지만, 늘 반드시 지나는 길이 있다. 도내를 빠져나가는 길은 많지만 최종적으로 같은 길에 이르므로 그곳을 지나야 합숙소에 도착한다.

바닷가 시골 길인데, 한쪽에는 밭이 한쪽에는 바람막이숲이 이어진 아무것도 없는 곳이다. 그 길 어느 장소에서 항상 버스를 물끄러미 보는 사람이 있다.

"주위에 집도 뭣도 없는데."

사람이 별로 다니는 곳이 아니다. 지나치는 사람은 손에 꼽을 정도다. 그런데 해마다 같은 곳에 서서 버스를 바라보는 사람이 있다.

항상 초로의 남자로, 동일인물 같다는 생각을 떨칠 수 없으나 얼굴을 똑똑히 기억하지는 못하므로 확실치 않다. 입은 옷도 같은 것 같지만, 평범한 셔츠와 바지라 우연의 일치인지도 몰랐다. 어쨌거나 해마다 반드시 같은 곳에서 맑은 날에는 뙤약볕에 모자도 쓰지 않은 채, 비가 내리면 우산도 없이 그늘도 없거니와 비를 막을 것 하나 없는 길가에 꼼짝 않고 꼿꼿하게 서 있다.

"양손을 양다리 옆에 딱 붙이고 말이지. '차렷'을 한 채 버스를 보고 있어."

이상한 사람이라고 생각했다고 한다. 생각하고 이내 지난해에도 같은 곳에서 같은 사람을 본 것을 기억해냈다.

차렷 자세로 버스를 맞이하던 사람은 버스가 다가와 지나가는 모습을 차렷 자세로 전송한다. —그게 다.

"같은 길을 지나는데 돌아가는 길에 본 적은 없어."

바다로 돌아가다

S군은 어느 해 여름, 반 친구 두 명과 바다로 캠핑을 갔다.

캠핑이라고 해도 근처에 있는 바닷가에 텐트를 치고 며칠 보낼 뿐 인 행사다. 8월도 끝 무렵이었다. 새 학기가 시작되기 전에 뭔가 여 름방학다운 일을 해두고 싶었다. 그뿐이었으니, 이른바 '아웃도어' 라고 부르기는 거리가 멀었다. 일단 간단한 음식을 만들어 먹을 수 있는 최소한의 도구는 들고 왔지만, 귀찮아서 자전거로 가까운 가 게에서 도시락을 사 오거나 심할 때에는 누군가의 집에 가서 저녁 을 먹고 재빨리 목욕까지 하고 오는 더없이 간단한 캠핑이었다.

아마 사흘째 되던 날이었을 것이다. 밤새워 논 탓에 S군과 친구 들은 텐트에서 낮잠을 잤다. 겨우 눈을 뜨니 저녁이 다 되었다. 두 친구는 세수한다며 바다로 들어갔다. 아직 잠이 덜 깬 S군 혼자 바 닷가에 남았다. 텐트 옆에는 나무를 바위 위에 걸쳐 직접 만든 벤 치가 있었다. S군은 반쯤 졸면서 그 벤치에 앉았다.

─여름방학도 끝이구나.

멍하니 그런 감개에 젖어 있는데, 조금 이따 바다에서 친구가 올라왔다. 장난치며 바닷가까지 돌아온 두 사람은 S군 쪽을 보고 갑자기 걸음을 멈추었다. 물가에 우뚝 서서 굳은 얼굴로 S군을 바라본다. —아니, S군 옆을 보고 있다.

불현듯 가까이에서 비린내가 났다. S군은 자신의 바로 옆에 누군가 앉아 있음을 깨달았다. 자신의 무릎 바로 옆에 남색 치마가 보였다. 무릎 위에 가지런히 모은 하얀 두 손, 치마 위 하얀 블라우스.

머뭇머뭇 옆을 보니 또래 여자아이가 있었다. 물에서 막 올라온 것처럼 흠뻑 젖은 데다 머리 부근은 크게 깨져서 피범벅이었다.

반사적으로 괜찮으냐고 물을 뻔하다 말을 삼켰다. S군에게 보이는 쪽 옆머리가 심각하게 함몰되어 뻐끔히 깨졌다. 그런 상태로는 도저히 앉아 있을 수 없다.

치마에서 떨어지는 물방울이 모래사장으로 뚝뚝 떨어졌다. 고개 숙인 얼굴에 늘어뜨린 머리카락에서도 물방울이 떨어진다. 젖어서 달라붙은 블라우스 어깨 부근이 분홍빛으로 물들었다.

여자아이는 그런 모습으로 S군 옆에 가만히 앉아 있었다. 꿈쩍도 하지 않고 말도 하지 않는다. 숨소리조차 들리지 않았다.

너무나도 조용히—지나치게 조용했다.

S군은 슬금슬금 벤치에서 떨어졌다. 물가에서 하얗게 질려 땅에 못 박힌 두 사람도 슬금슬금 텐트 쪽으로 올라왔다. 여자아이는

몸 한번 꿈쩍하지 않았다.

세 사람은 슬금슬금 거리를 벌리고는 참지 못하고 텐트 속으로 도망쳤다. 세 사람은 몸을 딱 붙이고 떨었다. 한참 이따 텐트 바깥을 훔쳐보았다. 여자아이는 분명히 벤치에 앉아 여름 빛깔이 퇴색한 바다를 보고 있었다.

서로 끌어안은 채 지켜보고 있자니 여자아이가 갑자기 일어났다. 뒤돌아서 사연이 있는 것처럼 저녁놀이 감돌기 시작한 바닷가를 둘러보고 걸음을 돌린다. 세 사람 쪽으로 눈길 한번 주지 않고 조용히 바닷가를 걸어 내려가 물속으로 들어갔다.

소리도 없이 쪽빛 파도 사이로 하얀 블라우스가 멀어져간다. 소녀는 수면 아래로 가라앉았다.

끼워주기

T씨가 중학교 3학년 때 있었던 일이다. T씨는 문화제 준비를 위해 학교에 있었다. 여름방학이 끝나자마자 축제가 있다.

아직 마음은 방학인 채 문화제 준비에 돌입해 밤까지 작업에 힘썼다. 교내에는 들뜬 소란스러움이 흘렀다.

T씨는 작업을 일단락 짓고, 밤바람을 맞으러 복도에 나왔다. 창문 근처에서 한숨을 쉬는데 큰 소리로 자기 이름을 부르는 목소리가 들렸다. 돌아보니 교정을 사이에 두고 정면 건물에 남학생 세 사람이 있었다. 그중 한 사람이 T씨의 이름을 부르며 요란하게 손을 흔들었다. 옆에 있는 사람은 아무래도 같은 반의 Y와 K 같았다.

"창피하게." 하고 생각하면서도 같이 손을 흔들자 세 사람도 손을 흔든다. 그중 한 사람—T씨의 이름을 부른 남자아이가 깡충깡충 작게 뛰는 모습이 역광으로 보였다.

남부끄러워서 창문에서 떨어져 교실로 돌아갔다. 조금 이따 Y와 K도 교실로 돌아왔다.

"큰 소리로 부르지 마. 누가 보면 부끄럽잖아." 그렇게 말하자 Y, 와 친구인 K는 얼굴을 마주 보았다. "안 불렀는데."란다. 둘이서 복도를 걷는데 T씨 모습이 눈에 들어왔다. T씨가 이상하게 생글거리며 손을 흔들기에 "엄청 신 났네." 하고 의아해하며 손을 흔들었다고 한다.

아니, 틀림없이 불렀다. 분명히 Y도 K도 아니었지만, 옆에 있던 또 한 사람이 자신의 이름을 불렀다. 기쁜 듯이 깡충깡충 뛰었다.

하지만 다시 생각해보니 손을 흔든 한 사람은 낯이 설었다.

그제야 T씨는 생각이 미쳤다.

그 아이 혼자만 동복을 입고 있었다.

빨간 여자

A씨는 전학생이었다. 그녀가 새로운 학교에 익숙해질 무렵, 반 친구 생일 파티에 초대되었다. 생일 파티 날, 전학 와서 사귄 친구 R씨와 만나 친구네 집으로 함께 갔다.

그날은 쉬는 날이었지만 생일 파티는 저녁부터 시작되었다. A씨와 친구는 저녁에 역에서 만나 서서히 해가 저무는 길을 걸었다. 한적한 주택가는 오가는 사람이나 차가 적었다. 깨끗하게 정비된 도로는 전망이 좋았지만 땅거미 탓에 시야는 애매하고 미덥지 못했다. 그런 분위기 탓이리라. 그녀와 친구가 나누는 대화는 어느새 무서운 이야기가 되었다.

친구는 학교와 근처에서 들은 무서운 이야기를 소개했다. A씨는 전학 오기 전 학교에서 들은 이야기를 했다. 마침 공원 옆에 접어들었을 때, 그녀는 문득 전에 다니던 학교에서 마지막으로 들은 괴담을 떠올렸다. 빨간 옷을 입은 여자가 학교를 돌아다닌다는 이야기였다. 학교에는 교복이 있으니, 당연히 학생은 아니다. 몸매가 강

조된 새빨간 고급 정장을 입은 여자라고 하니, 교사나 학부형인 것 같지도 않다. 있을 리 없는 여자가 방과 후 학교 건물을 빠져나간다. 여자는 창문이며 문에서 목격되었다. 누구누구가 보았다, 그 사람들도 본 모양이라고 여기저기서 소문이 무성해질 무렵 A씨가 전학해버려서 그 뒤 이 괴담이 어떻게 되었는지 알지 못한다.

A씨가 그때 소문을 더듬더듬 떠올리며 친구에게 얘기해주는데, 전부 말하기 전에 친구가 등 뒤를 돌아보았다. 달려오는 구두 소리가 들렸다고 한다. 하지만 따뜻한 바람이 부는 길에는 아무도 보이지 않았다. 가로등이 켜질 무렵, 공원 안에도 인적은 없다. 친구 말로는 조금 떨어진 곳에서 "저기요!" 하고 화난 목소리가 들리며 바람에 실려 또각또각 빠르게 다가오는 구두 소리가 났다고 한다. 무슨 일인가 깜짝 놀라 돌아본 모양이다.

A씨는 조금 꺼림칙했다. 그도 그럴 것이 이 빨간 옷을 입은 여자 이야기는 함부로 다루어서는 안 된다고들 했기 때문이다. 재미 삼아 이야기하면 여자의 분노를 사서 이야기한 사람, 들은 사람 앞에 여자가 나타나 쫓아온다는 소문이었다. 당연히 A씨는 정작 이 부분을 아직 친구에게 얘기하지 않았다. 그 얘기를 하자 "좀 으스스하다." 하는 이야기가 되었는데 그렇다고 특별히 심각해진 것도 아니고, 친구 집에 도착할 무렵에는 잊어버렸다.

생일 파티는 요란하지 않고 마음 편한 자리였다. 친구 방에 일곱 명이 숨 막히게 꽉꽉 들어차 앉아 웃긴 농담을 주고받으며 분위기가 달아올랐다. 웃다 지칠 때쯤 친구가 좋아하는 CD를 틀었다. 몇 곡째에 조용한 발라드가 흘러나와, 모두가 입을 다물고 귀를 기울이고 있는데 스피커에서 여자가 지르는 소리가 희미하게 들려 왔다.

지금 그 소리 뭐야, 다들 얼굴을 마주 보았다. "이상한 소리가 들어간 곡인가?" 누군가 말해서, 같은 곡을 다시 틀어보았지만 이제 목소리는 들리지 않았다. A씨와 친구가 오는 길에 생긴 일을 떠올리고 이야기하는 바람에 그 자리 분위기가 이상해지고 말았지만, 생일을 맞은 친구가 그럴싸하게 농담하며 이야기를 돌린 덕분에 기분 좋게 떠들썩한 파티를 마칠 수 있었다.

이윽고 돌아갈 준비를 하고 생일을 맞은 친구의 배웅을 받으며 다들 현관을 나왔다. 상쾌한 밤바람이 불었다.

현관 앞에서 작별 인사를 나누는데 또 멀리서 소리 지르는 여자 목소리가 들려왔다. 다들 깜짝 놀라 돌아보았다. 친구 집 옆에는 높은 담이 서 있다. 그 그늘에서 빨간 정장을 입은 여자가 뛰쳐나와 힐 소리를 쿵쿵 내면서 엄청난 기세로 집 앞을 달려갔다.

그 여자가 누구인지는 모른다. 그저 여자가 문 앞을 지날 때 독살스러운 눈초리로 소녀들을 쏘아본 것을 모두가 보았다고 한다.

훔쳐보기

W씨의 학교에는 합숙 등에 쓰는 세미나 하우스가 교외에 있다. 신관과 구관 두 채가 있는데, 그중 구관에서는 여자 귀신이 나온다고들 했다. 사람이 들여다보일 리 없는 높은 창문에서 여자가 훔쳐본다고 한다. 그래서 창문에는 부적이 붙어 있다는 이야기였다.

그 세미나 하우스에 S씨도 가게 되었다. 4박 5일 숙박 학습이다. 신구관 두 곳에 다 묵어야 하나 싶어 반 아이들은 전전긍긍했는데, 현지에 도착해보니 남자가 구관이고 여자는 신관으로 배정되어 있었다.

친구들과 다행이라고 이야기하며 신관에 들어갔다. 완전히 새 건물은 아니었지만 다 쓰러져가는 구관에 비하면 아직 깨끗했고, 건물 안에 자갈로 꾸민 정원이며 작은 안뜰이 있어서 겉모습에도 신경 쓴 느낌이었다. 묵는 방도 아담한 다다미방으로, 창호며 다다미도 새것이라 밝은 느낌이었다.

그래도 왠지 창문이 신경 쓰였는데 창문 주변에 부적 따위는 없었다. 무엇보다 벽보다 튀어나오게 낸 창문 안쪽에는 장지문을 끼웠다. 장지를 닫으면 창문 자체가 보이지 않고, 보통 밤에는 장지를 닫는다. 창밖의 뭔가를 볼 일은 없을 것이다.

마음이 놓이기도 하지만 조금 아쉽기도 했다. W씨는 그런 자신이 이상했지만 친구들도 마찬가지인 듯 "남자애들 괜찮을까?", "불쌍해." 같은 말을 하면서도 무슨 일이 일어나기를 기대하는 듯한, 동시에 부러워하는 듯한 말투였다.

그 탓일까. 숙박 학습을 출발하기 전에 다 함께 '괴담 금지'라고 약속했건만, 첫날 밤에는 무서운 이야기를 하게 되었다. 수학여행을 갔다 보고 말았다는 이야기가 세상에는 산더미처럼 있다. 무서운 이야기를 하면 묘한 일이 일어난다는 이야기도 많다. 하지만 "세미나 하우스면 농담으로 끝나지 않을 것 같아."라고 반 여자애들 의견이 일치했다. 그런데 "동아리 선배가 구관에서 진짜로 부적을 봤대."라든가 "그 전에 창 너머로 여자를 본 사람이 있는 모양이야." 같은 구관 이야기를 하는 사이 괴담으로 바뀌어버렸다.

W씨는 벽 쪽 이불에 앉아 베개를 안고 모두의 이야기를 들었다. W씨는 공포 영화는 좋아하지만 괴담은 그리 즐기지 않는다. '괴담 금지라고 했으면서.' 그렇게 생각하면서도 무의식중에 애들의 이야기에 빠져들었다.

W씨 정면에 앉은 여자애가 이야기했다. 평소에는 얌전하고 눈에 띄지 않는 아이가 뜻밖에도 이야기를 맛깔나게 했다. 어디서 들은

듯한 이야기도 그녀가 이야기하면 분위기가 있어 무서웠다. '생각지도 못한 재능이 다 있네.' 한창 감탄하며 숨을 삼키고 귀를 기울일 때였다. 그녀의 얼굴 바로 옆에서 뭔가가 움직인 것 같았다.

그녀는 창문을 등지고 앉아 있었다. 창문의 장지문은 꼭 닫혀 있었다. 그 창호지 표면에 뭔가 움직이는 것 같았다. 처음에는 날벌레가 앉았나 했다.

뭔가 둥근 물체가 창호지 표면에서 움직이다 빨려들듯 사라졌다. 사라진 뒤에는 검고 둥근 구멍이 뚫렸다.

저런 곳에 구멍이 있었나? W씨는 생각했다. 부적이 없는지 뒤질 때 장지문도 보았다. 새하얀 새 종이가 발라져 있었고, 구멍이나 찢어진 곳은 없었다.

'누가 실수로 찢었나?'

그때 그 구멍에서 비스듬히 떨어진 다른 곳이 꿈틀꿈틀 움직였다. 하얀 창호지가 바깥에서 누른 것처럼 부풀었다.

볼록 부푼 종이 표면이 찢어졌다. 살색의 둥근 것이 종이 표면에서 튀어나왔다. 손가락이다. W씨는 입이 떡 벌어졌다.

누가 밖에서 손가락으로 구멍을 뚫었다. 구멍을 넓히려는 듯 튀어나온 손가락이 휙휙 움직였다. 하지만 장지문 바깥에는 창문밖에 없다. 방은 3층이고, 창 밖에 사람이 있을 만한 곳도 없다.

손가락이 사라졌다. 그리고 시커먼 구멍이 남았다. 구멍으로 뭔가가 훔쳐보는 것만 같아서—훔쳐보는 걸 알아챘음을 들키면 누군가에게 보복을 당할 것만 같아서, W씨는 허둥지둥 눈길을 돌리고 비명을 지를 것 같은 목소리를 삼켰다. 친구들은 아무것도 모른 채 무서운 이야기에 빠져 있었다. W씨는 이야기를 들을 때가 아니었다. 아무래도 구멍이 신경 쓰인다. 창호지 표면에 빠끔, 빠끔 떨어져서 뚫린 두 개의 시커먼 구멍. 그 맞은편에 있는 누군가와 눈이 맞을 것 같아 똑바로 보지 못한 채, 그렇다고 무시도 하지 못한 채 몇 번이나 흘끔흘끔 창호지에 뚫린 구멍을 보았다.

다음 날, W씨와 친구들은 선생님께 혼쭐이 났다. 장지문에 구멍이 뻥뻥 뚫려 있었기 때문이다. 선생님은 다 같이 장난친 거라고 단정했지만, 아이들은 하나같이 안 그랬다며 분통을 터트렸다. W씨는 어젯밤에 본 것을 침묵했다. 장지문 곳곳에 뚫린 구멍이 무서웠다. 창호지는 분명히 바깥쪽에서 안쪽으로 뚫려 있었다.

도와줘

2년쯤 전 일이다. M씨는 밤에 저녁 식사를 마치고 부모님과 느긋하게 텔레비전을 보고 있었다. 그때 전화가 걸려 왔다. 평소처럼 전화를 든 어머니는 두세 마디 이야기를 나누는 동안 낯빛이 달라졌다. 전화를 끊었을 때에는 새파랗게 질려 있었다.

"무슨 전화야?"

M씨가 묻자 어머니의 고교 시절 친구가 괴한에게 당했다고 한다.

"자세히는 모르겠는데, 누구한테 찔린 것 같대."

그 이상 자세한 사항은 알 수 없지만 병원에 실려 간 모양이다. 그 소식을 들은 부모님은 하얗게 질린 채 나갔다.

M씨는 홀로 집을 지켰다. 이런 일이 진짜로 있구나 싶었다. 어머니의 친구는 M씨도 잘 안다. 독신 커리어우먼으로 밝고 건강하고 말이 무척 잘 통하는 아주머니다. 그 사람이 다쳤다. 나간 부모님 분위기로 봐서 그냥 다친 정도가 아닌 것 같다고 생각하니 공연히 무서웠다. 누군가 그 아주머니를 습격했다는 사실 자체가 두려웠

다.

떨림이 멎지 않아서 M씨는 늦더위가 남은 계절에 창문을 꼭 닫고 커튼을 빈틈없이 치고 텔레비전 소리를 키웠다. 11시가 되고, 12시가 되었지만 부모님은 돌아오지 않았다. 전화도 한 통 없었다.

하는 수 없이 M씨는 몇 번이나 문단속을 하고 잠을 자기로 했다. 방에 돌아가 불은 켠 채로 머리까지 얇은 이불을 뒤집어썼다. 푹푹 찌고 숨이 막히지만, 머리를 이불에서 빼기가 무서웠다. 잠들지 못하고 뒤척이다 한 시간쯤 지났을 때였다.

갑자기 현관문을 두드리는 소리가 들렸다. 그것도 절박하게 있는 힘껏 마구 두드렸다. M씨는 벌떡 일어났다. 부모님이 돌아오셨나. 끝내 큰일이 난 걸까. 목을 졸리는 심정으로 자리에서 일어나 허겁지겁 현관으로 향했다.

계단을 뛰어 내려가 복도를 지난다. 잰걸음으로 걸으면서 문득 '열쇠는 들고 갔는데……' 싶었다. 왜 부모님은 문을 두드리기만 하고 집 안으로 들어오려 하지 않을까?

불안해진 M씨는 현관에서 걸음을 멈추었다. 상황을 살피니 문 바깥에서 희미한 신음이 들렸다. 여자 목소리처럼 들렸다. 그럴 리 없음을 알면서 "엄마?" 하고 묻자 노크가 뚝 끊겼다. M씨가 숨을 삼키자 갑자기 쾅 하고 격렬하게 문을 두들겼다.

"도와주세요!"

여자의 비명이었다. 비명을 지르며 누군가 문을 손바닥으로 쳤다.

M씨는 뒷걸음질 쳤다. —그 목소리가 어머니의 친구인 그 아주머니 목소리인 것만 같아서였다.

"사람 살려!"

다시 한 번 소리가 들리고 뚝 그쳤다. 한동안 기다렸지만 아무 소리도 기척도 없었다. M씨는 움직일 수 없었다. 무서워서 바깥을 내다볼 엄두를 내지 못했다. 그렇다고 이대로 내버려 둘 수도 없는 노릇이었다. 한동안 현관에 우두커니 서 있었지만, 아주 희미한 숨결조차 들리지 않았다. 도저히 바깥을 들여다볼 용기가 나지 않아 M씨는 자신의 방으로 도망쳐 돌아갔다.

그날 늦은 밤에 부모님이 돌아왔다. 결국 아주머니는 병원에 실려 갔을 때에는 숨을 거둔 상태였다고 한다. 그러니까 어머니가 전화를 받고 뛰쳐나갔을 때에는 벌써 돌아가셨던 것이다.

다음 날, 현관을 보니 아무 이상도 흔적도 없었다.

그 뒤, 아주머니의 장례식장에서 M씨는 아주머니 남동생이 이런 이야기를 하는 소리를 들었다.

사건 일주일쯤 전이다. 밤에 아주머니에게서 전화가 걸려 왔다. 아주머니는 동생 이름을 부르며 "도와줘, 도와줘." 하고 비명을 질렀다. 왜 그러느냐고 묻기 전에 전화가 끊어졌다. 동생은 허둥지둥 아주머니 아파트로 전화했지만 받지 않았다. 걱정되어 견딜 수가 없어서 서둘러 달려가니 아주머니가 마침 직장에서 돌아온 참이었다.

동생이 전화 이야기를 하자,

"그런 전화 안 했어." 란다.

"무슨 일이 있어도 너 같은 미덥지 못한 동생에게 도움을 요청하지는 않아."

그렇게 말하며 웃었다.

그것이 동생과 아주머니의 마지막 대화였다고 한다.

세 컷

영상 편집자인 T씨는 어느 영화 예고편을 편집하기 위해 영화 회사 편집실에 있었다. 작업 중에 한숨 돌리다 선반 한쪽에 라벨 없는 필름통을 발견했다. 누가 두고 간 걸까.

별생각 없이 열어보니 안에는 작은 필름 조각만 들어 있었다. 겨우 세 컷짜리 조각이다.

왜 이런 자투리를 소중하게 필름통에 담아놨을까. 의아해하며 필름을 비춰 보았다. 첫 번째 컷에는 세일러복을 입은 소녀가 찍혀 있었다. 두 번째 컷도 같은 영상이다. 세 번째 컷에도 같은 위치에 같은 세일러복이 찍혀 있었다.

다만, 그 소녀에게는 목이 없었다.

누가 남긴, 어떤 유래가 있는 필름인지는 알 수 없다.

시차 발소리

자택에서 전문대에 다니는 Y씨는 1교시 강의가 있으면 새벽 5시 반에는 일어나야 한다. 그날도 이른 아침에 홀로 일어나 다이닝키친—이라기보다 넓은 구식 부엌에 식탁을 둔 장소라고 하는 편이 옳다—으로 내려가 직접 토스트를 구워 먹었다.

6시가 되자 머리 위에서 사람이 움직이는 소리가 들렸다. 어머니가 일어난 것이다. Y씨의 집은 낡았다. 건물 자체는 튼튼하지만 문은 여닫을 때마다 끼익 소리가 나고, 마루청이며 계단은 삐걱거린다.

Y씨가 어머니를 위해 커피를 끓이는데 2층 복도에서 삐걱거리는 발소리가 계단으로 향했다. 삐걱삐걱 계단을 울리며 어머니가 내려왔다. 두 평 남짓한 마루방을 지나 부엌에 모습을 드러내며 "잘 잤니?" 하고 물었다.

자기 몫의 식사를 하며 본격적인 아침을 준비하는 어머니와 수다를 조금 떨었다. Y씨가 슬슬 나가야지 했을 때, 어머니는 시계를 올려다보고 "두 사람을 깨워야겠네." 하면서 수건으로 손을 닦았다.

아버지와 동생을 깨우려는 것이다. 어머니는 Y씨 옆을 지나 등 뒤 마루방 쪽으로 걸어갔다. 잠시 뒤 2층으로 계단을 올라가는 익숙한 발소리가 들렸다.

'응?'

Y씨는 갸웃하며 돌아보았다. 등 뒤 마루방에는 당연히 아무도 없다. 없는 게 당연하다. 어머니는 지금 계단을 다 올라가 2층 복도를 걸어가려 하고 있다. 마루청이 삐걱거려서 지금 어디 있는지 똑똑히 알 수 있다. 그런데 어머니가 마루방을 지나간 발소리를 듣지 못한 것만 같다. 내려올 때에는 분명히 평소처럼 삐걱삐걱 울렸는데.

'계단 올라가는 발소리는 들렸지?'

지금도 머리 위에서 복도를 걷는 소리가 들린다. 2층에 있는 안쪽 방으로 가고 있다. 아버지를 깨우는 것이리라. 이내 "여보." 하는 어머니의 목소리가 들렸다.

기묘하게 여길 만한 일도 아니다. 멍하니 그런 생각을 하는데, 마루방에서 삐걱거리는 발소리가 들렸다. 살폈지만 아무도 없다. 2층에서는 어머니가 아버지를 깨우는 소리가 계속되었다. 삐걱, 삐걱, 삐걱, 발소리는 마루방을 가로질러 계단으로 향하더니 그쳤다.

Y씨는 입이 떡 벌어졌다.

마루방에는 아무도 없다. 마루청이 삐걱거릴 리가 없다. 조금 전

어머니가 지날 때에는 울리지 않았다. 이제 와서 울리고 있다.

기묘한 기분이 들었지만, 곧 기분 탓이라며 잊어버렸다. 2층을 향해 "다녀오겠습니다." 하고 인사하고 가방을 들고 부엌을 나왔다. 현관 쪽으로 마루방을 지날 때 분명히 발아래에서 삐걱거리는 소리가 들렸다.

그런데 그 이후로 가끔 같은 일이 지속되었다. Y씨의 기분 탓이 아닌 증거로 어머니도 들었고 동생도 들었다. 아버지 혼자 "기분 탓이겠지."라며 인정하려 하지 않았지만, 그 현상은 현재까지 계속되고 있다.

누가 마루방을 지난다. 때로는 발소리가 들리지 않을 때가 있다. 그러면 반드시 조금 늦게 아무도 없는 마루방에서 발소리만 난다.

Y씨의 가족은 이것을 '시차 발소리'라고 부른다.

여우의 보금자리

S씨의 고향 집 가까이에는 댐이 있다. 할아버지 대에는 S씨네 집이 댐 밑바닥에 있었다. S씨가 태어나기 전에 집은 가라앉고 대체지로 이전했다.

그 댐 가까운 산속에는 커다란 바위가 있다. 일찍이 산기슭에 있는 신사의 돌계단이 경내에서 그 큰 바위로 뻗어 있었다고 한다. 하지만 신사 또한 댐 밑바닥에 가라앉았다. 새로운 사당이 대체지에 마련되었다. 돌은 산속에 분리되어 홀로 남겨졌다. 돌계단은 댐 호수 수면으로 뻗어 있고, 아무도 다닐 수 없게 되었다. 어느새 수풀에 묻혀 어디에 있는지도 알지 못한다.

S씨는 어느 정도 자라서 그 큰 바위가 신사의 신체였거나 안쪽 사원이 아니었을까 의문을 품었다. 신사에서 분리해버려도 괜찮은 걸까?

―할아버지께 그렇게 묻자 괜찮다고 했다.

원래는 금줄을 둘렀으니 신사의 일부기는 했을 것이다. 그런데 마침 댐 건설이 결정되었을 무렵이었다. 마을 아이가 행방불명된 적이 있었다.

여섯 살쯤 먹은 아이였다. 마당에서 놀던 아이가 어느 틈에 자취를 감추었다. 밤이 되어서도 돌아오지 않았다. 그래서 동네가 시끌벅적했다. 처음에는 마을 사람이 모두 나와 부근을 뒤졌다. 다음 날에는 경찰도 출동했다. 그다음 날에는 경찰관 숫자가 늘었다. 아이는 도저히 찾을 수 없었다.

가족은 미친 사람처럼 한탄했다. 일주일이 지났다. 다들 입에 담지 않았지만 아이는 죽었으리라, 이제 찾을 수 없으리라 믿었다. 수색대 규모도 축소되었다. 오늘까지만 찾자며 소방단이 산에 들어갔다. 그리고 큰 바위 뒤에 쓰러져 있는 아이를 발견했다. 당연히 이미 몇 번이나 뒤진 곳이었다.

아이는 조금 마르고 약해졌지만 상처도 없고 이상도 없었다. 병원에 실려가 치료를 받고는 이내 건강을 되찾았다.

그 아이가 말하기를 마당에서 노는데 논두렁에서 여우가 이리 오라고 손짓했단다. 그래서 다가가니 여우는 더 앞으로 갔다. 그곳에서 멈추어 서서 또다시 한쪽 앞다리를 들고 이리 오라고 손짓한다. 아이는 또 쫓아갔다. 이끄는 대로 신사로 가서 돌계단을 올라가 큰 바위에 이르렀다. 돌 뒤에는 아이가 세 명 있었다. 계속 그 아이들과 놀았다고 한다.

구체적으로 뭘 하며 놀았는지 실제로 얼마나 시간이 흘렀는지는 분명하지 않았다. 정말로 재미나서 날마다 꿈같았다고 아이는 말했다. 음식은 가끔 여우가 가져다주었다. 공물 같은 음식뿐이었다고 한다. 다 함께 음식을 나누어 먹었다. 부족했지만, 특별히 배고프지는 않았다.

그 이야기를 듣고 마을 사람들이 돌 주위를 찾았다. 돌 밑에서 여우와 새끼 여우 뼈가 발견되었다. 그리 오래된 유골은 아니었다고 한다.

신앙이 끊어지고, 방치된 사당은 여우와 너구리의 보금자리가 되었다고 한다. 댐 건설이 결정되고, 신사는 물 밑바닥에 유기될 참이었다.

"여우의 보금자리가 되었지만, 그 여우도 살 수 없게 된 게지." 할아버지는 차분히 말씀하셨다고 한다.

그림자의 손

Y씨가 초등학교 4학년인가 5학년쯤이었을 것이다.

그즈음 학교에서 콧쿠리상이며 괴담이 엄청 유행해서, 무서운 걸 싫어하는 Y씨는 학교에 가기가 싫었다. 그렇게 말하면 Y씨 어머니는 신 나서 무서운 이야기를 했다. Y씨의 어머니는 자칭 '영감 체질'이라고 한다. Y씨의 할머니도 그랬던 모양이다. 예전에 할머니가 한밤중에 가위에 눌린 적이 있는데, 눈을 뜨니 이불 옆에 하얀 그림자가 앉아 있었다. 그 그림자가 주먹을 쥐고 할머니 옆구리를 비비듯 꾹 누른다. 가위눌림도, 가위눌릴 때 묘한 것을 보는 데도 이골이 났던 할머니지만 주먹으로 눌리니 아프고 괴로웠다. 그 탓에 잠에서 깨고도 이상하게 옆구리가 신경 쓰였다. 돌이켜보면 하얀 그림자가 할머니의 죽은 어머니—Y씨의 증조할머니인 것만 같았다. 왜 어머니가 자신을 아프게 했는지 석연치 않았다. 혹시 뭔가 알리고 싶은 것은 아닐까. 그래서 병원에 가보니 동맥류가 생겼다고 한다. 수술로 제거해 무사했다.

Y씨 어머니는 그런 할머니의 피를 이어받았다며 자랑스레 이야기를 늘어놓았다. 어머니 말로는 가위눌림은 일상다반사, 예지한 것도 수두룩하다던가. "요전번에 무서어운 체험을 했는데, 너한테 말하면 울겠지."라며 희희낙락 말하고서 정작 '무서어운 체험'은 가르쳐주지 않는다. 요점만 들려주거나 부엌이니 근처 공원이니 장소만 가르쳐주니까 Y씨는 여기저기 갈 때마다 어머니의 말을 떠올리고 흠칫거려야 했다. 이런 민폐가 없다.

그러던 어느 날, Y씨는 어머니에게 "네 방, 공기가 좀 무거워졌네."라는 말을 들었다. "조심해."라면서 "뭐, 내 피를 이어받았으니 불미스러운 일은 없겠지만."라며 빙긋 웃는다.

그 탓일까. 이삼일 뒤, Y씨는 한밤중에 눈을 번쩍 떴다. 겁이 많은 Y씨는 잘 때 꼬마전구를 켠 채로 두는데, 대개 어머니가 "전기세 아까워."라며 꺼버린다. 이날도 자는 사이에 껐는지, 눈을 떴을 때 방 안은 캄캄했다. 몇 시일까, 머리맡 시계를 보려 했는데 몸이 꼼짝하지 않았다. 가위눌림이다.

드디어 나도 가위눌림을 겪고 말았다. 이제부터 무서운 일이 일어날 거야. Y씨는 그것만으로도 울 것 같았다. 어디서 뭐가 보일지 모른다—그렇게 생각하며 방 안을 둘러보니 방 한쪽만 어스레하게 밝았다. Y씨의 방 입구인 유리문 너머에 희미한 불빛이 밝혀져 있었다.

유리문 너머는 거실이다. 다들 잠들었는지 소리도 들리지 않거니와 아무런 기척도 나지 않는다. 그러면 불을 켜놓았을 리가 없고, 애초에 그 옅은 불빛이 어디서 들어오는 것인지도 알 수 없었다. 텔레비전이나 불을 켜놓은 것 같지는 않다. 방 전체가 희미하게 밝았다.

의아해하며 보고 있으려니 빛 속에서 그림자가 움직였다. 유리문 바로 너머에 앉아 있는 것 같았다. 꼿꼿하게 앉아서 한쪽 손만 들고 있었다. 그 손이 컵인지 뭔지를 쥔 형태인 것이 똑똑히 보였다.

Y씨는 눈을 꾹 감았다. 사라져, 사라져, 기도하는 사이에 잠이 들어버린 듯하다. 다음에 눈을 뜨니 아침이었다. 깨우러 온 어머니에게 간밤에 있었던 일을 호소했다. 이야기하다 보니 이상하게 진정이 돼서 "이런 손 모양으로."라며 실제로 컵을 쥔 형태를 지었을 때, 문득 '물이 마시고 싶었나?' 싶었다.

어머니에게 그렇게 말하자 "글쎄." 하고 가볍게 받아넘기고는 "어쩌면 목을 조르는 손일지도?"라고 끔찍한 소리를 했다.

그날 밤에는 잠들기 무서웠다. 또 보면 어쩌지. 두 번은 보지 않기를 빌면서 잘 준비를 하다가, 문득 목이 말랐는지도 모른다는 생각이 다시 들었다. Y씨는 머리맡에 물을 담은 컵을 두고 불빛을 켠 채 이불에 누웠다.

그리고 그날 밤에도 또 잠이 깼다. 불빛이 꺼진 것도 똑같고, 거실에 면한 유리문에 그림자가 보이는 것도 똑같았다. 그림자는 여전히 한쪽 손을 들고 있었다.

'물이라면 저기에 있어요.'

Y씨는 눈을 감고 마음속으로 그 말만 외쳤다. 한참 외치고 실눈을 뜨니, 그림자는 여전히 꿈쩍하지 않고 같은 곳에 같은 모습으로 앉아 있었다. 그 그림자가 당장에라도 방 안에 들어올 것만 같아서, 들어와서는 목을 조를 것 같아서 Y씨는 결국 반쯤 울먹이며 떨었다.

다음 날, 어머니가 깨워서 눈을 떴다. Y씨는 "또 나왔어."라고 호소했다. 어머니는 "어머."라며 머리맡에 있는 컵을 보았다.

"물을 뒀었어?"

"응. 하지만 소용없었어."

그러더니 고개를 갸우뚱한다.

"흠, 물이 아닌 것 같은데. 그렇게 무섭고 싫으면 오늘 밤에는 술을 둬보지 그러니?"

그렇게 가볍게 말했다. 그날 밤, Y씨는 어머니 말대로 잔에 일본주를 담아두었다. 그랬더니 그날 밤에는 아무 일도 일어나지 않았다. 아침에 눈을 떠 머리맡을 보니 잔 속 일본주가 절반쯤 줄어 있었다고 한다.

금기

언젠가 U군의 중학교 뒤에서 목매 자살한 사건이 있었다. 중학교 뒤에는 바람막이숲이 있는데, 그 소나무 숲에서 인근에 사는 남성이 목을 맸다.

U군은 그 이야기를 듣고 친구와 호기심을 주체하지 못하고 찾아 갔다. 문제의 소나무가 어느 나무인지는 금방 알았다. 밑동에 꽃과 맥주 캔을 공양해놓았기 때문이다.

이 나무인가 하며 쳐다보고 있는데 친구가 이상한 소리를 질렀다. 구불구불한 소나무 거목 줄기를 손가락으로 가리켰다.

그곳에는 오래된 상처가 있었다. 누가 새겼는지, "절대로 이 나무를 만지지 마시오."라고 크게 새겨져 있었다.

청소 테이프

K씨의 초등학교에는 '방송실 청소 테이프'라고 불리는 괴담이 있다. 괴담이 아니라 K씨 동창 사이에서는 유명한 사건이다. K씨가 5학년 때 일어난 일이라고 한다.

K씨가 다닌 초등학교에서는 청소 시간에 음악을 튼다. 음악은 방송부 부원이 마음대로 곡을 고를 수 있다. 부원이 좋아하는 곡을 모아 테이프를 만들어 청소하는 동안에 교내 방송으로 흘려보내는 것이다. 하지만 부원이 새 테이프를 만드는 건 의욕이 넘치는 초봄의 한때뿐이라 여름방학이 지날 때쯤 되면 같은 테이프를 순서대로 방송했다. 그것도 점점 질리므로 역대 부원이 남긴 테이프를 틀기도 한다. 방송실에는 '청소 테이프'라 적힌 상자가 있어, 오래된 테이프가 들어 있다. 당번 부원 마음대로 그곳에서 테이프를 골랐는데, 대개 라벨도 뭣도 없어서 어떤 곡이 들어 있는지는 틀어보지 않으면 모른다. 너무 오래된 노래나 청소에 맞지 않다고 판단되는 테이프는 폐기한다. 상자가 넘치면 겉보기에 오래된 테이프부터 버

린다. 그런 선별을 되풀이해 늘 스무 개쯤 테이프가 들어 있다고 한다.

어느 날 일이다. K씨의 친구가 방송부였는데 청소 시간 당번이 되었다. K씨는 친구와 함께 방송실에 갔다. 당번은 "청소 시간입니다."라고 알리고 나서 테이프덱의 재생 버튼을 누르면 더 이상 할 일이 없다. 그러고는 청소하는 동안 테이프가 끝나기를 멍하니 기다릴 뿐이다. 그 사이에 수다를 떨 작정이었다. 6학년 부원이 안내방송을 하고 K씨 친구가 테이프덱의 재생버튼을 눌렀다. 그날 테이프는 세 사람이 상자 안에서 적당히 고른 테이프였다.

치직 하는 소음이 흘렀다. 음악이 좀처럼 시작되지 않는다. "어?" 세 사람이 의아해하고 있을 때 소음 사이로 희미한 음악이 들렸다. 곡목은 알 수 없다. K씨 말로는 'UFO가 내려올 때 음악' 같았다고 하니, 전자 음악 종류였을까. 소음이 줄어들고 그 기묘한 음악(?)이 똑똑히 들리자 이번에는 그 틈으로 사람 목소리가 들렸다. 중얼중얼 나직한 목소리로 뭔가 중얼거리는데, 일본어는 아닐 거라고 K씨는 말한다. 억양 없는 목소리지만 말투는 왠지 화라도 난 것 같았다. 그리고 그 주위에서 많은 사람이 훌쩍였다.

세 사람 다 얼이 빠져서 테이프를 중지할 생각을 하지 못했다. 스피커에서는 희미한 소음과 음악인 듯한 전자음과 엄격한 말투의 목소리와 훌쩍이는 울음소리가 흘러나왔다. 선생님이 오셔서 이게 뭐냐며 그제야 테이프를 껐다. 선생님의 지시대로 허둥지둥 다른 테이프를 틀었지만, 한동안 "아까 그건 뭐야?"라며 방송실을 들여다보는 학생이 끊이지 않았다.

누군가의 장난이었나. 아니면 선생님 말처럼 라디오를 잘못 녹음한 테이프가 무슨 실수로 상자 안에 뒤섞였을까. 진상은 지금도 알 수 없다. 문제의 테이프는 6학년생이 어딘가에 처리한 뒤 행방을 알 수 없다.

인형

M씨가 초등학교 3학년 때다.

M씨는 인형을 선물 받았다. 동글동글한 검은 눈이 사랑스러운 곰 인형이었다. M씨는 정말로 기뻐서 날마다 인형을 안고 잤다. 그런데 그 무렵부터 악몽을 꾸었다. 꿈 내용은 눈을 뜨면 잊어버리지만, 무서운 것에 쫓기는 꿈이라는 것만은 기억했다.

어느 날, 어쩌다 다른 인형을 안고 잤다. 그러자 그날 밤에는 무서운 꿈을 꾸지 않았다. 곰을 안고 잔 밤에만 무서운 꿈을 꾼다는 걸 깨닫기까지 오랜 시간이 걸리지 않았다.

특별한 곰 인형도 아니었다. 백화점 선반에 평범하게 진열된 곰이었다. 이게 어떻겠냐고 권한 사람은 할머니였는데, 반들반들한 검은 눈이 동그래서 귀엽고, 즐거워 보이는 입매가 M씨도 마음에 들어 골랐다. 평범하게 포장하고 리본을 묶어서 들고 왔다. ─하지만 그 곰을 안고 잘 때만 무척 무서운 꿈을 꾼다.

M씨는 인형이 무서워졌다. 그래서 곰을 옆방에 두기로 했다. M

씨 방과 이어지는 두 평 남짓한 창고로, 동시에 M씨의 장난감 등을 넣어두는 방이기도 했다. 장난감을 담는 상자와 책 등을 진열한 선반이 있다. 받았지만 더 가지고 놀지 않는 인형도 전용 선반에 늘어놓았다. M씨는 곰을 그곳에 두었다.

며칠이 지나 M씨는 볼일이 있어 그 방 장지를 열었다. 별생각 없이 슥 여니 곰 인형이 정면에 있었다. 그때 곰 인형 손이 움찔한 것처럼 보였다.

그 이후로 M씨는 어머니와 함께 있을 때가 아니면 창고방에 들어가지 않기로 했다.

이내 M씨는 곰의 존재를 잊어버렸다. 창고방은 어머니가 잇따라 필요 없는 물건을 집어넣는 사이에 잡다한 물건이 처박혀 있는 단순한 창고가 되어버렸다.

─5학년이 되었을 때다. 그 무렵부터 M씨는 자주 가위눌렸다. M씨는 당시에 아직 캄캄한 방에서 잘 수가 없었다. 반드시 꼬마전구를 켜두었다.

어느 날 밤 문득 눈을 뜨니 옴짝달싹할 수가 없고, 말하려 해도 목소리가 나오지 않았다. 억지로 눈을 감고 잠을 청했지만 이내 또 눈이 떠졌다. 그때에는 이미 가위눌림이 풀려 있었다. 한숨 돌리며 몸을 뒤척이는데 침대 옆에 있던 의자 위에서 그 곰이 M씨를 물끄러미 지켜보고 있었다. 꼬마전구의 불그스레하고 어둑한 불빛에 비쳐 검은 눈동자가 번뜩 빛났다.

M씨는 무서워서 이불을 뒤집어쓰고 억지로 다시 잠들었다. 이튿날 아침에 눈을 뜨고 흠칫했다. 곰 인형은 아직 그곳에 있었다.

"어머나." M씨를 깨우러 온 어머니는 곰을 보았다. "이 인형은 뭐니?"

"몰라. 엄마가 꺼냈어?"

어머니는 모른다고 했다.

"너, 이런 인형 있었니?"

어머니는 말했다.

"좀 기분 나쁜 인형이네."

M씨는 말없이 인형을 보았다. 실제로 그 곰은 좀 이상했다. 밝은 갈색 털은 칙칙한 색으로 변했다. 동글동글 귀여웠던 눈은 묘하게 무서운 광채를 띤 데다, 눈에 털이 덮여 노려보는 것처럼 보였다. 입가도 일그러져서 위협하듯 비웃는 표정이었다.

달라진 것처럼 보이는 까닭은 오랫동안 창고에 방치한 탓일지도 모른다. 하지만 절대로 이전에는 그렇게 무서운 눈이 아니었다.

M씨는 인형을 빈 상자에 넣고 절연 테이프로 둘둘 말아 창고 안쪽의 벽장 깊숙한 곳에 집어넣었다.

하지만 그 이후에도 잊을 만하면 가위에 눌린다. 그런 날 아침에 일어나 보면 꼭 절연 테이프로 두른 상자가 침대 옆을 뒹굴고 있다. 그때마다 창고에 넣는데 상자를 연 적은 없다.

아마도 다섯 마리

Y씨의 집에서는 고양이를 기른다. 고양이 숫자는 '아마도 다섯 마리'라고 한다.

Y씨의 아버지가 가장 먼저 깨달았다.

"아무래도 고양이 숫자가 맞지 않는 것 같은데."

Y씨의 집에는 늘 고양이가 있다. 줍거나 얻거나 태어나거나. 그 고양이가 죽거나 행방불명되거나 고양이를 분양해주거나 해서 숫자는 그때그때 다르다. 현재는 네 마리다. 흰색에 검은색 반점이 있는 젖소 고양이와 고등어 태비|잿빛 등에 줄무늬가 있는 고양이 – 옮긴이|, 고등어 같은 카오스|여러 색이 어지럽게 뒤섞인 고양이 – 옮긴이|가 두 마리. 가장 오래된 녀석은 젖소로 벌써 10년 넘게 길렀다. 가장 어린 고등어는 두 살이다. 시골이라 바깥을 자유롭게 돌아다닌다. 동네 특성상 낮에는 창문과 현관문을 활짝 열어둔다. 그러니까 당연히 길고양이가 들어오기도 한다. 숫자가 맞지 않는 건 그렇게 이상하지 않았다.

"또 길고양이가 섞여 들었겠지."

Y씨가 아버지에게 웃으면서 대답했지만, 아버지는 고개를 갸웃했다.

"하지만 우리 집 고양이가 아닌 녀석은 보지 못했는데."

아버지 말로는 이쪽에서 세 마리가 나란히 둥글게 몸을 말고 자고 있다. 자고 있네 하면서 다른 방에 가면 그곳에 두 마리가 포개어 자고 있다. 자고 있네 하다가, 문득 그럼 숫자가 맞지 않는다는 걸 깨닫는다. 포개져 자는 아이들은 고등어와 젖소다. 돌아가 보면 카오스 두 마리가 둥글게 몸을 말고 있다. 하지만 아까는 분명히 카오스 말고 털 빛깔이 다른 고양이가 섞여 있었다. 적어도 검은 고양이나 하얀 고양이나 치즈 태비 | 노란 등에 줄무늬가 있는 고양이 ─ 옮긴이 | 처럼 집에 없는 털색 고양이가 아님은 확실하다.

"비슷한 고양이인가 보지. 아빠가 눈을 뗀 사이에 나간 거야."

"그런가?"

아버지는 석연치 않아 했지만, Y씨는 집 고양이와 똑 닮은 털의 길고양이가 섞여 들었으리라 했다. 그렇게 마음대로 섞여 있다가 정말로 집에 정착해버린 고양이도 있다. 그렇다면 그 아이 몫의 사료도 준비해야 한다. 이름도 지어줘야겠다고 생각하며, 그 이후로 섞여 든 고양이가 없는지 신경 써서 보았다.

그런데, 그렇게 새삼 주의를 기울여 보니 분명히 숫자가 맞지 않았다. 이쪽에 한 마리, 저쪽에 두 마리, 그런데 여기에도 두 마리가

아마도 다섯 마리

있다. 모두 우리 집 고양이 같았다. 낯선 고양이는 섞여 있지 않다. 그뿐이라면 똑 닮은 고양이가 들어왔다고 믿겠지만, 그때마다 한 마리 넘치는 고양이 털 빛깔이 달라지는 것 같았다. 카오스가 한 마리 많은가 하면, 고등어나 젖소가 한 마리 많을 때도 있었다.

가족 모두가 주의를 기울이게 되었다. 그러자 그냥 한 마리가 많은 간단한 이야기가 아님을 알 수 있었다.

이를테면 소파에 앉아 텔레비전을 보는 Y씨 옆에서 두 마리가 나란히 졸고 있다. 소파 뒤에서 고양이가 장난감으로 노는 딸랑딸랑 소리가 들린다. 누가 노나 보다 하는데 눈앞 문에서 고양이 두 마리가 들어온다.

그럼 노는 아이는?

돌아봐도 고양이는 없다. 방울 달린 장난감만 나뒹굴고 있다.

사료와 고양이 간식을 씹는 소리가 들리는데 고양이 네 마리는 전혀 다른 곳에 있었던 적도 있다.

가족끼리 새삼 돌이켜 보면 그런 일은 이전에도 있었던 것 같다. 아버지가 "숫자가 맞지 않는다."고 말을 꺼내기 전까지는 아무도 신경 쓰지 않았을 뿐이다. 대체 언제부터일까. 다 함께 고민해보았지만 분명치 않았다.

그러던 어느 날 일이다. Y씨 가족들은 거실에서 텔레비전을 보고 있었다. 그때 옆 다다미방 맹장지를 박박 긁는 소리가 들렸다. 고양이 중 세 마리는 솜씨 좋게 미닫이문를 열지만, 고등어만은 문을 열지 못한다. 곧잘 깜빡 닫아버렸다가 박박거리는 발톱 소리로 알아채고는 한다.

"또 갇혔네."

Y씨가 말하며 일어났다. 가족들이 어리둥절해했다. 다들 방구석을 보았다. 상자를 짜 맞춘 수제 '고양이 타워'에 분명히 네 마리 다 세상모르게 곯아떨어져 있었다.

Y씨는 다다미방 장지를 열었다. 방 안에 고양이 모습은 보이지 않았다. 가족 모두 다다미방 구석구석 뒤졌지만 말 그대로 '고양이 한 마리' 발견되지 않았다.

다들 여우에 홀린 심정이었다. 그 이후로도 당연하다는 듯이 그 현상은 계속되고 있다.

"그러니까 우리 집에서 기르는 고양이는 '아마도 다섯 마리'예요."

Y씨는 웃는다.

아마도 다섯 마리

계속하자

N씨는 초등학교 2학년 때쯤 겪은 굉장히 기분 나쁜 일을 또렷이 기억한다. 정말로 귀신을 본 건 아니다.

N씨는 그날 이웃에 사는 아이들 일고여덟 명과 무덤가에서 놀았다. N씨가 사는 동네는 산골 촌락이다. 촌락 외곽의 신사 뒤쪽에는 묘지가 있고, 당연히 그곳은 놀아서는 안 되는 곳이라 노는 모습을 어른에게 들키면 "천벌이 내린다"며 혼이 난다. 그래서 평소에는 늘 신사 경내에서 놀고, 묘지에서는 거의 놀지 않았다. 그런데 그날은 무슨 영문인지 묘역에서 놀자는 말이 나왔다.

주변에는 밭도 논도 없지만, 누가 다가오지 않으리라 단정 지을 수도 없다. 어른들에게 들키지 않도록 목소리를 죽이고 술래잡기며 숨바꼭질을 했다. 남몰래 노는 게 묘하게 즐거웠다. 이런 짓을 하면 천벌 받는다, 하고 말하는 아이도 있지만 그렇게 말한 당사자도 웃고 있었으니 재미로 그랬을 뿐이리라. 툭하면 벌이니 저주니 떠들어 대는 게 또 이상하게 즐거웠다.

한참 뒤의 일이다. 한 살 아래 남자아이가 넘어져서 다쳤다. 정강이 부근이 까져서 피가 철철 나는 바람에 그 아이는 울면서 집으로 돌아갔다. 조금 이따 이번에는 상급생 여자아이가 작은 묘석을 쓰러뜨리고 말았다. 쓰러진 묘석이 여자아이의 발에 떨어지는 바람에 발목이 눈 깜짝할 사이에 시커멓게 부었다. 여자아이는 집에 간다면서 다리를 끌고 돌아갔다.

또 한참 노는데 다른 여자아이가 다쳤다. 조금 이따 또 한 명. 자세히는 기억나지 않지만, 어딘가를 베이거나 삐어서 다리가 붓거나 해서 돌아갔다.

어느새 천벌이 내린다고 떠들어대는 소리도 들리지 않았다. 아예 웃음소리도 끊겼다. 다들 묘하게 진지한 얼굴로 의무감에 기계적으로 술래잡기를 했다.

가장 나이가 많은 T가 다쳐서 돌아갔다. 정신이 들고 보니 땅거미가 지고, 으스스한 석양이 비쳐들었다. 무덤가에 남은 아이는 N씨와 동급생 K, 한 학년 위인 M뿐이었다. 가을다운 바람이 산들산들 수풀을 흔들었다.

N씨는 그만 돌아가자고 말하고 싶었다. 솔직히 어느 시점부터 줄곧 그렇게 말하고 싶었다. 그런데 이상하게 도저히 그 말을 할 수 없었다. 어쩌면 다들 그랬는지도 모른다. 돌아가는 T를 배웅하며 다들 뭔가를 애써 참는 것처럼 입을 다물고 있었다.

T의 모습이 보이지 않았다. 이걸 계기로 누군가 "그럼 그만 돌아

가자."라고 말해도 될 텐데, 아무도 그렇게 말하지 않았다. 그 대신 누군가 "그럼 계속하자."라고 말했다.

이제 와 생각하면 뭘 '계속'하자는 걸까 싶다. 언제부터인가 다친 것도 아닌데 돌아가거나, 다친 척해서는 안 된다는 암묵의 이해가 있었던 것 같다.

조마조마하면서 조금도 즐겁지 않은 술래잡기를 계속했다. 그러다 M이 묘석에 발이 걸려 넘어졌다. 묘석의 모서리에 무릎이 크게 패였는데, M은 상처를 가리키며 이상하게 밝은 목소리로 "그럼 난 갈게."라며 돌아갔다. 묘지에는 N씨와 K만 남았다.

단둘이서 술래잡기를 계속했다. 어째서인지 N씨는 마지막에 남는 사람은 자신이라는 생각이 자꾸만 들었다. 홀로 남으면 어떻게 될까 하는 것만 걱정했다. K를 잡으려다 고꾸라졌다. 손을 짚으니 꽃을 담은 우유병이 쓰러져 깨졌다. 손이 쫙 베인 감촉이 나서 보니 손바닥에서 피가 철철 흘렀다.

N씨는 가슴을 쓸어내렸다. "손 벴다."라고 말했다. 반쯤 울먹이는 얼굴로 N씨를 노려보는 K에게 "봐, 피가 나잖아."라고 보여주었다. K는 뽀로통한 입으로 "응." 하고 대답했다.

N씨는 "나 갈게." 하고 말했다. 돌아가는 N씨를 K는 역시 울 것 같은 얼굴로 노려보았다. 무슨 영문인지 "같이 돌아가자."라고 할 수 없었고, K도 "나도 갈래."라고 말하지 않았다.

그날 밤에는 무서웠다. 그 뒤에 K는 어떻게 되었을까 하는 생각만 머릿속에 맴돌았다. 혹시 다시는 만나지 못할까 봐 안절부절못하다가, 다음 날 다 함께 학교 가는 길에 K를 보고는 안도했다.

다른 아이가 "마지막에는 누구였어?"라고 물었다. "K."라고 대답했다. 다들 더 이상 아무 말도 하지 않았고, K에게 뭘 묻지도 않았다. K도 아무 말도 하지 않았다. K는 그 후에 한동안 아무하고도 말을 섞지 않았다.

비옷

I씨가 중학교 2학년 때 일이다.

2학기 중간고사 전, HR은 짧아지고 동아리 활동은 쉬었다. 평소에는 동아리 활동으로 해가 저물기 전에는 돌아가지 않는 I씨지만, 이날은 아직 밝을 때 학교를 나왔다. 다만 이날은 가랑비가 내렸다. 추적추적 가랑비가 음울하게 내린다. 하늘은 우울할 정도로 어둡고 코앞에 닥친 시험을 생각하면 우울해졌다.

이번 시험을 망치면 부모님이 부 활동을 금지해버릴 것이다. 2학년이 되고부터 성적이 점점 떨어지고 있어서 어머니는 동아리 활동을 그만두라고 귀가 따갑게 잔소리했다. 이번에도 떨어지면 정말로 그만둬야 할지도 모른다. 그것만은 싫어서 우산을 든 손으로 동시에 단어장을 들고 영어 단어를 중얼거리며 걸었다.

단어를 하나 암기하고 가방을 옆구리에 낀 채 고생하면서 다음 카드를 넘겼다. 그때 발치에서 쨍 하고 소리가 났다. 내려다보니, I씨 발치에 유리병이 나뒹굴었다. 유리병에는 꽃을 꽂았던 듯하다.

하얗고 노란 작은 국화가 꽂힌 채 엎어져 있었다.

I씨는 깜짝 놀랐다. 병 주위에는 과자며 인형이 놓여 젖고 있었다. 큰길에 면한 사거리 전봇대 옆, 바로 옆 가드레일 안쪽이었다.

'어떡해.'

누가 여기서 사고를 당했나 보다. 놓아둔 과자와 인형으로 봐서 분명히 어린 여자애였을 것이다. 그 아이를 위해 장식한 꽃을 발로 차버렸다.

저도 모르게 주위를 확인한 까닭은 나쁜 짓을 했다는 마음이 있었기 때문이다. 누가 보고 나무라지 않을까 싶었는데, 주위에 사람이 있기는 해도 아무도 I씨를 보지 않은 듯했다. 허둥지둥 쪼그려 앉아 병을 다시 세우고 꽃을 꽂았다. 병 속 물이 쏟아졌는데 괜찮을까? I씨는 다시 한 번 주변을 둘러보았지만, 사거리 주위에는 손쉽게 물을 담을 만한 곳이 없다. 이 비가 알아서 채워지겠지, 하며 하늘을 올려다보고 하는 수 없이 그대로 두기로 했다. 죄송해요, 하고 합장하고 허둥지둥 그 자리를 떴다.

단어장은 포기하고 주머니에 넣은 채, 잰걸음으로 집으로 가는 길을 걸었다. 큰길에서 꺾어 조금 좁은 골목으로 들어간다. 모퉁이를 돌자마자 누군가와 부딪힐 뻔했다. 간신히 부딪히지 않고 끝났는데, 상대방은 노란 비옷을 입은 아이였다. 우산도 쓰지 않고 후드를 깊이 눌러쓴 채 우뚝 서 있다.

"미안."

아이는 대답도 없고, I씨를 쳐다보려 하지도 않았다. '미안하다는 말 한 마디 하면 어디 덧나나.' 그렇게 생각하면서 아이를 피해 걷기 시작했다. 이내 "언니." 하고 부른 것 같아 돌아보았다.

아이는 뒷모습을 보인 채 모퉁이에 오도카니 서 있었다. 꼼짝한 낌새도 없어 I씨에게 말을 걸었을 것 같지 않았다. 기분 탓인가 하고 걷기 시작하자 또 "언니." 하는 목소리가 들렸다. 꼭 바로 등 뒤에서 말을 건 것 같았다.

놀라서 돌아보았지만 등 뒤에는 아무도 없었다. 조금 떨어진 모퉁이에 노란 비옷을 입은 아이가 가만히 서 있을 뿐이었다.

문득 꺼림칙했던 까닭은 음울한 비 탓, 우중충하게 어두운 구름 탓, 그리고 비옷을 입은 아이가 코트 아래로 보이는 치마로 여자아이임을 깨달은 탓이었다. 조금 전 자신이 발로 차서 쓰러뜨린 꽃을 떠올렸다. 꽃 주위에 같이 놓인 것은 유치원생이나 초등학교 저학년쯤 되는 여자아이가 좋아할 만한 물건뿐이었다.

—설마.

그렇게 생각하면서도 괜히 불안해서 갈 길을 서둘렀다. 조금 가자 사거리가 나오고, I씨는 신호를 건넜다. 모퉁이를 돌 때 돌아보니 멀리 보이는 모퉁이에 작고 노란 비옷 그림자가 홀로 서 있었다.

아직 해가 저물 시각은 아니지만, 두꺼운 비구름 탓인지 주위는 서서히 어둑해졌다. 추적추적 내리는 빗속에서 걸음을 서두르다 한참 뒤에 무심코 돌아보았다. 그 순간 I씨는 소리를 지를 뻔했다.

멀리 보이는 등 뒤 모퉁이에 홀로 오도카니 서 있는 노란 비옷이 보였다. 조금 전 돌았던 모퉁이에 아이가 오도카니 서 있었다.

I씨는 걸음을 서둘렀다. 아무튼 잰걸음으로 빗속을 걸었다. 다음 모퉁이를 돌 때 확인하니, 상당히 떨어진 뒤쪽에 노란 비옷이 서 있었다. 아이는 움직이는 낌새가 없었다. 언제 보아도 오도카니 서 있다.

서둘러 모퉁이를 돌았다. 그저 무서워서 걸음을 서두르며, 뒤를 보면서 평소에는 돌아가지 않는 모퉁이를 돌았다. 지난 적 없는 주택가 길이지만 방향은 안다. 길을 서두르며, 평소 다니는 길로 돌아가려고 모퉁이를 돌 때 돌아보니 멀리 보이는 모퉁이에 역시 노란 비옷이 보였다.

그곳부터는 죽을 둥 살 둥 걸었다. 우선 서둘러 모퉁이를 돈다. 돌아보면 훨씬 뒤쪽 모퉁이에 비옷이 보인다. 달려서 길을 닦아놓은 언덕을 올랐다. 다 올라가 돌아보았을 때는 아이 모습이 없었는데, 언덕을 넘어 다 내려간 곳에서 돌아보면 언덕 위에 비옷이 보인다.

몰골 따위 신경 쓰지 않고 달려서 가까운 길로 뛰어들었다. 아이를 따돌리려고 아무렇게나 모퉁이를 도는 사이 I씨는 자신이 어디에 있는지 알 수 없어졌다. 등 뒤에 아이 모습이 보이지 않는 걸 확인하고 몇 번째인가의 모퉁이를 돌았다. 모퉁이를 돌아가자 양쪽으로 담이 이어지는 긴 외길이 나왔다. 간신히 차가 오갈 수 있을 만한 좁은 길을 그저 달렸다. 그리고 흠칫했다.

길 끝에서 양쪽으로 이어지던 담이 끊겼다. 끊긴 그곳은 철도 건널목이었다. 건널목에는 차단기가 있었다. I씨가 달려가는 사이에 경보기가 깜빡이기 시작했다. —그런데 소리가 나지 않는다.

I씨는 철도 건널목 앞에서 걸음을 멈추었다. 돌아보니 좁은 길모퉁이에 노란 비옷이 보였다. 조마조마해서 경보기를 올려다봤다. 붉은빛이 깜빡인다. 그런데 소리가 들리지 않는다. 차단기가 내려올 낌새도 없다. 벽 옆으로 들여다보고 노선을 확인해보았지만 한쪽에는 전차 모습이 보이지 않았다. 다른 한쪽은 커브인 데다 선로를 따라 이어지는 담에 가려 앞을 내다볼 수가 없었다.

경보기는 깜빡였다. 차단기는 올라가 있다. 어느 쪽을 믿으면 되지?

돌아보니 노란 비옷은 길 중간쯤까지 다가와 있었다. 인기척 없는 좁은 길 끝에 가만히 서 있다.

—따라잡히면 어떻게 될까?

무서워서 뛰어들고 싶은 충동에 휩쓸렸지만 깜빡이는 붉은 등을 보면 그럴 수도 없었다. 견디지 못하고 그 자리에 주저앉았다. 차단기를 지탱하는 장대에 매달려 죄송해요, 죄송해요, 하고 중얼거렸다.

우웅 하고 소리가 들렸다. 깜짝 놀라 정신을 차려 보니 눈앞에 전차가 지나가는 참이었다. 조금 전까지 들리지 않던 경보기 소리가 시끄럽게 울렸다. 차단기는 여전히 올라가 있었다.

I씨는 머뭇머뭇 돌아보았다. 뒤쪽 길에는 이제 아무도 없었다. 끼잉 하고 묘한 소리를 내며 차단기가 떨리고 경보기가 멈추었다.

음울하게 차가운 비가 내렸다.

I씨는 허둥지둥 철도 건널목을 건넜다.

주의보

어느 날 한밤중에 O씨는 문득 눈을 떴다. 왜 자신이 눈을 떴는지 기억하지는 못한다. 어쨌거나 이유 없이 눈이 떠졌는데, 그렇다고 완전히 잠에서 깬 것도 아니라 멍하니 눈을 감은 채 누워 있다보니 누군가 중얼중얼 떠드는 목소리가 들리는 듯했다.

그제야 정말로 잠이 달아났다. 처음에는 누가 작은 목소리로 자신에게 말을 거는 줄 알았다. 아버지가 이런 밤에 무슨 용건일까 했던 기억이 나니까, 아마도 남자 목소리라고 생각했던 모양이다.

눈을 뜨고 어둠 속을 둘러봐도 아무도 없다. O씨는 복도에서 부모님이 이야기를 나누나 했다. O씨 방은 다다미방으로, 복도와 방을 가로막은 건 창호지를 바른 미닫이문 한 장뿐이라 복도에서 나는 소리가 잘 들린다. 이런 밤중에 무슨 이야기를 하는 걸까 하며 문 쪽을 보았지만, 복도에서 새어 나오는 빛이 없다. 불도 켜지 않고 부모님이 복도에서 이야기를 나누지는 않으리라. 부모님 방 소리가 들릴 리는 없다. 부모님 방은 1층이고, 그녀의 방에서 보면 건물

반대쪽인 데다 여태껏 한 번도 이야기 소리가 들린 적이 없었다. 옆방을 쓰는 오빠는 아니다. 오빠는 대학에 입학해 먼 도시에서 하숙하고 있다. 2층에 있는 사람은 그녀뿐이다.

이래저래 생각하는 동안에도 중얼중얼 작은 목소리가 계속 들렸다. 1층 거실에서 나는 목소리가 바닥으로 전해지는 소리일까. 그렇게 생각하고 보니, 목소리가 먼 데다 아나운서처럼 느껴지기도 했다. 거실에 텔레비전을 켜놨나. 그 소리가 전해지는 걸까.

O씨는 이상하게 신경 쓰여 견딜 수 없었다. 그 목소리에 긴장감과 절박함이 배어 있었기 때문이다. 뭔가를 필사적으로 호소하는 느낌이 나서 무시할 수 없었다. 시험 삼아 베개로 한쪽 귀를 막아보았다. 목소리는 커지지도 작아지지도 않았다. 살짝 고개를 일으켜 주위 상황을 살폈다. 역시 1층은 아니다. 그렇다고 2층 어디 같지도 않다. 어디서 소리가 들리는지 알 수 없었다.

그 목소리를 빼고는 이상할 정도로 잠잠했다. 그녀가 사는 동네는 산골이라, 밤중에는 차 소리도 끊기고 인기척도 나지 않는다. 그래도 주위에는 산이 있고, 숲이 있고, 그곳에는 벌레와 새가 있다. 한밤중에는 무서울 정도로 조용해지지만, 이렇게까지 아무 소리도 들리지 않은 적은 없었다.

뭔가 이상하다—O씨는 더욱 귀를 기울였다. 중얼중얼 계속되는 목소리는 아마도 남자고 혼자 떠드는 느낌이다. 아나운서가 뉴스나 일기예보라도 전하는 것 같다. 어딘가에서 라디오라도 켜놨나.

하다못해 뭐라고 하는지 알아들을 수 없을까 신경을 곤두세웠다.

덧창, 이라고 한 것 같았다.

덧창…… 닫아야 하는데.

덧창을 닫아.

절박한 말투지만, 억양 없는 단조로운 목소리. 멀리, 띄엄띄엄, 두꺼운 것을 가로막은 것처럼 우물거렸다.

덧창.

덧창을, 닫아.

……닫아야 하는데…… 덧창.

귀를 기울여 보니 목소리는 그 말만 되풀이하고 있다.

덧창, 닫아, 닫아야 하는데.

갑자기 덧창이 신경 쓰였다. 그녀는 덧창을 닫은 적이 거의 없었나. 오늘도 열어놓았다. 그래서 방 안은 어둡지만 캄캄하지는 않다.

O씨는 일어나서 창가로 다가갔다. 커튼을 열고 창문을 열었다. 창밖에는 평소와 다름없는 밤경치가 펼쳐져 있었다. 집 앞에 구불구불 이어지는 좁은 도로, 전봇대와 가로등, 말간 달빛이 쏟아지는 논과 야산. 하지만 이상하게 창밖에서는 아무 소리도 나지 않았다. 당연히 들려야 할 벌레 소리조차 들리지 않는다. 불안해져서 재빨리 덧창을 당겨 닫았다. 창문을 닫고 자물쇠를 잠그고, 커튼을 친다. 그러자 목소리가 뚝 끊겼다. 불안하기만 한 무음이 찾아왔지만 그녀는 묘하게 안도했다.

간신히 진정이 돼서 잠자리로 돌아왔다. 이내 깜빡 잠이 들었다가, 쿵 하는 딱딱한 소리에 눈을 떴다.

그 소리는 분명히 창문 쪽에서 났다. 알루미늄제 덧창을 두드리는 소리. 처음에는 조심스레, 이어서 열 받은 것처럼 노크했다.

쿵, 하고 주먹으로 덧창을 두드리는 듯한 소리가 났다. 슥슥 덧창의 표면을 쓰다듬는 듯한 소리, 손잡이를 찾는 것처럼 긁는 소리. 화난 것처럼 두드리는 소리.

잠이나 잘 때가 아니었다. O씨는 경직된 채 덧창에서 나는 소리에 귀를 기울였다. 그 소리는 두 시간쯤 계속되다 사라졌다고 한다.

검은 고양이

I씨의 할머니가 검은 고양이를 얻어 기르게 되었다. 얻어 와서 얼마 안 되어 검은 고양이가 새끼 고양이를 낳았다고 해서 초등학생인 사촌 동생이 보러 갔다. 다가간 순간, 검은 고양이가 물고 할퀴었다. 물린 흔적이 스무 군데 정도, 긁힌 상처도 열몇 군데라 사촌 동생이 울고불고 난리가 아니었던 모양이다. 모두 깊은 상처는 아니라 상처를 소독하고 연고를 바른 후에 사촌은 돌아갔다.

"그 애는 개나 고양이를 금방 괴롭히잖아. 괴롭히려다 당한 거 아닐까."

사건 다음 날, I씨 집에 들른 할머니는 그렇게 말했다. 실제로 사촌 동생은 동물을 괴롭히며 재미있어하곤 해서, 그 이야기를 들었을 때 I씨도 '새끼 고양이를 보러 간' 게 아니라 '새끼 고양이를 괴롭히러 간' 거 아니냐고 생각했을 정도다.

원래 그 검은 고양이는 할머니가 아는 사람 집에서 기르던 고양이라고 한다. 기르기 시작한 지 얼마 안 되어 그 집 며느리가 아파서 입원과 퇴원을 되풀이했다. 그곳 할머니는 종교나 영혼을 믿는 사람이라, 며느리의 상태를 수상하게 여겨 영능력자를 찾아갔다. 영능력자는 댁에 고양이가 있지, 그 고양이에는 뭔가 씌어 있어 집에 있으면 나쁜 일이 계속 일어난다고 했다. 그런 고양이라면 보건소에 데려가거나 버렸다가 더 큰 벌이 내릴 것 같았다. 입양할 곳을 찾으려 해도 사정을 말하면 재수 없다고 거절당하고 만다. 난처해하고 있다는 이야기를 듣고 I씨의 할머니가 데려오기로 했다. I씨의 할머니는 그런 걸 전혀 신경 쓰지 않는 사람이다.

"어떤 고양이야?" I씨가 묻자 "평범한 검은 고양이."라고 할머니는 웃었다.

"하지만 사람 말을 알아듣는단다."

그 증거로 고양이를 본 사람이 "마음에 안 드는 고양이네." 하고 말하면 털을 세우고 화낸다고 한다. 반대로 "귀여운 고양이네." 하고 말하면 젖먹이 새끼 고양이를 일부러 물어서 들어 올려, 봐도 된다는 것처럼 사람 무릎 쪽으로 밀어주기도 한다고 한다.

며칠쯤 지나 I씨는 할머니 집에 소문의 고양이를 보러 갔다. 할머니 말대로 아주 평범한 검은 고양이였다. 지켜보고 있으려니 고양이도 I씨의 얼굴을 살피듯 물끄러미 쳐다본다. 그리고 차갑게 고개를 휙 돌려버렸다. 재수가 없는 고양이에 사람 말을 아는 기분 나쁜 고양이라고 생각한 자신의 마음을 꿰뚫어 본 것 같았다.

말을 아는 게 아니라 마음을 읽는 건가 싶기도 했다. 다친 사촌 동생은 정말로 아무 짓도 하지 않았다고 주장했기 때문이다. 진짜 의도가 '새끼 고양이를 보는' 것이었는지, '고양이를 괴롭히는' 것이었는지는 둘째 치고, 어쨌든 사촌 동생에게는 뭘 할 틈도 없었던 듯하다. 고양이가 있는 곳을 들여다보는데 느닷없이 덤벼들었던 모양이다. 그래서 사촌 동생은 그 고양이는 정말로 나쁜 고양이고, 조만간 할머니는 저주받아 병에 걸려 돌아가실 거라고 이야기하고 있다고 한다.

급수탑

G씨가 사는 꽤나 오래된 매머드 단지의 드넓은 부지 구석에는 콘크리트 급수탑이 있다. 급수탑도 지은 지 오래되어 찌든 콘크리트에는 자잘한 금이 잔뜩 갔고, 보수를 했는지 금간 부분만 색이 달라서 지렁이 같은 생물이 기어 다니는 것처럼 보였다.

울타리로 둘러싸인 주변 공터는 옛날에는 공원으로 이용했나 본데, 어느새 사람이 드나들지 않아 놀이기구는 녹이 슬어 썩기 시작했다. 주위에는 잡초가 무성하고, 어디선가 날아와 뿌리 내린 나무가 올려다봐야 할 정도로 자랐다.

—대체로 그곳은 적적하고 왠지 모르게 으스스한 곳이었다. 옆을 지나는 길은 근처에 있는 대형마트로 가는 지름길이라 늘 사람이 오갔지만, 어째서인지 공원으로서는 버려진 공터라 사람 모습을 본 적이 없었다. 어쩌면 급수탑이 수상하다는 소문 탓인지도 모른다.

저물녘이나 흐린 날, 급수탑 꼭대기에 서 있는 사람 모습이 보인다고 한다. 가끔 떨고 있는 것처럼 보이기도 한다고들 한다. 작게 흔들리는 것처럼 보일 때가 있는 것이다.

사고나 사건이 있었다는 소문은 듣지 못했지만, 이상하게 다들 옆을 지날 때에는 시선을 피하는 장소였다.

어느 날 저녁, G씨네 옆집에 사는 주부가 급수탑 옆을 지나갔다. 그때 공터 쪽에서 바람에 실려 아이의 가는 울음소리가 들렸다. 그녀는 걸음을 멈추고 땅거미가 진 공터를 둘러보았다.

그녀는 자신의 아이에게 공터에서는 놀지 말도록 일러두었다. 소문이 신경 쓰이는 건 아니다. 녹슬어 썩어가는 놀이기구가 위험하다고 생각했기 때문이다. 자치회에서도 '위험하다'는 목소리는 나왔지만, 그러니 어떻게 하자고 이야기가 된 적은 없었다. 왜 그렇게 되는지 알 수 없다. 어쨌거나 그녀에게는 공터가 위험하다는 인식이 있어서 어린아이 울음소리가 들렸을 때 순간적으로 누가 다쳤다고 생각했다.

나무며 키 큰 잡초 사이를 엿보았지만, 걱정되는 놀이 기구 주위에는 아무도 없는 것 같았다. 공터 주위는 낮은 울타리로 둘러싸였지만 문 같은 건 특별히 없다. 입구에서 안으로 들어가 다시 목소리가 들리는 방향을 찾았다. 울음소리는 아무래도 급수탑 아래에서 들리는 것 같았다.

급수탑 바로 아래는 펜스를 높이 치고 입구에 자물쇠를 걸어놔서 사람이 드나들 수 없게끔 되어 있었다. 그런데 그녀가 들여다보니 펜스 안에서 아이 울음소리가 들렸다. 가녀리고 연약한, 안쓰러운 울음소리였다. 다가가 보니 급수탑 기둥 아래에 작은 여자아이가 웅크리고 있었다.

어떻게 들어간 걸까 하며 문을 열어 "왜 그러니?" 말을 걸면서 안으로 들어갔다. 해가 기운 탓인지 찬바람이 불었다. 여자아이는 얼굴을 감싸고 울면서 "치마가 끼었어요."라고 했다.

다치지 않아서 다행이라고 가슴을 쓸어내리며 다가갔다.

"괜찮아. 지금 아줌마가 꺼내줄게."

다독이듯 말하며 그녀는 손을 뻗어 주저앉은 여자아이의 치마가 큰 기둥 아래에 낀 것을 확인했다.

두꺼운 콘크리트 기둥과 토대, 그 사이에 치맛자락이 꽉 물려 있었다. 꼭 여자아이 치마 위에 급수탑을 세운 것 같다. 아니면 그곳에 치맛자락을 발라버린 것 같다.

그녀는 놀랐지만, 설마 하는 심정으로 손을 뻗었다. 치마를 잡고 당겨 보았지만 치맛자락이 꽉 물렸는지 꿈쩍도 하지 않았다.

여자아이에게 이게 대체 어떻게 된 거냐고 묻고 싶었지만 물을 수 없었다. 가녀린 목소리로 훌쩍이는 여자아이는 단 한 번도 고개를 들지 않고 그녀를 보려고도 하지 않았다.

'이 아이, 이상해.'

그렇게 생각하니 손에서 힘이 빠졌다. 치마를 놓고 비틀거린 김에 그대로 그 자리에서 도망쳐버렸다.

하지만 집으로 도망쳐 돌아가면서 무슨 사고가 났는지도 모른다는 생각을 떨칠 수 없었다. 혹시 그렇다면 큰일이다. 걱정되니까 같이 가달라는 말에 G씨의 부모님은 함께 보러 갔다.

갔을 때에는 급수탑 아래에 아무도 없고, 바로 아래를 둘러싼 펜스 문에도 맹꽁이자물쇠가 매달려 있었다.

얼굴

M씨가 수학여행으로 교토에 갔을 때 일이다. 그날은 아라시야마 산에 묵었다. M씨의 방은 8인실이었지만, 몰래 숨어들어 온 친구까지 최종적으로 열한 명이 되었다.

다들 방 가득 깐 이불 위에서 저마다 뒹굴며 처음에는 시시껄렁한 이야기를 하다가, 밤이 깊어지면서 무서운 이야기로 바뀌었다. 그러다 친구가 눈앞에서 차에 치였다느니 자기가 탄 열차에 사람이 몸을 던진 적이 있다느니, 화제가 사고 이야기로 빠져서 M씨는 끄트머리 이불에 들어가 헤드폰으로 음악을 들으며 책을 읽기 시작했다. 괴담은 좋아하지만 끔찍한 이야기는 질색이었다.

그대로 책에 열중하다 문득 정신을 차리니 어느새 다들 이불 위에 뒹군 채 색색 잠들어 있었다. 사람 수도 그대로였고, 방 형광등도 켜놓은 채다. 이야기에 열중하다 잠들어버린 모양이었다. 아침저녁으로 서늘해졌다고 해도 아직 쌀쌀할 정도는 아니었고, 방은 사람들 훈김으로 따뜻하니 잠이 올 만도 하다. 쓴웃음만 짓고는 굳이 깨우지 않은 채 M씨는 계속 책을 읽었다.

그때 딱 하고 가지 부러지는 소리가 들렸다. 소리는 그리 키우지 않았어도 헤드폰을 쓰고 있는데 이상하다 싶었지만, 마침 M씨 발치에 있는 냉장고에서 나는 소리일 거라고 막연하게 생각했다. 신경 쓰지 않고 책을 읽고 있으려니 또 나뭇가지를 부러뜨리는 소리가 들렸다.

M씨는 헤드폰을 벗고 귀를 기울여보았다. 나뭇가지를 꺾는 듯한 소리는 계속되었다. 소리는 창밖에서 들렸다. 창밖은 바로 산이고, 불빛 한 점 없이 어두웠다. 어둠 속에서 끊임없이 나뭇가지 꺾는 소리가 들린다. 이상하게 헤드폰을 쓸 때와 다르지 않은 음량으로 들렸다.

으스스해진 M씨는 바로 옆에서 자는 친구 Y씨를 깨웠다. 그런데 달게 자다 일어난 Y씨는 짜증을 내며, M씨가 무슨 말을 할 새도 없이 "그만 좀 자라." 하고 등을 끄려 했다. M씨는 끄지 말라고 외쳤다.

"불을 켜놓으니까 못 자는 거야."

Y씨는 언짢아하며 그렇게 말하고 M씨의 부탁에도 불을 꺼버렸다.

이래서야 다시 불을 켤 수도 없는 노릇이다. M씨는 어쩔 수 없이 머리까지 이불을 뒤집어쓰고 헤드폰을 끼고 소리를 키웠다. 건전지 탓인지(하지만 건전지는 조금 전에 갈았는데) 갑자기 소리가 늘어지고 노랫소리가 점점 일그러졌다. 좋아하는 가수 목소리는 기분 나쁜 신음으로만 들렸다. 참지 못하고 테이프를 멈추니 이번에는 누가 어깨 부근을 누른다. 그것도 몸 바로 위에서 머리 쪽으로 어깨를 밀어 올리는 감각이다. M씨는 누가 자신 위에 타고 있는(몸무게는 느껴지지 않지만) 느낌을 떨칠 수 없었다.

'괜찮아.'

M씨는 자신을 타일렀다. 여행을 출발하기 전에 "수학여행 때 나온다는 얘기 많지." 하는 이야기를 했다. 그때 반쯤 농담으로 소금을 가져가자고 함께 떠들었다. 그 소금과 부적이 가방 안에 들어 있다. 소금과 부적을 가지러 가려고 했다. 가야 한다고 생각했지만, 어깨를 누르는 누군가를 밀어젖히고 일어날 용기가 나지 않았다. 소금과 부적, 반쯤 울먹이며 생각하니까 갑자기 어깨의 감촉이 사라졌다. 그 뒤로 아무 소리도 들리지 않고 기척도 없었다. M씨는 한동안 잠들지 못했지만, 어느새 잠에 빠져들었다.

그다음 날 아침, M씨는 Y씨에게 약간의 원망을 담아 어젯밤 이야기를 했다. 어차피 믿지 않겠지, 비웃음만 당하리라 생각하면서도 원망스러워서 말하지 않고는 배길 수 없었다. 하지만 Y씨는 "그런 거였으면, 그렇게 말해줬으면 같이 일어나 있었을 텐데."라며 아주 진지하게 말했다.

어젯밤에는 그렇게 화낸 주제에. M씨가 말하려 했을 때 "나도 좀 신경 쓰이는 일이 있었어."라며 Y씨가 말했다. 방 형광등을 끄려고 일어나 전등 끈을 잡았을 때, 창밖에 사람 얼굴이 보였다고 한다.

"반사적으로 누군가의 얼굴이 유리에 비쳤겠지 했는데."

그렇게 말하는 Y씨는 유령 따위 믿지 않는 현실주의자다.

"아니면 창밖에서 누가 들여다봤나. 적어도 내 얼굴은 아니었거든. 딱 내 어깨, 이 부근에 보였으니까."

Y씨는 말하면서 자신의 어깨 조금 위를 가리켰다.

"아무것도 아니라고 생각하지만, 흠칫했다니까."

그러니까 말해줬으면 함께 일어나 있었을 텐데, Y씨는 또 말했다. M씨는 그 이야기를 들으면서 Y씨가 불을 끌 때 일어난 그녀와 이불 안에 있는 자신, 방에서 일어나 있던 사람은 둘뿐이었던 걸 떠올렸다. Y씨 이외의 얼굴이 유리창에 비칠 리가 없다. 그렇다면 그 얼굴은 창밖에 있었을 것이다.

하지만—M씨는 생각했다. 바깥이 캄캄하고 방 안에 불빛이 있는 상태에서 창밖이 보일까?

등

H군은 어느 날 하굣길에 신사 샛길을 걸어갔다. 경내를 통과하는 좁은 길이다.

그런데 느닷없이 퍽 하고 뭔가에 부딪혔다. 두세 걸음 물러서서 눈을 깜빡였다.

눈앞에는 아무것도 없다. 평소와 다름없는 콘크리트를 깐 좁은 길이 뻗어 있을 뿐이다. 주위에는 자갈이 깔려 있고, 바로 옆까지 푸른 정원수가 심어져 있다.

기분 탓인가 싶어 걷기 시작했다.

또 퍽 하고 뭔가에 부딪혔다.

조심조심 손을 뻗어보니 눈앞에 보이지 않는 뭔가가 있다. 따뜻한 데다 부드러운 털로 덮여 있는 감촉이 났다. 만져서 확인해보니 H군보다 큰 뭔가가 그곳에 있었다. 등이다. 그런 느낌이 들었다고 한다.

이렇게 만져도 꿈쩍하지 않는다. H군에게 위해를 가할 낌새도 없었다. 등을 돌린 채 멀뚱히 서 있다.

다시 한 번 혹시 몰라 앞으로 걸어갔다. 역시 퍽 하고 뭔가에 부딪혔다.

H군은 부들부들 떨며 그것을 돌아갔다. 보이지 않는 뭔가의 주위를 돌아 몇 걸음 걸었다. 돌아보았지만 역시 아무것도 보이지 않았다.

구리코

아마도 K씨가 다섯 살 때쯤이 아니었을까.

당시부터 K씨의 어머니는 툭하면 여러 종교에 빠져서, 소문을 듣고는 여기저기 집회를 찾아다녔다. K씨도 꼭 거기에 끌려가기 일쑤였다고 한다.

그렇게 간 곳에서 있었던 일이다. K씨 모자는 집회를 마치고 호텔로 돌아왔다. 그게 어느 도시고, 어떤 호텔이었는지는 기억나지 않는다. 그저 호텔 로비에 병사들이 총을 들고 마차를 끄는…… 조각인지 그림인지가 걸려 있던 것만은 기억한다.

K씨는 그 그림 앞에서 뛰어다니며 놀았다. 그랬더니 같은 또래 여자아이를 만났다. 그 아이가 "놀자."고 했는지, 아니면 그냥 놀게 되었는지 그 부분은 지금 와서는 분명치 않다. 다만 여자아이 이름만은 똑똑히 기억한다. 여자아이 이름은 '구리코'.

이름을 물으니, 처음에는 "분명히 웃을 테니까 싫어."라며 알려주지 않았다. 몇 번이고 몇 번이고 "안 웃을게."라고 맹세하고서야 겨우 가르쳐주었다.

"있잖아, 구리코라고 해. 카타카나로 구리코."

둘이서 계단에 가서 놀았다. 깨끗한 난간, 붉은 카펫이 깔린 계단 같았지만 인기척이 전혀 없었던 걸로 봐서는 뒷계단이었는지도 모른다.

처음에는 첫 번째 계단에서 번갈아가며 뛰어내리는 실없는 장난이었다. 두 사람 다 뛰어내릴 수 있으면 다음은 두 번째 계단에서 뛰어내린다. K씨는 두 번째인지 세 번째인지, 초반에 어이없이 구르는 바람에 뛰어내리기 무서워져 머뭇거렸다. 구리코는 그런 K씨를 보고 웃으며 "내가 제일 높은 곳에서 뛰어내려 볼게."라고 했다.

말만 한 게 아니라 구리코는 정말로 계단 꼭대기에서 뛰어내렸다. 저기 높은 곳에서 두 팔을 펼치고 뛰어내린 그녀는 붉은 카펫 위에 쿵 하고 착지했다. K씨는 "우와, 굉장하다!" 하고 환호성을 지르며 손뼉 쳤다.

하지만 지금 생각하면 그럴 리가 없다. 기억하는 계단은 호텔 2층까지 통했는데, 실제로는 중간에 꺾어서 그 층계참에서 뛰어내렸을 뿐인지도 모른다. 그래도 다섯 살 아이가 뛰어내릴 수 있을 높이가 아님은 분명했다.

그 뒤로는 숨바꼭질을 했다. 마침 K씨가 술래가 되었을 때, K씨의 어머니가 찾으러 왔다. K씨는 숨어버린 구리코에게 "나, 이제 돌아간다!" 하고 큰 소리로 말했다. 어디에서도 대답은 없었다.

그리고 요새 K씨는 자주 꿈을 꾼다. 고등학생인 K씨는 꿈속에서는 벌써 스무 살이 되었다. 텔레비전을 보고 있으면 뉴스에 호텔이 나온다. 그 호텔 창고 벽에서 다섯 살쯤 먹은 여자아이의 미라가 발견되었다는 뉴스다. K씨는 꿈속에서 '그 호텔이다!'라고 생각한다. 허둥지둥 호텔에 달려가 사정을 이야기하고 경찰서에서 미라를 대면하고, 틀림없이 구리코라고 확신한다.

그런 꿈이 벌써 몇 번이나 계속되는 게 어른이 되면 구리코를 찾아라, 그 호텔을 찾아가 보라는 소리인가 싶다.

면도칼

한밤중 12시나 2시에 혼자 세면실에 서서 세면대에 물을 받고, 면도칼을 입에 문 채 수면에 자신의 얼굴을 비추면 그곳에 남자 얼굴이 보인다는 소문이 있다. 검푸른 얼굴을 한 볼품없는 남자로, 공허한 시선으로 이쪽을 바라본다. —영감이 없는 사람이라도 확실히 유령을 보는 방법이라고 한다.

어느 날 밤, S씨의 사촌 누나가 시험해보았다. 가족이 잠들기를 기다렸다가 깊은 밤 2시에 세면실로 갔다. 세면대에 물을 받고 수면이 잦아들기를 기다렸다 사 온 면도칼을 문 채 몸을 숙였다.

그곳에는 중년의 마른 남자가 있었다. 그녀의 얼굴은 없고 검푸른 남자 얼굴이 수면에 비쳐 흐리멍덩한 눈으로 그녀를 응시했다.

놀란 사촌 누나가 소리를 질렀다. 그 바람에 물고 있던 면도칼을 떨어뜨리고 말았다. 물속에 면도칼이 떨어지고 동시에 파문으로 일그러진 남자 이마 부분부터 천천히 붉은 피 같은 게 퍼져 나갔다.

파문이 잦아들자 이미 남자 얼굴은 사라졌지만, 붉은 것이 실처럼 가늘게 이어져 떠다녔다고 한다.

윌리엄 텔

K군이 중학교 1학년 때, 음악 선생님이 클래식 음악을 듣고 감상문을 쓰라는 숙제를 내 주었다. K군이 학교에서 적당히 고른 곡은 〈윌리엄 텔 서곡〉. K군은 레코드를 빌려 돌아왔다. CD가 당연해지기 전 이야기다.

레코드를 빌리기는 했지만 K군 집에는 플레이어가 없다. K군 집은 이발소를 하는데, 가게에 가면 레코드를 틀 수 있는 플레이어가 있었다. 그래서 가게가 쉬는 날인 월요일을 기다렸다 레코드를 들고 가게에 갔다.

이발소는 원래 K군의 할아버지가 연 것이다. 점포는 주택과 겸용이지만, 이쪽에는 조부모만 살고 있다. K군의 부모도 이발소를 도왔지만 집은 가게에서 도보 1분 거리에 있는 연립주택이었다.

"플레이어 좀 쓸게."

K군은 가게 안쪽에 말을 걸었다. 문을 사이에 두고 안쪽에 있는 거실에서는 할머니가 텔레비전을 보고 있었다.

K군은 플레이어에 레코드를 걸었다. 이때 가게 안에 있던 사람은 K군 혼자였다. 사람은 물론이고 동물도 없었다.

레코드를 걸고 조금 지나자 달칵달칵, 팔락팔락하는 소리가 어디선가 들렸다. 그렇게 큰 소리가 아닌데 이상하게 귀에 거슬리는 호들갑스러운 소리였다. K군은 견딜 수 없이 신경이 쓰여 레코드를 멈추었다. 어디서 소리가 났을까, 하고 가게 안을 둘러보았지만 지금은 소리가 그쳤다. 잘못 들었나 싶어 다시 레코드를 걸자 또 달칵달칵, 팔락팔락하는 소리가 들렸다. 이번에는 레코드를 멈추지 않고 가게 안을 둘러보았다.

창문 옆에 있는 거울 위에 달력이 걸려 있는데, 그 달력 오른쪽 아랫부분이 팔락팔락 소리를 내며 움직였다. 종이 모서리가 작게 파닥거리듯 젖혀졌다. 게다가 달력 자체가 달칵달칵 가늘게 떨렸다.

처음에는 창문이 열려 있어 바람 때문에 움직이나 싶어 창문을 닫으려고 다가가 보았지만, 창문은 꼭 닫혀 있었다. 달력이 소리를 내며 움직일 만한 바람은커녕 휴지가 한들거릴 만한 바람조차 불지 않았다.

혹시 음악 때문인가?

그렇게 생각한 K군은 소리를 줄이거나 키워 보았지만, 조금도 변화가 없었다. 달칵달칵, 팔락팔락 달력이 움직였다. 그때 레코드를 멈추어봤다. 달력의 움직임이 뚝 멈추었다. 시험 삼아 다른 곡을 틀어봐도 달력은 꿈쩍도 하지 않았다. 〈윌리엄 텔 서곡〉을 걸면 또 움직인다.

K군은 기분이 나빠서 안쪽 방에 있는 할머니를 불렀다. 그런데 할머니가 오면 달력이 멈췄다. 이것저것 시험해도 움직이지 않는다. 이내 할머니는 "안 움직이잖니."라며 안쪽 방으로 돌아가버렸다. 그런데 할머니가 안쪽 방으로 돌아가자마자 달칵달칵, 팔락팔락 움직이기 시작한다.

"할머니!"

큰 소리를 질러 다시 할머니를 불렀지만, 할머니가 오면 소리가 그쳤다. K군 혼자 남으면 또 움직인다. 세 번째 불렀을 때에는 할머니는 다시 나와주지 않았다.

K군은 가게에 혼자였다. 여전히 달력은 달칵달칵, 팔락팔락 소리를 냈다. 참지 못하고 레코드를 멈추려 했을 때, 부스럭부스럭 소리가 가게 안쪽에서 들렸다.

K군 집에서는 밤에 자전거를 가게 안에 둔다. 아파트 주차장에는 지붕이 없기 때문이다. 그 전날에도 K군은 자전거를 가게에 들여두었다. 비가 내린 터라 바닥이 더러워지지 않게끔 신문지를 깔았다. 그 신문지를 누가 밟는, 그런 소리였다.

K군은 무서워서 허둥지둥 레코드를 멈추었다. 동시에 달칵달칵, 팔락팔락 하는 소리는 그쳤다. 그런데 부스럭부스럭 소리는 가까워지고 있었다. 부스럭부스럭, 신문지가 움직였다.

K군은 큰 소리를 지르며 가게를 뛰쳐나와 집으로 도망쳐 돌아갔다.

이 사건과 관계가 있는지 알 수 없지만, K군은 그 뒤로 가게 정리를 돕다가 이상한 사람을 본 적이 있다. 삼색 원통 간판을 정리하려고 바깥에 나가니 어둠 속에 아이만 한 키의 분홍색 사람 형상이 웅크리고 있었다.

어둠 속에서 등을 돌리고 웅크린 사람은 파고들듯 삼색 원통 간판을 올려다보았다. 놀라서 가게로 도망쳤다가, 곧 다시 머뭇머뭇 바깥을 보니 이미 사람 모습은 보이지 않았다.

딱 한 번, 그때뿐이었다.

빗속 여자

K씨는 학교에서 돌아오는 길이었다. 비가 내려서 축축하고 춥고, 장대비라 할 정도는 아니지만 세찬 비가 온종일 추적추적 내렸다.

아침부터 어두웠지만, 하교 시간이 되자 한층 어두웠다. 해가 짧아진 계절이기는 했지만, 그래도 비가 내리는 날의 어두움은 독특하다. 어둠이 다가오는 게 아니다. 단순히 어둡다. 묵직하게 가라앉은 것처럼 빛이 없다. ――그런 생각을 하면서 우산을 깊숙이 쓰고 길을 걸었다.

K씨가 학교를 오갈 때 이용하는 길은 거의 논 사이 농로다. 대부분은 깨끗하게 포장되어 있지만, 중간부터 휴경지 사이를 지나는 비포장도로가 나온다. 비포장도로를 빠져나가는 게 지름길이다. 길 양쪽은 잡초가 무성한 들판이라 항상 놀고 있는 아이나 산책하는 개를 보지만, 이렇게 비가 내리면 그런 모습도 볼 수 없다. 무엇보다 주위를 볼 틈도 없다. 포장되어 있지 않으니 발치에 물웅덩이가 잔뜩 있다. 고개를 숙이고 발치를 확인하지 않으면 차가운 물웅덩

이를 밟고 만다. 게다가 이런 날에는 꼭 짐이 많았다. 양손의 가방이 젖지 않도록 신경 쓰면서 우산대를 거의 턱으로 끼어 지탱하듯 걸었다. 우산을 쓴 게 아니라 고개 숙인 머리 위에 얹은 상태였다.

바람이 불지 않아 다행이라고 생각하면서 걷는데, 등 뒤에서 찰팍찰팍 물을 밟는 발소리가 다가왔다. 고개를 숙이고 걷던 K씨는 길 구석으로 피했다. 뒤에서 온 사람이 자신을 앞질러 갈 것 같았기 때문이다. 아니나 다를까 우산으로 가로막힌 시야 끝에 여자 다리가 나타났다. 검은 펌프스가 물을 흠뻑 빨아들였다. 걸을 때마다 구두 안에서 차가운 물이 움직이는 질퍽거리는 소리가 났다.

젖은 펌프스는 어쩌면 좋을까. 저렇게 물을 먹었으니 나중에 큰일이겠다 싶어 동정이 갔다.

생각하는 동안에도 여자는 걸어왔다. K씨를 앞질러 조금 앞으로 나가서 걸음을 늦추었다. —늦추었다고 생각한다. 그때부터 그 여자와 서로 앞서거니 뒤서거니 하며 나란히 걸었으니 말이다.

K씨는 양손으로 짐을 들고 불안정한 상태로 우산을 받치고 있으니 아무래도 걸음이 느렸다. 그런데 여자는 그런 K씨에 맞추어 걷기라도 하는 것처럼 그때부터 두 사람 사이 거리가 달라지지 않았다. 이웃집 언니나 다른 아는 사람인가 싶어 그 여자를 보려 했지만 몸을 일으키면 우산이 뒤로 굴러떨어질 것 같았다. 보이는 건 여성의 하반신뿐이다.

하얀 블라우스와 타이트한 갈색 치마. 살색 스타킹은 정강이 아래가 젖었다. 검은 펌프스는 상자 안에 물을 담은 꼴이다. 그도 그렇게 여성은 물웅덩이를 피할 마음이 없었다. 주저 없이 물웅덩이를 밟았다. 이렇게 젖었으니까 될 대로 되라 이건가.

K씨의 운동화도 물을 잔뜩 먹었다. 양말까지 흠뻑 젖어 발끝이 완전히 곱았다. 그래도 차가운 물웅덩이를 밟을 마음은 들지 않아, 길가에 붙은 채 발치를 확인하면서 느릿느릿 걸었다. 우산에 가려진 시야 끝에 여자의 하반신이 보였다.

보이는데 말도 섞지 않은 상태가 거북했다. 우연히 길에서 만난 누군가와 나란히 걷는 상태가 불편했다. 상대는 그렇게 생각하지 않나, 하고 살피는데 앞을 가던 다리 움직임이 멈추었다.

의아했지만 함께 걸음을 멈출 필요는 없었다. K씨는 고개를 숙인 채 걸음을 나아가 멈춘 여자를 느릿느릿 앞질렀다. 앞지르려는 바로 그때였다.

여자가 느닷없이 K씨 우산 안을 들여다보았다.

우산 아래로 여자 얼굴이 확 나타났다. 빠르게 몸을 숙이고 상체를 비틀어 아래에서 올려다보듯 우산 안을 들여다보았다. 표정 없는 하얀 얼굴, 살짝 긴 곱슬곱슬한 머리카락, 빤히 쳐다보는 부릅뜬 눈.

꺅 하고 소리를 지르며 뒤로 자빠졌다. 우산이 뒤로 떨어졌다. 그곳에는 아무도 없었다.

전후좌우를 둘러보아도 아무도 없다. 물웅덩이가 잔뜩 생긴 쓸

쓸한 길에 K씨의 우산만 떨어져 있었다.

　—그 이후로 K씨는 비 내리는 날에 다시는 그 샛길을 지나가지 않는다.

옆얼굴

M씨는 욕실에 들어갔다. 난방이 그리운 계절이라고는 해도 이날은 유달리 추운 것도 아닌데 이상하게 으슬으슬했다. 틈새로 바람이 드는 게 아니라 싸늘한 냉기가 어디선가 흘러 들어왔다. 창문이 열려 있거나 문이 뚫려 있는 것도 아니다. 틈 따위 어디에도 없건만 어째 춥다. 머리를 감으려고 웅크리고 앉자 냉기가 등을 훑고 내려가는 느낌이 났다.

M씨는 감기에 걸릴 것 같아서 재빨리 머리를 감고 욕조로 도망쳤다. 욕조 안에 들어간 순간에는 뜨거운 것 같았는데 목까지 담근 몸을 뻗고 자리를 잡자 이상하게 몸이 차가워졌다. 양손으로 뜨거운 물을 휘저으면 뜨거운 김이 피부에 닿는 감촉이 나는데도 몸은 조금도 데워지지 않았다.

—감기에 단단히 걸렸나.

그렇게 생각하며 턱까지 뜨거운 물에 담갔다. 멍하니 수면을 바라보는데 거무스름한 선이 떠올랐다. 의아해하며 눈으로 그 선을 더듬어가 보니, 사람의 상반신 데생인 듯했다. 부드럽고 시원시원한 선으로 모자를 쓴 남자의 상반신 옆모습이 그려져 있었다. 그림이 물 표면에 흔들흔들 떠올랐다.

이게 뭐지 싶었지만, 이내 벽이나 천장에 그린 그림이 비친 거라고 생각했다. 그렇게 생각하고 둘러보았지만 애초에 욕실 안에 그런 그림이 있을 리가 없었다. 누가 낙서할 리도 없다. 실제로 벽과 천장은 밋밋하게 하얗기만 할 뿐 신경 쓰이는 얼룩 한 점 없었다.

다시 욕조 안을 보니 역시 검은 콩테로 그린 듯한 사람 모습이 수면에 비친 채 흔들거렸다. 욕조에 담근 자신의 두 다리 위에 먼 곳을 보는 듯한 옆얼굴이 떠 있다.

소름이 끼쳐서 일어났다. 수면에 물결이 일렁였다. 그렇지만 그 그림은 흐트러지지 않았다.

대신 그림 속 남자가 곁눈으로 M씨를 보았다고 한다.

추락

M씨는 중학교 3학년 때, 잠깐 불면증에 걸렸었다.

잠들지 못하는 건 아닌데, 잠들고 싶지 않았다. 자면 반드시 가위눌리기 때문이었다. 심할 때에는 하룻밤에 두 번이고 세 번이고 가위눌렸다. 그래서 잠들고 싶지 않았다. 그러자 필연적으로 수면 부족이 오고 선잠이 늘어 거실 같은 데서 저도 모르게 꾸벅꾸벅 졸아버리는데, 이 '꾸벅꾸벅' 상태가 또 안 좋았다. 평소에 잘 때보다 가위눌리기 쉬웠다. 어떨 때는 수업 중에도 가위에 눌렸다.

옴짝달싹할 수 없을 뿐이지 특별히 이상한 걸 듣거나 보는 건 아니지만, 가위눌리면 자신이 어딘가로 빨려들 것 같은 감각이 무서웠다. 빨려 들어가버리면 두 번 다시 눈을 뜰 수 없을 것 같았다.

이날 밤에도 그랬다. 잠들고 싶지 않았지만, 참을 수 없이 졸려서 잠자리에 들었다. 마침 추워지기 시작할 무렵이라 이불은 차가웠다. 싸늘한 감촉을 견디면서 "오늘 밤은 무사히 잠들 수 있기를." 하고 기도하는 사이에 조금씩 이불이 따뜻해지고, 이윽고 꾸벅꾸벅 졸기 시작했다. 그때 덜컹하고 몸이 아래로 떨어지는 느낌이 나서 깜짝 놀라 정신을 차리니 가위에 눌렸다.

팔다리가 움직이지 않았다. 목을 움직일 수조차 없었다. 감은 눈을 뜨거나 목소리를 낼 수조차 없었다. 몸 전체가 이불에 빨려 들어간 것처럼 엄청나게 무거웠다.

일어나야 한다고 안절부절못하는 사이에 배 부근이 더욱 무거워졌다. 누가 위에 타고 앉은 것처럼 허리 부근이 이불에 꽉 눌려 가슴과 허리까지 끌어당겼다. 숨을 쉴 수가 없다—그렇게 생각했을 때 등이 이불 안으로 쑤욱 가라앉는 느낌이 났다.

놀라는 사이에 등은 더욱 가라앉았다. 푹푹 가라앉아, 등에 싸늘한 다다미 감촉이 느껴졌다.

다다미? 이불을 꿰뚫었다?

생각하는 사이에도 몸은 더 가라앉았다. 등이 바닥을 관통하기 시작했다. M씨는 베개에 얹은 머리와 이불 위 뒤꿈치를 뻗대 어떻게든 버텨보려고 했지만, 가라앉아가는 힘에 제대로 저항하지 못한 채로 뒤꿈치가 쿵 하고 떨어졌다. 발뒤꿈치가 다다미에 닿는 감촉이 났다. 어떻게든 다다미에 뒤꿈치를 뻗대 몸을 지탱하려 했지만, 그 발뒤꿈치가 다다미 속으로 빠졌다.

이불처럼 푹신하지만 빼곡한 뭔가를 제 몸이 관통하며 떨어진다. 덜컹, 등이 뭔가를 넘은 느낌이 들었다. 싸늘한 공기가 닿았다. 동시에 발뒤꿈치가 뭔가를 뚫고, 안간힘을 다해 베개 위에 얹고 있던 머리가 떨어졌다.

쑥 하고 구멍 속으로 내던져진 감촉이 전해졌다.

그리고 M씨는 이불 위로 굴러떨어졌다. 깜짝 놀라 벌떡 일어나니 덮는 이불이 자신의 몸 아래에 있었다. 큰 소리가 들려 옆방에 있는 부모님이 달려왔다.

"무슨 일이니?"

어머니가 물었지만 M씨도 대답할 수 없었다.

"떨어졌어……."

간신히 대답했다.

어머니는 "어디서?"라고 물었다.

M씨의 방에는 침대가 없다. 이불은 다다미 위에 직접 깔았다. 이부자리 속에 손을 넣어보니 사람 체온으로 따뜻했다.

무슨 일이 일어났는지 알 수 없었다. 하지만 이 일이 있고 나서 더는 가위에 눌리지 않았다.

건널목의 지장보살

K씨 아버지는 영감이 있다고 자칭한다. 곧잘 "어깨가 무거워졌다."고 하시는데, 그런 때는 염주를 어깨에 얹는다. 그러면 꼭 낫는다고 아버지는 말씀하셨다.

그런 아버지가 절대로 지나려 하지 않는 철도 건널목이 있었다. 그곳을 지나면 어깨뿐 아니라 머리까지 무거워져서 싫다면서, 아무리 멀리 돌아가더라도 피해서 지났다. 사실 그 철도 건널목은 사고가 끊이지 않는 곳이었다. 시야는 결코 나쁘지 않은데, 빈번히 사고가 일어난다. 그래서일까, 철도 건널목 옆에는 오래된 지장보살상이 서 있고, 늘 꽃이며 선향이 놓여 있었다. 지장보살 주위에는 오래된 것부터 새로운 것까지 소토바|솔도파. 죽은 사람의 공양을 위해 묘석 뒤에 세우는 가늘고 긴 판자 - 옮긴이가 몇 개나 세워져 있다. K씨 자신은 특별히 신경 쓰지 않고 건널목을 이용했지만, 새로운 소토바가 세워질 때마다 몹시 꺼림칙했다.

그 건널목에서 또 사고가 났다. K씨가 중학교에 들어간 해다. 사고를 당한 사람은 아버지 친구로, 스쿠터를 타고 건널목을 지나다 나뒹굴었다.

경보기가 울리고 차단기가 내려와서, 아저씨는 서둘러 철도 건널목을 건너려 했다. 그런데 생각지도 못하게 차단기가 빨리 내려오는 바람에 머리를 맞았다. 스쿠터는 나뒹굴고, 아저씨는 선로 위에 내동댕이쳐졌다. 휘청거리며 일어나 스쿠터를 일으켰지만, 아저씨는 이미 건널목 안에 갇혔다. 스쿠터를 버리고 도망칠까, 하지만 스쿠터를 남겨 두었다가 그 탓에 열차가 탈선이라도 하면, 등등 생각하다 아저씨는 공황 상태에 빠졌다. 열차가 와도 뿌리박은 것처럼 다리가 움직이지 않았다. 다리는커녕 몸도 꿈쩍하지 않아, 스쿠터를 일으킨 채 얼어붙었다.

—그렇게 증언할 수 있는 까닭은 아저씨가 기적적으로 다치기만 하고 끝났기 때문이다. 열차는 스쿠터에 부딪혔고 함께 튕겨 나간 아저씨는 건널목 옆 지장보살에 처박혔지만, 그뿐이었다. 지장보살은 부서지고 아저씨도 여기저기 크게 부딪혔지만 타박상과 찰과상, 가벼운 골절 정도로 입원도 며칠 하지 않고 끝났다.

"지장보살님이 나를 대신해주신 겐가." 아저씨는 그렇게 말하며 "사죄의 의미로 새로운 지장보살님을 기부해야겠어." 하고 웃었다.

현장에는 한동안 지장보살의 받침대만 남아 있었다.

반년쯤 지났다. 여전히 지장보살님이 설 기미는 없고, 남은 받침대는 한쪽 구석으로 옮겨져 대신 소토바만 다시 가지런히 늘어놓았다. 어느새 철도 건널목에서 사고가 뚝 끊겼다. 건널목에 크게 무슨 변화가 있던 것도 아닌데, 아버지 친구가 사고를 당하고 나서 건널목에서 사고가 났다는 이야기는 듣지 못했다.

"지장보살님은 없어졌는데."

K씨가 말하자 아버지는 떨떠름한 얼굴로 고개를 끄덕였다.

"그러니까 이상한 기분이 들었단 말이지." 건널목을 집요하게 피하던 아버지는 말했다.

"그 지장보살 앞을 지나기만은 절대로 싫었거든."

K씨는 어리둥절했다. 아버지가 피했던 건 철도 건널목이 아니라 지장보살 쪽이었나.

지금도 건널목에 지장보살이 재건될 낌새는 없고, 동시에 사고가 났다는 이야기도 들리지 않는다고 한다.

일념

M씨가 고등학교 3학년 때 이야기다.

대입 시험을 앞두고 M씨는 밤을 새웠다. M씨의 집은 농가라서 가족은 모두 일찍 잠든다. 할아버지는 저녁을 먹으면 벌써 졸려 하고 부모님도 9시, 10시에는 침실로 들어간다. 아무리 그래도 그렇게 이른 시간에 잠이 오지는 않지만, 나이 차가 지는 동생이 아직 초등학생이고, 부모님 방에서 함께 자니까 자든 안 자든 침실에 틀어박혀 있다. 할머니만 늦게까지 텔레비전을 볼 때가 잦았는데, 그래도 자정을 지나도록 깨어 있지는 않다. M씨도 이전에는 그랬지만, 역시 수험생이 되면 그러고 있을 수도 없는 노릇이었다. 1시나 2시, 어떨 때는 3시 정도까지 일어나 있곤 했다.

처음에는 밤샘이 힘들었지만 금방 익숙해졌다. 익숙해지지 않는 건 깊은 밤 집 안이 정말로 넓게 느껴진다는 점이었다. 오래된 농가니까 원래 집이 넓다. 그런데 2층에는 M씨가 쓰는 다섯 평짜리 다다미방 하나밖에 없었다. 게다가 집 주위는 논밭만 있어 인기척이 없다. 게다가 밤이 깊으면 가족 모두가 쥐 죽은 듯 고요하게 잠들어 버린다. 꼭 집 안에 홀로 남겨진 것만 같아서 불안했다. 사전 페이지를 넘기는 소리며 공책에 글씨를 쓰는 소리가 묘하게 귓가에 남아 지워지지 않을 때가 있다. 그럴 때 집의 넓이를 절절하게 느낀다.

하다못해 기분을 달래려고 음악을 틀거나 라디오를 켜보기도 했는데, 그러면 이번에는 공부에 집중할 수가 없었다. 소리를 줄여보았지만, 오히려 귀를 기울이고 만다. 자신은 아무래도 소리가 들리면 정신이 산만해지나 보다고 이해하고 포기했다. 그런 무렵이었다.

개구리 소리와 벌레 소리가 들렸으니 아직 더울 때였으리라. M씨는 책상을 마주하고 앉아 있었는데, 등 뒤에서 쿵하는 소리가 들렸다. 개구리 소리에 뒤섞여 어렴풋하게만 들렸지만 분명히 등 뒤에서 들린 것 같았다. 처음에는 누가 온 줄 알았다. M씨의 방 장지는 여닫이가 안 좋아 열 때에 그런 소리가 나기도 하기 때문이다. 하지만 돌아봐도 아무도 없고, 문도 닫혀 있다. 기분 탓인가 하며 귀를 기울이자 조금 이따 또 쿵 하는 묵직한 물건이 바닥인지 벽에 부딪힌 소리가 들렸다.

장지 너머는 계단이다. 누가 무거운 물건을 끌면서 올라오는 것처럼도 들렸다. 신경이 쓰여 한동안 상황을 살폈지만, 그 뒤로 소리는 끊겼다. 가족 중 누구였겠지, 하고 M씨는 깊이 생각하지 않았다.

그런데 그 뒤로도 몇 번인가 같은 소리가 났다. 대개 깜빡 잊고 있을 무렵 들린다. 처음에는 그저 의아했다. 굳이 책상 앞을 떠나 일부러 확인해볼 만한 일도 아니라고 생각했는데, 얼마 안 있어 찜찜해져서 도저히 문을 열고 확인해볼 엄두가 나지 않았다. 명백히 계단을 내려가는 소리였기 때문이다.

쿵, 쿵, 하고 천천히 소리를 내면서 누가 계단을 내려간다. 2층에는 M씨 방밖에 없다. 올라오는 소리는 들리지 않았다. 올라오는 소리는커녕 묵직한 소리만 나고 발소리가 들리거나 인기척이 난 적이 없었다. 혹시 몰라 가족에게 물어보아도 아무도 짐작 가는 바가 없다고 한다. 실제로 누가 그곳에 있다는 느낌은 전혀 나지 않았다. 그러니까 '누가'가 아니라 '뭔가' 계단을 내려간다고 하는 게 맞는 말일지도 모른다.

기분 나빠서 견딜 수 없었지만, 유일한 구원은 그게 내려간다—다시 말해 방에서 멀어진다는 것이었다. 소리가 들려도 되도록 신경 쓰지 않기로 했다. 잊을 만하면 되풀이되는 빈도였으니 무시할 수 있었다.

무시하는 데도 익숙해질 무렵. 계절은 가을도 깊어져 아침저녁으로 쌀쌀했다. M씨의 집은 낡아서 난로를 켜도 충분히 따뜻해지지 않는다. 발치가 항상 냉랭한 탓에 화장실도 자주 갔다. 화장실은 1층에만 있었다. 굳이 내려가기도 귀찮을 뿐더러 춥고 어둡다. M씨는 짜증내며 일어나서 방을 나왔다. 장지를 열고 방을 나왔을 때, 쿵하고 희미한 소리가 들렸다.

M씨는 순간적으로 계단을 보았지만 아무도 보이지 않았다. 방에서 새어 나오는 불빛만으로는 계단 아래가 보이지 않는다. 계단 조명을 켜야 할지 망설이는데 또 쿵 하고 소리가 들렸다. 확실히 뭔가 계단을 내려간다. 그렇게 생각하니 무시할 수 없었다. 눈을 딱 감고 불을 켰다.

탁, 백열등에 비추어진 때 묻은 계단이 떠올랐다. 아래로 뻗은 계단은 막다른 벽에 이르러 층계참을 돌아가면서 몇 단 더 내려간다. 굴러가는 뭔가가 그 모퉁이를 도는 참이었다.

하야스름하고 둥근 '뭔가'가 계단을 굴러 모퉁이를 돌며, 한 계단을 내려갈 때마다 쿵 하고 묵직한 소리를 냈다. 굴러갈 때 '뭔가'에서 난 검은 것이 휙 휘감기는 게 보였다. 꼭 머리카락 같았다.

층계참 너머 어둠 속에서 또 쿵 하고 계단을 굴러떨어지는 묵직한 소리가 들렸다.

허겁지겁 방으로 뛰어 들어갔다. 그 이후로 M씨는 밤샘을 딱 그만두었다. 할아버지, 할머니가 일어나는 이른 아침에 일어나기로 했지만 공부 시간은 줄었다. 그래도 대학에 합격할 수 있었던 건 두 번 다시 밤샘하고 싶지 않다는 일념 덕분이었던 것만 같다.

형

토요일 오후였다.

이날 O씨는 몸 상태가 안 좋았다. 아침부터 어째 머리가 무거운 것 같았는데, 점점 몸이 나른해지는 걸 보니 감기 같았다. 그래서 그날은 동아리 활동을 쉬고 일찌감치 집으로 돌아왔다.

집에 돌아오자 더 나른했다. 머리가 깨질 것 같다. 열을 재니 아무래도 열은 없는 모양인데, 젖은 옷을 입은 것처럼 으슬으슬했다.

꼭 이런 날에는 엄마가 외출한다. 집 안은 쥐 죽은 듯 고요했고, 난방이 돌지 않아 쌀쌀했다. 난방을 켜고 거실 소파에 누워 텔레비전을 켜도 안정이 되지 않았다. 괜히 방 안에 누가 있는 것 같다. 누가 자신을 보는 듯한 기분을 떨칠 수 없었다.

아마도 감기 탓에 불안해서 그런 기분이 드는 거겠지. ─O씨는 그렇게 생각하며 흥미도 없는 텔레비전 방송을 한참 보았지만, 역시 누가 감시하는 것 같았다. 장소를 바꾸어 부엌에 가도 누가 지켜보는 기분이 들었다.

견딜 수 없어 다른 방으로 가도 어디에 있든 누가 지켜보는 것 같았다. 기분이 나빠서 자기 방으로 돌아갔다. 문을 꼭 걸어 잠그고 나서 침대에 기어 들어가려 했지만 역시 진정이 되지 않는다. O씨는 베란다로 나왔다.

화창한 가을 햇살이 따뜻했다. 곳곳의 나무는 색색으로 물들고, 눈앞을 지나는 사람이 오가며 주변 집들에서 잡다한 소리가 흘러나온다. 이제야 사람 사는 느낌이 들어 한숨 돌렸다.

난간에 기대어 있는데, 마침 아래를 같은 반 친구가 지나갔다. 혼자 있기 불안했던 O씨는 "들렀다 안 갈래?" 하고 말을 걸었다.

그래, 하고 손을 흔드는 친구에게 똑같이 손을 흔들며 서둘러 현관으로 뛰어 내려갔다. 현관문을 열고 친구를 들이자 갑자기 집 안이 따뜻해진 것 같았다.

"감기 기운이 좀 있어서. 괜히 불안하더라고."

친구를 거실로 들이면서 말했다.

"그래서 형이 옆에 있어줬구나." 친구가 말했다.

"아까 베란다에 있었지? 어깨동무하고. 사이좋던데."

당연히 O씨에게는 형이 없다.

밀폐

K씨는 가을 이후 자신이 사는 아파트 방이 께름칙했다.

원흉은 벽장이다. K씨 방에는 반침만 한 벽장이 있다. 두 번 접히며 열리는 접문이 두 장 붙어 있어 좌우에서 가운데로 합쳐져 닫게 되어 있다. 문득 쳐다보면 접문이 살짝 열려 있다.

틈이 있으면 그곳으로 엿보이는 어둠이 기분 나빴다. 그래서 반드시 닫아두는데 역시 문득 보면 어느 틈에 살짝 열려 있다. 문이 잘 맞지 않는 건 아니다. 직접 시험해봤지만 제멋대로 열릴 리가 없었다. 왜 열리는지 알 수 없다.

처음에는 헤어진 남자가 집을 비운 사이 집에 들어왔나 했다. 잠시 기어 들어와 살았다. 헤어질 때 보조키는 돌려받았지만, 아무래도 따로 여벌쇠를 만들었는지 집이 비었을 때 몇 번인가 짐을 가지러 온 흔적이 있었다. 멋대로 열쇠를 복사한 것도 열 받고, 그걸 알리지 않은 것도 용납할 수 없었다. 멋대로 들어오는 것도 참을 수 없다. 게다가 문을 꽉 닫지 않는다. 그런 느슨한 구석을 감당할 수 없어 헤어졌건만.

너무 화가 나서 관리회사에 열쇠를 잃어버렸다고 하고 자물쇠를 바꿨다. 이제 마음대로 드나들지 못한다. 문이 열려 있는 일도 없어야 한다.

―그런데 역시 열려 있다.

자물쇠를 바꿨으니 누가 숨어들 리가 없었다. 그렇다면 왜 닫아도 닫아도 문이 열릴까. 벽장 안은 반침처럼 상하 두 단으로 나뉘어 있다. 그 탓에 문이 살짝 열려 있을 때, 윗단은 그래도 낫지만 아랫단은 정말로 캄캄하다. 그곳에 뭔가 숨어 있는 것만 같다. 참지 못하고 과자 상자에 묶여 있던 리본으로 손잡이끼리 잡아맸다. 이걸로 더는 열릴 리가 없다.

실제로 열리지 않는 날이 이어졌다. 그러던 어느 날 밤, K씨는 욕실에서 나와 전신 거울 앞에서 머리카락을 말리고 있었다. 드라이어를 쓰면서 별생각 없이 눈을 들었다. 자신의 등 뒤 벽장이 비쳤다. 문은 닫혀 있다. 두 번째 손잡이는 리본으로 서로 묶어두었다. 그런데 그 리본이 풀려 있었다.

새틴 리본은 미끄럽다. 그래서 풀렸나 생각하면서, 풀린 한쪽 끝이 문틈에 끼어 있는 것을 발견했다. ――아니, 안에서 문틈으로 한쪽 끝을 끌어당긴 것이다. 누가 안에서 리본을 끌어당겼다. 천천히 소리도 없이 리본을 풀었다.

놀라서 돌아보았다. 순간적으로 무릎 위에 얹은 수건을 던졌다.

조금 전까지 머리를 닦던 축축한 수건이 철퍼덕 문에 맞았다.

리본 끝이 벽장 안에서 스르륵 나왔다.

설마 싶었지만, 누가 안에 있는 건가. 확인하지 않고는 배길 수 없어서 달려들듯 무릎걸음으로 벽장에 다가가 리본을 당기며 문을 열었다. 무릎을 꿇고 있으니 딱 아랫단을 들여다보는 꼴이었다.

아랫단에는 여러 가지 물건이 들어 있다. 옷상자며 다른 계절에 쓰는 가전제품. 빈 상자며 여행 가방. 그 여행 가방이 지금 막 닫히려던 참이었다. 세워둔 가방 뚜껑이 살짝 열려 있는데 그 틈으로 긴 흑발과 하얀 손이 빨려 들어갔다. 얼이 빠져 있는 사이 눈앞에서 뚜껑이 쿵 닫혔다.

'그 자식.'

그 여행 가방은 예전 남자친구가 어디서 주워 온 물건이다. 홧김에 끄집어냈다. 여행 가방은 가벼웠다. ─아무것도 들어 있지 않으니까 당연했다.

끄집어낸 여행 가방을 검 테이프로 칭칭 감았다. 몇 겹으로 고정해 그날 밤에 문밖에 내팽개쳤다.

"다음 날 그 사람에게 보내버렸어요." K씨는 말한다.

"그 사람이 주워 왔으니 당연하죠."

불평

S씨는 생물부 소속이다. 생물부는 사진부와 함께 생물 준비실을 부실로 쓰고 있다. 준비실 한쪽을 나누어 암실을 만들어두었지만, 그 밖에는 전부 같이 쓰다 보니 부원들도 어느 쪽에 소속되어 있는지 알 수 없는 상황이었다.

그런데 이 '생물 및 사진부' 부실에는 귀신이 나온다. '나온다'고 대대로 유명했다고 한다. 모습을 본 사람은 없다. 하지만 발소리나 묘한 소리는 밥 먹듯 들었다. 단, 신기하게도 이 소리는 여자 부원만 듣는다. 부실에 여자아이만 있으면 이상한 소리가 들린다. 그런데 남자 부원이 들어오자마자 뚝 끊긴다. 그래서 여자 부원과 남자 부원 사이에서는 말다툼이 끊이지 않았다. 여자 부원이 또 이상한 소리가 났다고 떠들어도 남자 부원은 그걸 여자아이들의 영감 놀이로 생각하고 "여자애들은 그런 거 참 좋아한단 말이야."라며 비웃는다. S씨도 그게 부아가 나서 참을 수 없었다.

분하게도 남자애들은 믿어주지 않지만 부실에는 '있다'. 여자 부원뿐 아니라 여자 졸업생들 사이에서도 잘 알려진 사실이었다. 발소리나 풀썩하고 몸을 던지는 듯한 소리가 들릴 때도 있다. 아무래도 몸무게가 나가는 남자인 듯 발소리가 묵직하고 내는 소리도 중량감이 있다. 뚱뚱한 남자가 움직일 때 특유의 헉헉거리는 숨소리가 들릴 때도 있다.

소파에 앉아 있으면 바로 옆에 누가 앉는 기척이 나며 소파가 휘었다. 떠들고 있으면 "흐음." 하고 말에 끼어드는 듯한 남자 목소리가 들린다. 선반 아래를 찾으려고 몸을 굽히면 차가운 물체가 찰싹하고 등을 덮칠 때가 있다.

무게는 느껴지지 않지만, 등부터 목덜미에 걸쳐 통통한 가슴을 밀어붙이는 감촉이 든다고 한다. 귓가에 "후우." 하고 한숨 같은 목소리가 들릴 때도 있다. 목소리뿐 아니라 뜨뜻한 입김마저 느껴질 때가 있다. 손으로 더듬어 암실 스위치를 찾아 누르려 하면 그 손을 누가 만진다. 반드시 가운뎃손가락을 만지는데, 손가락을 살짝 쥐거나 쓰다듬는 듯한 느낌이 난다.

그래서 대대로 여자 부원은 부실을 바꾸고 싶다는 요청을 해왔다. 무섭기 이전에 징그럽다는 불평이 많다고 한다.

그림자 남자

S씨의 사촌 여동생 K씨가 절대로 빼먹을 수 없는 볼일로 외출하게 되었다. K씨에게는 유치원생과 초등학생 아이가 있는데, 데려갈 수는 없는 터라 두 아이를 이웃에 사는 친정어머니—S씨의 숙모에게 맡기기로 했다.

숙모는 아이를 맡아 코타츠 |탁자 아래 난로를 단 난방기구 – 옮긴이|에서 낮잠을 재우는 동안에 자신도 함께 잠들어버린 모양이다. 초인종 소리에 눈을 떴다.

허둥지둥 코타츠를 빠져나와 현관에 나가 보니 거무스름한 남자가 서 있었다.

복장이 검었는지 아니면 남자 자체가 그림자처럼 느껴졌는지 숙모 자신도 확실히 말할 수 없었지만, 아무튼 인상은 '거무스름한 남자'였다. 이목구비도 체격도 분명치 않고 아는 사람인지도 잘 모르겠다. 그 남자는 느닷없이 숙모를 잡더니 벽에 밀어붙였다. 숙모는 비명을 질렀지만 남자의 힘은 느슨해지지 않았다. 자는 아이들을 생각해 도움을 요청하려 했지만, 생각하자마자 무슨 영문인지 아이들이 여기에 있다는 사실을 알려서는 안 될 것만 같아서 필사적으로 목소리를 삼켰다. 그때 느닷없이 전화벨이 울렸다. 갑자기 남자의 힘이 약해졌다. 누르는 힘에서 해방되어 숨을 푹 쉬자 숙모는 코타츠에서 자고 있었다.

전화벨이 울렸다. 끔찍한 꿈을 꾸었다고 생각하며 숙모는 전화를 받았다. 이웃사람이 그냥 건 전화였다. 이야기를 나누는 동안에도 코가 욱신욱신 아팠다. 수화기를 내려놓자 반쯤 마른 코피가 얼굴과 수화기에 묻어 있었다. 가슴에 생긴 붉은 멍이 몹시 욱신거렸다.

"자다가 어디에 부딪혔나 봐." 숙모는 밤늦게야 돌아온 K씨에게 말했다. "여기가 아파서 그런 꿈을 꿨나."

웃으며 말하는 숙모를 보며 K씨도 웃었다.

"대체 얼마나 험악하게 잔 거야."

꼭 애 같네, 하며 둘이서 웃은 바로 그때, 창밖에서 '쾅', '쾅' 하고 두드리는 소리가 들렸다. 누가 화난 것처럼, 있는 힘껏 창문을 깨부수려는 것 같은 격렬한 소리였지만, 커튼을 걷어놓은 창밖에는 아무도 없었다. K씨와 숙모는 놀라서 얼굴을 마주 보았다.

—그런 이야기를 S씨는 놀러 온 K씨에게 들었다.

"쾅쾅 하고 두 번. 하지만 아무도 없었어. 타이밍이 너무 딱 맞아서 깜짝 놀랐지 뭐야. 으스스하더라니까."

K씨가 그렇게 말했을 때, S씨 집 창문을 누가 밖에서 두드렸다.

'쾅' 하고 화라도 난 것 같은 소리가 두 번.

K씨와 S씨는 얼굴이 창백하게 질렸다고 한다.

초배지

M씨는 추워지면 욕실을 쓸 때 문을 활짝 열어둔다. 기밀성이 높은 아파트에서 에어컨 난방을 쓰면 실내가 건조해지는 탓이다. 그러면 정전기로 뼈아픈 경험을 하게 된다. 피부가 건조해지고 곰팡이가 끼어, 참을 수 없게 가렵다. 가습기도 쓰지만 보탬이 될까 해서 욕실을 쓸 때 문을 활짝 열어 일부러 김이 새어 나가도록 했다. 제법 효과가 좋았다.

그런데 그 습관 탓인지 이사한 지 아직 두 달밖에 되지 않은 집의 복도 벽지가 벗겨져 말리기 시작했다. 정확히 욕실 앞이니까 아마도 김 탓이 아닐까. 벽 위, 천장에 접한 벽지 이음새인 모서리가 들떠서 어느 날 보니 한 변이 15센티미터쯤인 역삼각형으로 홀렁 벗겨져 있었다. 신경이 쓰여서 풀며 테이프로 붙였지만, 어느 날 보면 또 떨어져 있었다. 게다가 그때마다 점점 떨어진 벽지 면적이 넓어졌다.

─큰일이네.

김 탓이란 생각에 찜찜했다. 언젠가 방을 나갈 때, 수리비를 청구받지 않을까.

신경이 쓰여서 집수리 용품을 파는 전문 마트에 가서 상담하고 전용 수리 용품을 사 왔다. 사 온 접착제로 붙이고 벽지 모서리에 겉으로 드러나지 않게 못을 박아 고정했다. 이음새 줄눈도 꼼꼼하게 접착제를 발랐다. 이걸로 완벽하다.

안심하고 욕실에 들어갔다. 평소처럼 욕실 문을 활짝 열고 욕조에 몸을 담갔다. 부옇게 찬 하얀 김은 욕실 천장에서 일렁이며 복도로 흘러 나갔다. 안개가 흐르듯 김이 움직이는 모습이 눈에 보인다. 더없이 촉촉한 느낌이 들어 기분이 좋았다.

휴, 숨을 내쉬었을 때 시야 끝에서 뭔가가 움직였다. 눈길을 돌리자 벽지 끝이 훌렁 벗겨져서 둥글게 말렸다.

그럴 리가 없다. 오늘의 고생은 뭐였나. 모처럼 만의 쉬는 날, 한나절이나 투자했건만.

지켜보는 가운데 벽지는 더 많이 벗겨졌다. 벗겨진 벽지 끝에 추라도 달아 아래쪽으로 끌어당기는 것처럼 깔끔하게 벗겨졌다. 너무나 잘 벗겨져서 속이 시원할 정도였다. 감탄할 때가 아니었다. 그렇다고 허둥지둥 문을 닫는다고 해도 이미 늦었다. 아무튼 다음 쉬는 날에 다시 수리하자고 거의 마음을 고쳐먹고 욕조에 다시 몸을 담갔다.

욕실에서 나와 복도에 서니, 도배지가 가늘고 긴 직삼각형 모양으로 벗겨져 있었다. 아래쪽을 향한 삼각형 꼭짓점이 M씨 어깨 부근까지 내려왔다. 벗겨진 도배지 안쪽에 초배지가 보인다.

한숨을 쉬며 보다가 깨달았다. 벗겨진 벽지 아래에 들여다보이는 건 초배지가 아니다. 다른 벽지다. 보수했을 때는 의자 위에 까치발로 서서 작업하느라 눈치채지 못했다.

벽지 위에 벽지를 발랐어? 혹시 그래서 이렇게 손쉽게 벗겨지는 건가?

그렇게 생각하며 확인하니 벗겨져서 엿보이는 역삼각형 꼭짓점 부근에 갈색 얼룩이 보였다. M씨는 별생각 없이 벽지를 살짝 당겨 보았다. 아무 저항도 없이 벽지가 벗겨지고 그 밑 벽지가 더 드러났다. 1센티미터쯤 길이의 가늘고 긴 얼룩 몇 개가 나타났다. 느낌표 같은 형태다. 느낌표가 비스듬히 크게 기울었다.

—꼭 뭔가가 튄 자국 같다.

그런 생각을 하고 있는데, 당기지도 않았건만 꼭 자신의 의지가 있는 것처럼 벽지가 또 벗겨졌다. 붓으로 그은 것 같은 거칠고 두꺼운 선이 한 줄기, 비스듬히 드러났다.

물감이 말라 가는 납작붓으로 선을 그은 것 같다. —아니, 붓보다도…….

벽지가 또 훌렁 벗겨졌다. 거친 선의 시작 부근에는 둥근 손가락 자국이 있었다.

갈색 얼룩이 묻은 손가락이다. 손가락이 스친 자국이 남아 있다.

─하나.

벽지가 더 벗겨진다.

─둘.

벗겨진다.

─셋.

네 번째가 나타나야 할 곳에는 손자국이 탁 남아 있었다. 그 아래는 튄 얼룩과 처덕처덕 찍힌 손자국과 그 손과 손가락이 미끄러진 흔적으로 가득했다. 작게 튀긴 액체는 갈색으로 보이지만, 탁 찍힌 손자국은 검은색에 가까운 다갈색이다. ─아니, 그것은 명백히 핏자국이었다.

다음 날, M씨는 부동산에 달려가 새집을 찾았다. 방을 나올 때 업자가 조사를 나왔지만, 그래도 한 소리 듣는 일은 없었다. 보증금은 전부 돌려받았다.

말 없는 여동생

그날 밤, O씨는 부엌에서 설거지를 하고 있었다.

가게를 하는 O씨의 집에서는 식사 후 가족이 모여 느긋하게 시간을 보내기가 어렵다. 밥을 먹다 말고도 손님이 오면 자리에서 일어나야 하는 부모님은 식사를 마치자마자 가게로 돌아가버린다. 밥은 어머니가 가게를 보는 틈틈이 차리지만, 먹고 나서 뒷정리는 O씨와 여동생 몫이다.

그런데 그날 밤에 동생은 텔레비전을 보느라 뒷정리를 전혀 도우려 하지 않았다. 말을 걸어도 건성건성 대답하고, 좀처럼 자리에서 일어나려 하지 않아서 O씨는 신경질을 내며 홀로 그릇을 닦았다.

하여간 동생은 늘 이렇다. O씨는 불만이었다. 부모님은 일로 바쁜데, 조금도 도울 마음이 없다. 늘 대충 약삭빠르게 빠져나가고. 마음속으로 울분을 터뜨리는데 동생이 부엌에 들어왔다.

'이제야 왔구만.'

O씨는 고개를 들지 않고 그릇을 닦았다. 굳이 말도 걸지 않았다.

여동생도 미안하다는 한 마디 없이 O씨 옆에 슥 서더니 다 씻은 그릇의 물기를 말없이 닦기 시작했다.

식당 겸용 거실에서는 텔레비전 소리가 들렸다. 제대로 끄고 올 것이지. O씨는 그것도 불만이었다. 여동생도 부루퉁해 있는지 아무 말도 하지 않았다. 묵묵히 그릇을 닦고 조리대에 늘어놓았다.

"선반에 잘 집어넣어."

O씨는 그릇을 닦으며 말했다.

여동생은 대답이 없었다.

왜 네가 화난 거야? O씨는 속을 더 끓이며 설거지를 마쳤다. 한 마디해주려고 마지막으로 씻은 냄비를 뒤집어놓으며 옆으로 몸을 돌리자 그곳에는 아무도 없었다.

허둥지둥 주위를 둘러보았다. 좁은 부엌에는 O씨밖에 없다. 조리대 위에는 닦은 식기가 겹친 채 늘어서 있고, 그 바로 앞에 접시 한 장이 어중간한 곳에 놓여 있다. 닦다가 말았는지 접시 위에는 구깃 구깃한 행주가 툭 얹혀 있었다.

무슨 일이지, 하며 접시를 들려고 할 때 얼굴에 바람이 휙 스쳤다. 돌아보니 O씨가 설거지하기 전에 닫아둔 창문이 살짝 열려 있었다.

계절은 한겨울. 창문을 열어놓을 리는 없고, 여동생이 열면 금세 알 수 있다.

어리둥절해하며 부엌을 나와 거실을 들여다보니 동생이 의자 두

개를 점령하고서 텔레비전을 보고 있었다.

"부엌에 있었지?"

O씨가 묻자 동생은 조금도 미안해하는 기색 없이 "아니." 하고 대답했다.

바로 옆에 나란히 서 있었다. 얼굴은 보지 않았지만, 고개 숙인 머리카락 느낌이며 분위기로 여동생이라고 생각했다. 어머니는 아니었고, 하물며 아버지도 아니다. 그리고 이 집에 사는 사람은 달리 없다.

"그럼 누가 그릇 물기를 닦았지?"

O씨의 말에 동생은 부엌을 들여다보고 놀랐다고 한다.

방문

　K씨는 한밤중에 출출해져서 편의점에 따뜻한 간식이라도 사러 가려고 했다.

　한밤중에 여자 혼자 돌아다니기는 불안했지만, K씨가 사는 원룸 1층이 편의점이다. 덕분에 날씨나 시간도 신경 쓸 필요가 없다. 가고 싶을 때 바로 갔다 올 수 있어서 무척 편리하다.

　가까우니까 불은 물론 텔레비전까지 켜둔 채, 실내복 위에 다운 재킷을 걸치고 지갑과 열쇠만 주머니에 넣고 K씨는 운동화를 발에 꿰었다. 한쪽 손으로 문을 따면서 다른 한쪽 손으로 문고리를 잡았을 때였다. 손안에서 문고리가 움직였다.

　문고리를 쥔 바로 그때, 누가 밖에서 문을 열려고 한 것 같았다고, 나중에서야 생각했다. K씨는 "어?" 하고 생각하면서도 무의식적으로 문을 열고 말았다.

　아마도 "어?" 하면서 중간에 손이 멈췄으리라. 문은 몇 센티미터만 열리고 이내 닫혔다. —당연히 K씨가 닫은 것이다. 뭔가 이상하다고 느꼈는데 저도 모르게 문을 열고 말았다. 그래서 허둥지둥 문을 닫았다. 그 1초도 안 되는 시간에 K씨는 문 너머에 서 있는 사람을 보았다.

여자아이였다. 고개를 숙인 것처럼 생각한 까닭은 어떤 생김새인지 기억나지 않는 대신 길지도 짧지도 않은 검은 머리카락이 젖어서 앞에 축 드리워진 것 같았기 때문이다. 치마를 입었다. 하늘색 체크무늬 치마였던 건 묘하게 기억 속에 선명하게 남았다. 얇고 가벼운 소재로, 젖어서 소녀의 허벅지에 달라붙어 있었다. 치마 아래는 맨다리였다.

—이 추운 날에 맨다리?

순간 K씨는 문고리를 꽉 잡았다. 세게 잡은 손안에서 둥근 금속제 문고리가 돌아갔다. 누가 문을 열려 한다.

K씨는 필사적으로 문을 당기며 안쪽에서 걸어 잠갔다. 이어서 평소에는 건 적 없는 체인을 걸었다. 그제야 양손을 떼고 한 걸음 물러서자 눈앞에서 문고리가 왼쪽, 오른쪽으로 정신없이 돌아갔다.

이런 시간에 찾아올 사람이 떠오르지 않았다. 한밤중에 친구가 놀러 온 적이 없지는 않지만, 그럴 때는 미리 전화 정도는 한다. 그러지 않더라도 초인종은 울리리라. 초인종도 누르지 않고 말도 하지 않고 노크조차 하지 않은 채 느닷없이 문을 열려고 하다니 이상하다. 무엇보다, 왜 맨다리지?

K씨는 조심조심 문에 다가가 문구멍에 얼굴을 대고 들여다보았

다. 여전히 문고리는 안달하듯 돌아가며 마구잡이로 철컹거렸다. 한쪽 눈이 파악한 시야에 둥글게 일그러진 복도가 보였다. 그 왼쪽 끝에 고개 숙이고 서 있는 누군가의 젖은 흑발이 내다보였다.

오늘 밤에는 비가 내리지 않았다. 밖을 살피는 사이에도 문틈으로 건조한 바람이 미세하게 들이쳤다. 철문은 냉랭한 냉기를 뿜고 있다.

K씨는 "누구야?" 하고 물었다. 대답은 없고, 흑발의 누군가는 꿈쩍도 하지 않았다. 조용히 오도카니 서 있는 것처럼 보이는데, 문고리만은 안달 난 듯 소리가 났다. 무서워서 문에서 떨어졌다. 방 안쪽까지 도망쳐 돌아와 현관문을 지켜보았다. 문고리는 정신없이 왼쪽, 오른쪽으로 돌아갔다. 이따금 조바심을 내며 문을 흔든다.

자물쇠도 잠갔고, 체인도 걸었다. 이제 아무도 들어올 수 없다. 알면서도 누가 마음대로 문을 열려고 한다는 것만으로 이렇게 무서울 줄은 생각도 해보지 못했다.

"누구세요? 경찰 부를 거예요."

K씨가 외치자 문고리 움직임이 뚝 멈추었다. 한참 이따가 K씨는 살금살금 문구멍을 들여다보러 갔다. 들여다보기 전부터 인기척이 느껴졌다. 들여다보니 역시 시야 왼쪽 끝에 젖은 흑발이 보였다. 아까 있던 곳에서 미동도 하지 않고 서 있다.

참지 못하고 친구에게 전화했다. 친구에게 사정을 이야기하자 근처에 사는 그녀는 남자친구를 불러서 같이 와주겠다고 했다. 방구

방문   279

석에서 떨면서 시간이 흐르기를 기다렸다. 초인종이 울리고 친구와 친구 남자친구가 찾아왔다. 두 사람이 도착했을 때에는 복도에 아무도 없었다고 한다.

—하지만 그 이후로도 이따금 같은 일이 있다.

K씨는 그 뒤로 문을 따기 전에 문구멍으로 바깥을 확인했다. 그러면 때로 시야 왼쪽 끝에 검은 머리카락이 내다보인다. 문구멍을 들여다보기 전에 문고리가 움직이는 걸 목격한 적도 있다. 요새는 있을 때에는 기척으로 알 수 있게 되었다. 현관으로 가서 문 앞에 서면 누군가 있다고 느낄 때가 있다. 그럴 때 문고리를 잡으면 손안에서 문고리가 움직인다. 문구멍을 들여다보면 늘 반드시 똑같은 왼쪽 끝에 젖은 흑발이 보인다.

항상 밤이고, 같은 층 누군가가 돌아오면 몸을 휙 비키듯 사라진다. 한번 용기를 내서 문을 열고, 지금 돌아온 사람에게 "누구 없었나요?" 하고 물어본 적이 있다. 질문을 받은 사람은 의아해하며 "아뇨, 아무도 없었는데요." 하고 대답했다.

K씨는 조만간 이사할 예정이다.

유리 안

H씨가 직장 회식에 갔을 때 일이다. 술집에서 1차를 끝내고 사이 좋은 선배가 2차를 가자고 찔렀다. 근처에 선배 단골가게가 있는데 그곳에 맡겨둔 병이 있단다. 슬슬 비워버리고 싶다고 해서 감사하게 선배를 따라갔다.

카운터밖에 없는 작은 가게로, 중년의 마스터와 마담이 단둘이 하는 가게였다. 검은색과 메탈이 바탕이 된 세련된 인테리어, 음악은 대화의 방해가 되지 않는 정도, 조명 역시 너무 밝지도 어둡지도 않아 편한 분위기였다.

"멋진 가게를 아시네요."

그렇게 말하면서 H씨는 자리에 앉았다. 카운터 정면에는 판유리를 끼운 선반이 있다. 가운데에는 위에서 아래까지 병이 죽 늘어섰고, 그 양쪽에는 금속 틀 유리문을 달아 안쪽에 식기와 잔을 늘어놓았다. 선반 내부에 희미한 조명이 들어와 잔이 투명하게 빛났다.

H씨는 예쁘다고 생각하며 선반을 바라보다 한쪽 구석을 보고 흠

칫했다. 식기 선반 위에 손이 있었다.

여러 장 겹쳐놓은 커다란 하얀 접시 위에 사람 손이 얹혀 있다.

순간적으로 놀라서 소리를 지를 뻔했지만, 당연히 진짜 사람 손일 리가 없었다. 가짜겠지. 왜 저런 걸 두었느냐고 마스터에게 물으려 했지만, 마스터와 마담은 선배에게 오랜만이라면서 한창 근황 이야기를 떠들고 있기에 그만두었다.

그대로 물을 타이밍을 놓치고 말았다. 굳이 물을 만한 일도 아니라고 생각했지만 아무래도 신경이 쓰였다. 이야기하다 말고 무심코 눈길이 가고 만다.

하얀 손이었다. 늘씬한 손가락, 손톱에 매니큐어는 바르지 않았지만 끝을 깨끗하게 다듬어 정리했다. 아마도 여자 손을 본뜬 것이리라. 가볍게 손을 모으고 아주 자연스럽게 접시 위에 손을 얹고 있다.

너무 자연스러운 조형물이라 인공적인 느낌은 들지 않았다. 피부가 투명하고 보드라워 보인다. 그저 조명 탓인지 생기는 전혀 느껴지지 않았다.

선반을 흘끔흘끔 보는 걸 눈치챘는지 선배가 손 쪽을 보았다. 한마디해주리라 생각했는데, 선배는 그곳에 있는 손을 보지 못했는지 아니면 그곳에 손이 있는 게 당연한지 아무 반응도 없었다.

역시 아무것도 아닌 거로구나 했을 때, 손이 꿈틀하고 움직였다.

H씨는 입을 떡 벌리고 손을 응시하고 말았다. 손가락이 꿈틀거린

다. 손가락을 가볍게 구부렸다 폈다 하고는 제각기 움직이기 시작했다. 손가락 끝이 문 유리에 닿는다. 손잡이를 찾듯 유리 표면에서 꿈틀거린다.

너무 놀라서 목소리도 나오지 않았다. 어떻게 된 일인지, 안절부절못하며 선배와 마스터 얼굴을 보았다. 자신도 믿고 싶지 않아서 저것 보라는 말조차 하지 못한 채 입을 뻐끔거리며 시선을 선반으로 돌리자 손이 사라졌다.

"—왜 그래?"

선배에게 묻고 싶었지만 말이 나오지 않았다. "아니.", "그게." 하고 입속으로 웅얼거렸다. 선배의 얼굴과 선반을 번갈아 본다. 선배는 고개를 갸우뚱하며 선반을 흘끔 보고 또 아무 반응도 없이 다시 마스터와 이야기를 나누었다.

분명히 조금 전까지 손이—그렇게 생각하고 H씨는 선반으로 시선을 돌렸다. 하얀 접시 위에는 이미 아무것도 없었다.

잘못 보았나? 그때 유리문이 살짝 열렸다. 자세히 들여다보니 금속제 틀 그늘에 그 하얀 손이 보였다. 하얀 손이 안쪽에서 문을 열려 했다. 손가락이 제각기 움직이며 안쪽에서 민 것처럼 문이 아주 살짝 열린다. 틈이 살짝 생기더니 이내 힘이 다한 것처럼 닫혔다.

나온다.

H씨는 허둥지둥 자리에서 일어났다. 급한 볼일이 생각났다는 말을 나오는 대로 지껄이며 그 가게를 도망쳤다.

유리 안   283

다음 날, 선배가 "어젯밤에는 왜 그랬어?"라고 물었지만 아무 말도 할 수 없었다.

그 가게는 얼마 되지 않아 문을 닫았다고 한다. 마스터가 급사했다고 들었다.

릴레이

I씨의 선배는 농구부에 소속되어 있다. 어느 날, 선배는 수업을 마치고 같은 반 친구와 함께 부실로 갔다. 그날은 어쩌다 보니 선배 반만 수업이 일찍 끝나 다른 부원이 오기까지 시간이 좀 남았다. 선배와 친구는 2학기도 슬슬 끝나가고 연말도 가까워졌으니, 다른 애들을 기다리는 사이에 부실을 청소하고 빨래도 하자고 마음먹었다.

친구가 청소하고 선배는 빨래를 하기로 했다. 부실에서 빨랫감을 모아서 들고 동아리 건물 옆 수돗가로 가서 빨래를 시작했다.

계절은 한겨울, 벌써 주위는 어둑해지기 시작했다. 차가운 물로 곱은 손을 몇 번이나 호호 불어 녹이면서 빨래를 했다. 그때 갑자기 아무 전조도 없이 가위에 눌렸다.

수돗가를 향해 허리를 숙인 채 옴짝달싹할 수가 없다. 필사적으로 몸을 움직이려 하는데 바로 뒤에서 인기척이 났다. 누가 선배를 뒤에서 보고 있다. 응시하는 시선이 따가울 정도였다.

하아, 큰 숨소리가 새어 나왔다. 동시에 가위눌림이 풀렸다. 펄쩍 뛰며 돌아보니 선배 등 뒤, 수풀 맞은편 어둠 속에 일본군 군복을 입은 병사 세 명이 일렬로 나란히 서 있었다. 차렷 자세를 한 채 선배를 빤히 보고 있다. 볕에 그은 얼굴에 두 눈의 흰자위만 묘하게 도드라져 보였다.

선배는 놀라서 부실로 도망쳤다. 그런데 불을 켜놓았던 부실의 작은 창문은 캄캄하고, 문은 잠겨 있었다. 안에서 청소하고 있을 친구는 어디로 갔을까. 아직 종은 울리지 않았으니 혼자 체육관에 갔을 리가 없다. 혹시 급한 일이 있어 돌아갔나. 하지만 선배가 빨래하러 나간 걸 아니까 말도 없이 돌아갈 리 없었고, 문까지 잠글 리도 없었다.

주위를 둘러보았지만 친구는 보이지 않았다. 주변은 빠르게 어둑해졌다. 그대로 그곳에 혼자 있기는 못 견디게 무서워서, 우선 교무실로 가서 부실 열쇠를 반납했는지 물어보자고 마음먹었다. 부실 앞에서 나와 잰걸음으로 교무실이 있는 건물로 향하는데 콘크리트로 포장된 좁은 길 한가운데에 후배가 서 있었다. 선배는 말을 걸려고 걸음을 멈추었다.

후배 상태가 이상했다. 한쪽 다리를 내밀고 상반신을 비튼 채 멈춰 있었다. 꼭 걷다가 일시 정지 버튼을 누른 것 같았다. 의아해하며 그 자리에서 말을 걸었다. 동시에 후배는 펄쩍 뛰며 두세 걸음 달리더니 그 자리에 주저앉았다.

왜 그러냐고 묻자 후배는 갑자기 가위에 눌렸다고 했다. 부실로 걸어가다가 문득 시선을 느꼈다. 옆을 돌아보니 좁은 길가 가로수 너머에 병사 세 명이 나란히 서서 자신을 보았다. 깜짝 놀란 순간 가위눌렸다. 선배가 말을 걸어주어서 겨우 풀렸다고 한다.

서로 껴안고 가로수를 보았지만 그곳에는 이미 아무도 없었다. 선배는 후배를 학교 건물 쪽으로 재촉했다. "사실은……." 자신이 겪은 이야기를 하고 교무실에 가자고 하니 후배는 눈을 동그랗게 떴다.

"부실에 불 켜진 거 봤는데요."

시선을 느끼기 바로 전에 부실의 작은 창문에 불빛이 들어왔다. 벌써 누가 왔구나 생각했다고 한다. 생각한 순간에 시선을 느끼고 돌아보았다.

그럴 리가 없다고 생각했지만, 부실에 있던 친구가 걱정되었다. 둘이서 부실로 가 보니 분명히 불투명 유리를 끼운 작은 창문에는 불빛이 밝았다. 문고리를 잡자 문은 아무렇지 않게 열렸다. 안에는 친구가 울상이 되어 웅크리고 있었다.

친구는 줄곧 부실에 있었다고 한다. 청소하는데 갑자기 불이 꺼졌다. 동시에 가위에 눌렸다. 안간힘을 다해 움직이려고 바동거리는데 갑자기 불이 들어왔다. 동시에 가위눌림도 풀렸는데, 그때 창밖에 나란히 서 있는 세 명의 그림자를 보았다고 한다. 깜짝 놀랐을 때에는 사라졌지만, 무서워서 바깥에 나가지도 못하고 여기서 누가 오기를 기다렸다—.

　세 사람은 얼굴을 마주 보았다. 선배가 병사를 보고 부실로 돌아
갔을 때, 불빛은 꺼져 있었다. 그때 친구는 안에서 가위에 눌려 있
었다. 가위가 풀리자마자 동시에 불빛도 켜졌지만, 목격한 후배는
그 직후에 병사를 보았다.

　꼭 릴레이 같다.

　그 뒤로 병사 모습을 본 적은 없었고, 애초에 부실 부근에 그런
귀신이 나온다는 소문도 들은 적이 없다. 그리고 나서도 누가 보았
다거나 가위눌렸다는 소문을 듣지 못했다. 병사 세 사람은 뭐였는
지, 왜 그런 걸 보았는지 지금도 알 수 없다고 한다.

엿보는 자

크리스마스 전에 있었던 일이다. Y씨는 아르바이트를 마치고 밤 길을 서두르고 있었다. 그날은 비가 내렸다. 뼈에 사무치게 차가운 비다. 우산을 든 손이 곱는다. 젖어서 춥고, 부츠 속 발끝은 얼어서 따끔거렸다.

버스를 내려 큰길을 지나 조용한 주택가로 접어들었을 때, Y씨는 등 뒤에 인기척을 느꼈다. 의아해하며 돌아보니 아무도 없다. 기분 탓인가 싶어 갈 길을 서두르는데, 걷기 시작하자 등에 누군가의 시선이 느껴졌다. 다시 돌아보아도 아무도 없다.

주택이 밀집한 부근이지만 지나다니는 사람은 거의 없었다. 늘어 선 집들 창문마다 따스한 불빛은 켜져 있지만, 창문이 닫혀 있어서 야 불안한 마음에 위안이 되진 않았다. 그저 건물 그늘에 숨어 누 가 쫓아오는 건 아니란 사실만 확인할 수 있었다.

─기분 탓이겠지. 빨리 돌아가자.

Y씨는 걸음을 서둘렀다. 역시 등 뒤에서 시선이 느껴지는 것 같

지만, 기분 탓이라고 자신을 타일렀다.

주위에는 차가운 비가 내리고 있다. 빗방울이 우산을 두드리고, 물이 흐르는 길바닥을 때린다. 자신의 부츠가 물웅덩이를 밟아 젖은 소리가 난다.

Y씨는 깨달았다. 젖은 발소리. 자신의 발소리 말고 다른 누군가의 발소리가 들린다.

흠칫 놀라 돌아보았다. 역시 아무도 없었다. 그런데 앞을 보고 걸음을 서두르면 등 뒤에서 똑같이 서두르는 젖은 발소리가 들린다.

어느새 걸음이 빨라졌다. 발소리를 내버려두고 거의 뛰듯이 서둘러 아파트로 들어왔다. 도어록을 열고 안으로 미끄러져 들어간다. 돌아보았지만, 누군가 뒤따라 건물로 들어온 기척은 없었다. 그걸 확인하는 사이에도 엘리베이터 버튼을 눌렀다. 등 뒤를 바라본 채 엘리베이터를 기다리고 문이 열리자마자 안으로 달려 들어가 '닫힘' 버튼을 눌렀다.

엘리베이터가 올라가기 시작했다. Y씨는 그제야 가슴을 쓸어내렸다.

그래도 혹시 모르니 엘리베이터를 나올 때에는 좌우를 살폈다. 아무도 없고, 아무 소리도 들리지 않는 걸 확인하고 서둘러 집으로 향했다. 언 손으로 차가운 열쇠를 꺼냈다.

열쇠 구멍에 밀어 넣으려던 때였다.

등 뒤에서 인기척이 느껴졌다.

Y씨는 그 자리에 굳었다. 등 뒤에 누가 있다. 아무 소리도—숨소리조차 들리지 않지만, 분명히 누가 있다. 아무 생각 없이 시선을 떨어뜨린 발치에는 우산에서 떨어진 물방울로 작은 물웅덩이가 생겼다. 물웅덩이에 등 뒤에서 슥 흘러 내려온 투명한 물 한 방울이 합쳐졌다.

열쇠를 쥔 손이 떨렸다. 곱아서 떨리는 손으로 열쇠를 열쇠구멍에 넣으려 했지만 달칵달칵 부딪치기만 하고 잘 맞지 않는다. 간신히 열쇠를 꽂고 Y씨는 안 되겠다고 생각했다.

이유는 알 수 없다. 하지만 등 뒤 그놈 앞에서 문을 열어서는 안 될 것 같다. 열면 안으로 들어온다.

잠시 망설이다 단숨에 열쇠를 뺐다. 그 기세로 문에 등을 대고 돌아보았다.

역시 등 뒤에는 아무도 없었다. 다만 Y씨 바로 뒤에 작은 물웅덩이가 생겼다.

Y씨는 아무것도 없는 공간을 흘끔 보고 달렸다. 복도를 돌아가 아직 그 층에 머물고 있는 엘리베이터에 뛰어 들어가 1층으로 내려갔다. 그리고 건물 현관, 우편함 아래에 웅크리고 앉았다.

휑뎅그렁한 공간이 불안하다. 무서워서 건물을 나갈 수 없다. 하지만 방에는 돌아갈 수 없다. —절대로.

Y씨는 그 자리에서 추위를 견뎠다. 한 시간쯤 지나 다른 사람이 내려왔다. 그 젊은 남성에게 수상한 사람이 쫓아온다고 호소하고,

그가 가려는 가까운 편의점까지 동행했다. 그대로 편의점에서 밤을 새웠다.

　그게 효과가 있었는지는 알 수 없다. Y씨가 다음 날, 날이 밝은 뒤에 집으로 돌아갈 때는 더 이상 따라오는 발소리가 들리지 않았다. 통로에도 물웅덩이는 없었다. 누군가의 기척도 느껴지지 않았다. 그 이후로 일단 아무 일도 없다고 한다.

교창

K씨의 할아버지 댁은 무척 크다. 원래는 공장인지 뭔지를 했던 듯한데, 현재는 지극히 평범한 농가다. 특별히 부자는 아니지만 아버지의 증조할아버지가 지었다는 집만은 으리으리했다.

큰 명절에는 일족이 할아버지 댁에 모인다. 여섯 가족쯤 모여도 조금도 좁게 느껴지지 않았다. 특히 큰 사랑채는 반침만 한 불단을 놓은 안쪽 방에 방 세 개가 이어져 있어, 어지간한 연회장만큼 넓었다. 다만, 낡았다. 큰 만큼 손질도 잘되지 않아서 평소에 조부모 일가가 쓰는 구역 말고는 어딘지 초라하고 황폐한 느낌이 든다.

특히 사랑채는 큰 명절과 제사 때밖에 쓰지 않으니까 평소에는 덧창도 열어놓지 않는다. 늘 습하고 음침한 곳이었다. 그 탓일까. K씨는 어릴 적부터 이 객실이 무서웠다. K씨뿐만 아니라 친척 모두가 불평이었다.

불평의 이유는 그곳이 위패실인 탓도 있으리라. 불단은 검은 옻칠을 하고 정교하게 만든 훌륭한 물건이지만, 낡은 탓인지 윤기가 없고 찌들었다. 불단 위 중인방에 색 바랜 사진이 죽 장식되어 있는 것도 기분 나쁘다. 장지 위에 있는 교창은 용을 새긴 훌륭한 물건이 었지만, 희번덕하게 부릅뜬 눈으로 노려보는 것 같아서 역시 으스스했다. 그 탓인지 이 객실에서 자면 가위에 눌리거나, 한밤중에 악몽에 시달린다고 한다. 그래서 다들 되도록 객실에서 자기를 꺼렸다.

K씨가 취직한 해에 있었던 일이다. 예년처럼 설을 쇠기 위해 K씨는 할아버지 댁에 갔다. 연휴 시작 직전까지 출근한 K씨가 할아버지 댁에 도착했을 때에는 이미 일가 친척이 모여 있었다. 방마다 다 차서 잠잘 곳은 객실밖에 없었다. 이제 애도 아니니 무섭지는 않지만, 제비뽑기에서 꽝을 뽑은 심정이었다. 위패실에서 자기는 아무래도 꺼려져서 그 옆에 이어진 넓은 방에 이불을 한 채 깔고 쉬었다. 그날 밤이다.

K씨는 깊은 밤, 바람 소리에 잠에서 깼다. 바람이 심하게 분다 생각하면서 눈을 떴다. 맨 처음에 든 생각은 오는 길—한창 차를 몰 때가 아니라 다행이란 마음이었다. 그건 그렇고 바람이 굉장한데 폭풍이라도 왔나.

귀를 기울여 보니 이상했다. 휘이잉 하는 바람 소리가 난다. 그러나 집 밖에서 정원수나 덧창이 흔들리는 소리는 들리지 않는다. 바람 소리 자체도 아득히 먼 땅 밑바닥에서 부는 것처럼 분명치 않았다. K씨는 지하철을 떠올렸다. —그렇다, 지하철 바람 같은 소리다.

그런 바람 소리가 강약도 없이 단조롭게 끊임없이 들렸다.

더욱 귀를 기울이자, 그 바람 소리 사이에 희미한 사람 소리가 들리는 것 같았다. 뭔가를 외치는 듯한, 신음하는 듯한 목소리다. 게다가 한두 사람 소리가 아니다. 수많은 사람이 괴로워하며 지르는 소리. 그런 소리가 요란한 바람 소리 아래로 울렸다.

이게 뭐지? 일어나려 했지만 누름돌을 얹은 것처럼 꼼짝할 수 없었다. 그 소리는 K씨 왼쪽에서 들리는 것 같았다. 왼쪽으로 목을 돌리니, 위패실 사이에 있는 교창의 용과 눈이 맞은 것 같았다.

위패실이다. 위패실의 어딘가 먼 곳에서 바람 소리가 들린다. 바람 소리와 사람의 신음. 몸이 굳은 채 귀를 기울이는 사이 서서히 약해지면서 사그라졌다. 소리가 사라진 순간에 몸에 얹은 누름돌도 사라졌다.

다음 날 아침, K씨를 깨우러 온 사촌에게 간밤에 무서운 일을 겪었다고 하소연했다. 이 집에 사는 사촌은 객실 입구에 있는 기둥에 기댄 채 K씨 이야기를 들었다.

"위패실에 뭔가 있는 것 아닐까?"

K씨 말에 사촌은 고개를 끄덕였다.

"있을지도 몰라."란다. 사촌은 뭔가 느낀 적도 없지만, 고등학생 때부터 되도록 객실에는 들어가지 말라는 말을 들었다. 키가 훌쩍 자랐기 때문이다.

"그게 무슨 소리야?"

K씨가 묻자 거한인 사촌은 교창을 가리켰다. 어느 저택인지 절인지에서 가져온 유서 깊은 물건이란다. 하지만 이 교창으로 위패실을 들여다보면 지옥이 보인다고 한다.

"나는 키가 자랐잖아. 살짝 발돋움하면 교창 너머가 보이니까."

　교창 너머 지옥을 보면 미친다고 한다. 그래서 되도록 객실에는 들어가지 말고, 들어갔을 때에는 교창 쪽을 보지 않으려고 한다. 그렇게 말하고 사촌은 고개를 갸우뚱했다.

"하지만 위패실은 부처님이 계신 |일본에서는 사람이 죽으면 다 불제자가 된다고 하여, 고인을 부처라고도 부름 – 옮긴이| 곳일 텐데 말이야."

히로시

T씨가 중학교 3학년 때 일이다. 고등학교 입시 시험을 대비해 자주 밤을 새웠다. 피곤한 탓인지 가위도 자주 눌렸다. 잠들었다 생각하면 갑자기 눈이 떠지는데, 그러면 몸이 움직이지 않는다. 그럴 때 뭔가 이상한 게 모습을 드러낼 것 같아서 그걸 보기 전에 일어나야 한다고 안달복달한다고 한다. 필사적으로 움직이려 하는데 몸이 그에 반응하지 않는다. 빨리, 빨리, 절박한 위기감으로 의미도 없이 내몰렸다. 몸이 아프거나 괴로운 것도 아닌데 가위눌려 괴로운 이유는 그 '초조함'이 괴롭기 때문일까. T씨는 그렇게 말했다.

T씨 자신은 가위눌림을 괴이한 현상으로 연결지어 생각하지 않는다. T씨는 말한다. "제 경우, 가위눌림에서 깬 순간에 눈이 번쩍 떠지는 느낌이 들거든요."

그러니까 이건 악몽이나 마찬가지라고 생각하고 있다. 그래서 당시에도 수험이 끝나면 이 괴로운 체험과도 인연이 끝나리라 믿었다. 이제 조금만 더 참으면 된다며 자신을 타이르던 겨울, T씨는 어느 날 밤 잠들 즈음에 눈을 뜨고 말았다. 묘하게 공기가 희박한 느낌이 들어 크게 숨을 들이마시려 했지만 몸이 꿈쩍하지 않았다. 머릿속 어딘가에서 '아, 또 가위눌림이다.' 하고 생각한 자신을 기억한다.

늘 있는 가위눌림이라고 알아도 안달이 났다. 평소에는 괴이한 현상과 연결 짓지 않는데 가위에 눌리고 있을 때에는 이런저런 괴담이 떠올라, 당장에라도 뭔가 나타날 것만 같다. 그날 밤에도 그랬다. 꺼림칙한 것을 볼 것 같아서 눈을 꼭 감으려 했지만 눈꺼풀조차 움직이지 않는지, 아니면 실제로는 꿈에 지나지 않은 탓인지 눈을 감을 수가 없었다. 주저주저 어두운 주위를 살피다 가까이에 한층 어두운 곳이 있음을 깨달았다.

이불 끝, T씨 가슴 부근이었다. 그곳에 누가 앉아 있다. 깜짝 놀라 눈을 떼지 못했다. 쳐다보다 보니 어둠에 눈이 익어서 그 사람이 T씨와 비슷한 또래─중학생이나 고등학생쯤 된 남자아이고, 검은 교복을 입고 고개를 숙인 채 반듯하게 앉아 있음을 알았다.

결국 보고 말았다. T씨는 그렇게 생각했다고 한다. 남자아이는 미동도 하지 않고 그곳에 앉아 있다. T씨는 필사적으로 눈을 감으려 했다. 머릿속에서 "살려주세요.", "사라져."라는 말과 왜 그런지 "죄송합니다."라는 말이 빙글빙글 돌았다. 그때다.

여자 목소리가 묘하게 똑똑히 들렸다.

"히로시, 그만해."

화들짝 놀라자마자 가위눌림이 풀리고 이불 옆 그림자도 사라졌다. 평소처럼 '잠이 깬' 느낌이 났다.

하지만 T씨는 분명히 여자 목소리를 들었다. 중년 여자 목소리. 부드러운 목소리였지만, 말투는 무척 매서웠다. 아무리 떠올려 보아도 들은 적 있는 목소리가 아니었다. 그리고 동시에 '히로시'라는 이름에도 짐작 가는 바가 없었다.

거스르는 손

K씨가 다니는 고등학교에서는 '잇큐상'이 유행했다.

—무언가 하면, 칠판과 분필을 쓰는 콧쿠리상이다. 칠판에 히라가나를 쓰고, 두세 사람이 분필을 쥔다. 분필은 선을 그리면서 문자를 가리킨다. 아무래도 칠판을 써야 하니까 팔을 뻗어 교단 끝에서 끝까지 움직여야 한다. 상당한 전신 운동이다. 그래서인지 '콧쿠리상'에 따라붙는 불건전한 분위기는 없었다. 정말로 대수롭지 않은 게임이었다. 그래서 유행했는지도 모른다.

어느 날 방과 후, K씨는 친구 두 사람과 잇큐상을 했다. 아직 교실 안은 밝고, K씨와 친구들 말고도 학생 몇 명이 남아 있었다. 그들은 잡담을 하면서 K씨와 친구들의 놀이에 짓궂게 참견했다.

시작되고 조금 이따 친구가 "K는 사실 N을 좋아하는 거 아닙니까?" 하고 물었다.

K씨는 친구를 노려보았다. 그 무렵 친구들 사이에서는 K씨가 N

을 좋아한다는 이야기가 퍼졌다. 솔직히 대답은 'YES'다. 하지만 K씨에게는 진심을 고백할 마음은 없다. 있는 힘껏 'NO' 쪽으로 분필을 끌어당겼다. 반대로 누군가 'YES' 쪽으로 끌어당기려 한다.

"K가 움직인다."

"안 움직였어. 너희야말로 이상한 대답으로 가져가려 했잖아."

"안 했는데."

K씨와 친구들은 분필을 서로 끌어당기며 웃었다. ―적어도 K씨 반에서는 잇큐상은 원래 그런 놀이라는 암묵적인 이해가 있었다. 콧쿠리상인 척하면서 자기네끼리 분필을 움직여 재미있는 대답을 끌어내는 것.

K씨가 힘으로 'NO'로 움직이자, 이어서 다른 친구가 "그럼 K의 속옷은 무슨 색입니까?"라고 물었다. 분필은 '빨'이라고 움직이더니 그대로 '간', '특대 팬티' 하고 말을 이었다.

K씨는 "S는 내일 영어 쪽지시험에서 몇 점을 받습니까?"라고 물었다. 물으면서 이건 0점이지, 하고 생각했다. K씨는 분필을 0 쪽으로 움직였다. 다른 친구도 그쪽으로 따라가는 기척이 났다. S씨는 분필이 나아가는 방향을 보고 "그것만은 안 돼―!"라며 비명을 질렀다.

분필이 나아간다. 그때 누군가의 손이 갑자기 다른 방향으로 바뀌었다. 분필은 생각지도 못한 기세로 '4'로 갔다 '8'에서 멈추었다.

영어 쪽지시험은 오십 점 만점이다. S씨의 성적으로 보면 48점은 말도 안 되는 숫자는 아니었다. K씨는 기분이 좀 이상했다. 당연한 대답은 놀이가 되지 않는다.

S씨가 물었다. "그럼 나는 지망 학교에 붙나요?"

K씨는 이 질문은 서비스로 'YES'로 해두려고 했다. 그런데 분필은 'ㄸ'을 향해 움직였다. 'ㄸ'에서 멈추고, 그곳에서 'ㅓ'로 간다. K씨는 안 되겠다고 생각했다. 누가 움직이는지 모르지만 입시도 가까운 이 시기에 이건 아니다 싶었다.

힘을 주어 분필을 다른 방향으로 움직이려 했지만 이루지 못했다. 분필은 'ㄹ'에서 멈추고 'ㅇ'에서 멈추었다.

"떨 어 진 다"

교실 안은 숙연해졌다. S씨는 굳은 표정이었고, 다른 한 친구도 "너무하잖아." 하고 중얼거리며 나무라듯 K씨를 보았다.

하지만 K씨는 거스르려 했다. "나 아니야."라고 했지만 세 사람 가운데 누군가 움직였을 것이다.

S씨가 "그런 한 가지 더." 굳은 목소리로 말하며 "K는 붙습니까?"라고 물었다.

분필은 '합격하면 불행해진다'고 대답했다.

세 사람 사이에 꺼림칙한 분위기가 흘렀다. K씨와 친구들을 지켜보던 학생들도 말이 없었다.

K씨는 맹세코 움직이지 않았다. 하지만 S씨가 움직인 것 같지도 않았다. 또 다른 친구는 오히려 거스르려 한 것처럼 보였다. —뭔가

이상하다.

K씨는 물었다.

"우리 말고 누가 있습니까?"

분필은 대답했다.

"글 쎄"

S씨가 "이제 그만하자."고 말했다. 동시에 지켜보던 학생 한 명이 "이거 위험한 거 아니야? 나중에 무슨 일이 있을지도 몰라." 하고 갑자기 끼어들었다.

그건 질문이 아니었다.

그런데 분필은 대답했다.

"기 대 해"

대리인

K씨의 증조할머니가 돌아가셨을 때 이야기다.

오랫동안 자리보전하던 증조할머니께서 아흔두 살로 돌아가셨다. 마지막 반년은 병원 침대에 누운 채 반쯤 의식도 없는 상태였지만, 심하게 괴로워하지 않고 평온하게 숨을 거두셨으니 잘 살다 가신 게 아닐까. 다행히 K씨 가족은 임종 전에 병원에 달려올 수 있었다. 증손자까지 지켜보며 안타까워하는 가운데 가셨다. 행복한 마지막이었는지도 모른다.

K씨 일가가 증조할머니를 모시고 집에 돌아갔을 무렵, 부고를 들은 친척이 속속 K씨 집에 모였다. 잘 모르는 친척, 낯이 별로 익지 않은 친척, 잇따라 도착하는 사람들에게 차를 내면서 K씨는 이렇게 친척이 많았구나 새삼 감탄했다.

간신히 일단락 짓고 잡담을 나눌 때, 증조할머니의 아들—작은 할아버지가 의미심장한 꿈을 꾸었다는 이야기가 나왔다.

"이삼일 전인가. 꿈속에서 어머니를 내 차 조수석에 태우고 계속 달렸어. 어머니께서 가리키는 대로 모르는 길을 달려 어느 집 초인종을 눌렀지."

마지막으로 증조할머니가 작은할아버지에게 뭔가 전하고 싶었는지도 모른다. 그것도 예지의 일종일까. 그런 이야기를 하며 몇 시간쯤 지나 증조할머니의 조카인 사람이 달려왔다. 멀리 살아서 요새는 왕래가 끊어졌는데, 옛날에 증조할머니가 많이 예뻐해주셨다며 울었다.

"사실은 오늘 이상한 일이 있었어." 그는 눈구석을 눌렀다. "아직 어둑한 아침에 초인종이 울리는 거야. 허둥지둥 일어났는데 아무도 없더구먼."

문을 열기 직전까지 초인종을 눌렀으니 숨을 새도 없었을 거라고 한다. 하지만 현관을 여니 아무도 없었고, 집 밖으로 나가 보아도 역시 지나가는 사람조차 보이지 않았다.

"이상한 일도 다 있다 했지. 그랬더니 숙모님께서 돌아가셨다잖아. 게다가 새벽에 돌아가셨다며. 꼭 숙모님께서 알리러 와주신 것만 같아."

빈 채널

T군이 고등학생 때 일이다.

친구 Y군이 밤에 라디오로 텔레비전을 들으려고 교육방송 채널을 맞추었다. 그러자 갑자기 [사실은 들어주었으면 하는 이야기가 있⋯⋯] 하고 여자 목소리가 들렸다. 목소리가 뚝 끊겨 그 뒤로 음성이 들리지 않았다.

지금 그 소리는 뭐였을까 하는데 한동안 아무 소리도 들리지 않다가 평소처럼 영어강좌 방송이 들렸다.

도중에 목소리 끊김이 신경 쓰여 튜너를 건드려보았다. 그러자 어느 곳에서 여자 목소리가 똑똑히 들렸다.

[⋯⋯여서 엄청 화가 나서⋯⋯]

그곳은 방송이 나오지 않는 빈 채널이다. 그런데 깨끗한 목소리가 들린다. Y군은 귀를 기울였다. 젊은 여자 목소리 같았다. 그 목소리가 장황하게 자기 신변 이야기를 떠든다. 아무래도 고등학생 때 사이좋았던 친구가 그녀를 배신한 모양이었다.

[절대로 용서하지 않을 거예요……]

여자가 말하고 소리가 뚝 끊겼다. 그 뒤에는 당연히 들려야 할 잡음이 흘러나왔다. Y군이 한동안 튜너를 조정했지만 더 이상 목소리는 들리지 않았다.

지금 그건 뭐지?

어떤 논리로 그렇게 되는지는 잘 모르지만, 이상한 전파가 섞여든 것일까. 그렇다 해도 무슨 방송은 아닌 듯했다. 연상되는 이미지는 누가 마이크를 향해 혼잣말하는 느낌이다.

왠지 신경이 쓰여 다음 날 같은 시간에 또 목소리를 찾아보았다. 그러자 역시 빈 채널에서 여자 목소리가 들렸다. 어젯밤과 똑같은 여자 같았다. 이번에는 대학 때 사귄 애인 이야기를 하고 있다.

전화도 만날 나만 하고…… 툭하면 약속을 어기고…… 큰마음 먹고 선물했더니 열어보지도 않은 채 방에 내팽개쳐놓고…….

이따금 웅얼거리는 것처럼 말을 흐렸지만, 음성 자체는 분명했다. Y군은 낯선 여자의 개인사를 들여다보는 것 같아 저도 모르게 귀를 기울이고 말았다.

"장난 아니야. 호텔에 가서 이렇게 했네, 저렇게 했네, 노골적인 이야기까지 한다니까."

Y군은 흥분한 기색으로 T군에게 말했다.

"그런데 뭐였을까?"

T군이 고개를 갸웃하자 Y군도 어리둥절해한다.

"혹시 도청 전파 같은 것 아닐까? 들으면 큰일 날까?"

도청 전파는 우연히 들어도 죄가 될까. T군은 알지 못해서 일단 "그다지 좋은 취미는 아니니까, 듣지 말지."라고 대답해두었다.

하지만 그 뒤로도 Y군은 정체 모를 목소리를 듣는 모양이었다.

"아직도 듣고 있어?" 그렇게 묻자 멋쩍게 웃는다.

그리고 한 달쯤 지났나. 이야기를 하다 불쑥 "아직 듣고 있어?"라고 물었다. 그러자 Y군 얼굴이 어두워졌다.

응, 이란다.

"그런데…… 점점 끔찍해지고 있어."

무슨 뜻이냐고 물었지만 Y군은 제대로 대답할 수 없는 것 같았다.

"왠지 좀…… 질퍽거리더라고. 그 여자, 위험할지도 몰라……."

대입 수험이 코앞이다.

"더는 듣지 마." T군은 충고했다. Y군은 "알았어." 하고 수긍했지만 "자꾸 신경이 쓰여……."라고 입속으로 중얼거렸다.

T군도 좀 신경이 쓰였다. 동생 라디오카세트가 텔레비전도 수신할 수 있는 종류여서 동생에게 기계를 빌려 Y군이 말한 시간에 교육방송 채널을 맞추어보았다. 신문에 나온 편성표대로 방송이 흘러나왔다. 그곳에서 튜너를 건드려 목소리가 나지 않나 찾아보았다. 세밀하게 튜너를 조정하다 보니 문득 잡음이 끊기는 채널이 있었다. 그곳에서,

[꼭 들어주세요.]라는 목소리가 묘하게 또렷하게 튀어나왔다.

그 목소리가 꼭 옆에서 나는 것처럼 너무나 가깝게 들리는 바람에 T군은 서둘러 스위치를 눌렀다. 도저히 전파를 타고 전하는 목소리라고 생각되지 않았다. 기계에 직접 꽂은 마이크를 향해 떠들기라도 한 것 같은 목소리다. 저도 모르게 주위를 둘러보았다. 목소리 주인이 바로 옆에 있는 것만 같았다.

이거 혹시 엄청 이상한 건지도 모른다. T군은 그렇게 생각하고 Y군에게 그만 들으라고 말해야지, 하고 생각했다.

그게 마침 금요일이었다. 주말에 쉬고 학교에 가니, Y군은 등교하지 않았다. 그날 마지막 종례 시간에 Y군이 죽었다는 이야기를 들었다. 자기 방에서 목을 맸다고 한다.

유서가 없어 자살 동기는 끝내 밝혀지지 않았다.

거울

T씨가 다니는 학교 교장이 어느 날 밤늦게까지 학교에 남아 있었다. 일을 마치고 돌아가기 전에 화장실에 들렀다. 볼일을 보고 손을 씻고, 문득 거울을 보자 거울에 비춘 자신의 등 뒤에 교복이 보였다.

"아직 안 갔니? 이런 시간까지 뭘 한 거야?" 교장은 그렇게 말하면서 뒤돌았다.

그곳에는 아무도 없었다. 잘못 봤나 싶어 다시 시선을 손 쪽으로 돌렸다. 손을 다 씻고 고개를 들면 바로 앞에 거울이 있다.

교장의 등 뒤에는 교복을 입은 학생 모습이 두 명, 비쳤다. 놀라서 돌아보았다. 역시 아무도 없었다.

눈을 감고 수도꼭지를 잠그고 시선을 떨군 채 서둘러 화장실을 나갔다. 나가려는데 화장실 문 상단부에 끼운 유리에 검은 교복이 죽 늘어서 있는 모습이 비쳤다.

이 학교에서는 다들 야간 경비를 무척 꺼린다고 한다.

물방울

G씨가 다닌 고등학교 화장실에는 여자애가 자살했다는 이야기가 전해지는 칸이 있다.

다만 자살한 사람은 G씨가 다닌 고등학교의 학생이 아니다. 고등학교 입학시험을 치르러 온 여중생이었다. 고교 입시 당일, 그 여학생은 시험을 치러 왔다. 그리고 마지막 과목 도중에 화장실에 들러 들어간 칸에서 목을 그어 목숨을 끊었다.

시험을 감독하던 선생님이 화장실까지 따라가 바깥에서 기다렸는데 나오지 않았다. 갑자기 아픈 건 아닌가 싶어 문을 두드리니, 문 아래 틈으로 피가 흘러나와 큰 소동이 났다고 한다. 문을 억지로 열자 칸 안은 피범벅이었다. 손목이며 목덜미며 온통 상처투성이인 여학생이 차가운 타일 바닥에 쓰러져 있었다. 손목을 그었지만 죽지 못하자 목을 그은 듯했다. 구급차로 병원에 실려 갔으나 끝내 목숨을 구하지 못했다.

자살 이유는 알 수 없다. 유서는 없었다. 하지만 그날 시험은 어느 과목이고 대부분 백지에 가까웠다고 한다. 몸 상태가 안 좋았는지, 너무 긴장했는지. 이래서야 도저히 합격할 수 없으리라고, 본인도 그렇게 생각하고 절망에 빠져 발작적으로 자살한 거라고들 했다.

그녀가 죽은 칸은 깨끗하게 청소했고, 나중에 화장실을 통째로 새로 했다. 하지만 그 이후로 그 칸에 들어가면 등이나 머리에 물방울이 뚝 떨어질 때가 있다.

무색투명한 물방울은 그녀의 눈물이라고 전해진다.

따라온다

S씨가 고등학생 시절 이야기다.

동아리 활동으로 늦어진 귀갓길, S씨는 공원 옆길을 지나다 별 생각 없이 본 나무 너머로 사람을 보았다. 이른 밤 땅거미 질 무렵, 하늘에는 빛이 남아 있지만 벌써 가로등이 켜지기 시작한 무렵이었다.

그녀는 긴장해서 걸음을 멈추었다. 누가 자신을 지켜보는 것 같았기 때문이다. 누군가 숲 속에 몸을 숨기고 나무 그늘에서 이쪽을 살피고 있다.

공원 주위에 담이나 철책 같은 건 없다. 부지의 경계선을 따라 무릎 높이만 한 철쭉을 심어두었을 뿐이었다. 그 안쪽은 작은 숲으로, 고만고만한 크기의 나무가 늘어서 있다. 계절상 나무 대부분이 아직 잎이 없었지만, 가지 끝에는 신록이 싹트고 있었다. 그 나무 사이로 사람이 보였다. 모습은 또렷하게 보이는데, 어둑해서 이목구비까지는 알 수 없는 미묘한 거리였다.

작업복 차림 남자 같았다. 나무 기둥에 반쯤 숨듯 서 있다. 그늘에 가려 표정은 알아볼 수 없다. 그녀가 걸음을 멈춘 순간, 남자가 옆으로 휙 돈 것 같았다. 당황해서 시선을 피한 것처럼 보여 몹시 불안해졌다. 서둘러 그 자리를 뜨고 싶었지만 뒤따라올 것 같아 무서웠다. 공원 옆을 지나 조금 앞부터는 적막한 길이 한참 이어진다.

S씨는 주위를 둘러보았다. 바로 뒤에서 초로의 아저씨가 다가오고 있었다. 가벼운 차림에 샌들을 신은 모습을 보니 근처에 사는 사람 같았다. 그녀는 달려가 이상한 사람이 있다고 호소했다. "저기요." S씨가 가리킨 곳에서 남자가 물끄러미 이쪽을 살피고 있다.

아저씨는 숲 속을 들여다보고 "이봐, 거기." 하고 말을 걸었다. 대답은 없었다. 남자는 꼼짝도 하지 않고 고개를 숙인 채 나무 뒤에 서 있었다.

아저씨는 미심쩍어하며 철쭉을 타 넘고 공원 안으로 들어갔다. 그래도 남자는 미동조차 하지 않았다. S씨는 그제야 뭔가 이상하다고 느꼈다. 조금 걸어간 아저씨가 엇 하고 소리를 지르고 걸음을 멈추었다. 허리를 숙이고 상황을 살피고는 조심조심 나아갔다. 다시 걸음을 멈춘 아저씨가 돌아보았을 때에는 S씨도 알아챘다. 누가 숨어 있는 것이 아니다—누군가 목을 맸다.

후다닥 돌아온 아저씨는 경찰을 부를 테니 너는 빨리 집으로 돌아가고 했다. S씨는 무서워서 벌벌 떨면서 고개를 끄덕이고 돌아가는 길을 서둘렀다. 공원을 따라 난 길을 지나면 인적 없는 길이

나온다. 학교의 긴 담벼락, 대숲과 밭. 주변은 빠르게 저물었다. 늘어선 전봇대 가로등 불빛에만 의지해 S씨는 그 길을 잰걸음으로 빠져나갔다.

자택이 있는 주택가로 들어섰다. 집집이 밝힌 불빛에 그제야 한숨을 돌리고, 그녀는 걸음을 늦추었다. 주택가로 들어오면 집은 금방이다. 안도하자마자 자신이 엄청난 사건과 맞닥뜨렸다는 생각이 들었다. 그 이야기를 누군가에게 하고 싶어서 또 걸음이 빨라졌다. 잰걸음으로 집 문까지 이르렀을 때다.

문에서 현관까지 이어지는 통로 옆, 정원수 안에 누가 있었다.

상록수 너머 나뭇잎 그늘에 몸을 숨기듯 고개를 숙인 누가 서 있다. 현관등 불빛에 작업복이 어렴풋이 떠올랐다.

도저히 문 안으로 들어갈 수가 없었다. 하지만 이렇게 깜깜한데 다시 어디로 가고 싶지 않다. 다른 것보다 집 안으로 도망쳐 들어가고 싶었다.

S씨는 그 자리에서 큰 소리를 지르며 어머니를 불렀다. 눈을 꼭 감고 정신없이 외치니, 깜짝 놀란 어머니가 현관에서 뛰어나왔다. 그리고 그때에는 더 이상 작업복을 입은 사람은 보이지 않았다.

지금도 S씨는 어둡거나 그늘진 곳에서 작업복 차림 사람을 보면 철렁한다고 한다. 이내 그저 작업복을 입은 사람이 지나가거나 일하고 있을 뿐이라고 확인하고서야 한숨 돌린다.

"하지만 때로 가만히 움직이지 않는 사람이 있어요. 꼼짝도 하지 않고 서 있기만 하는 사람이. ……그 사람은 대체 뭘까요?"

가득 차다

U씨가 사는 지방에는 종이 인형을 흘려보내는 풍습이 있다. 해마다 3월, 축제 시기가 되면 종이로 만든 인형을 지역 사람들에게 나누어주고, 그것으로 몸을 닦아 액을 옮긴 뒤 축제날에 신사 옆 시냇물에 흘려보낸다. 그러면 액도 흘러가 1년을 평온하고 무사히 보낼 수 있다.

그 축제날, U씨가 아직 초등학생이었을 무렵 일이다.

아이들은 의미도 없이 흘러가는 인형을 따라가고 싶어 했다. 보통 눈 녹은 물이 흘러들어 물이 분 시냇물은 흐름이 빠르다. 이내 놓쳐버리기 십상이지만, 그래도 갈 수 있는 곳까지 쫓아가본다. 산과 강가에서 눈이 녹아 물은 아직 차갑지만, 살이 에일 정도는 아니다. 아이들에게는 이 축제가 물놀이 해금의 신호 대신이었으리라.

하얀 인형은 흐름에 삼켜져 눈 깜짝할 사이에 보이지 않았다. 하지만 그중에는 도중에 얕은 여울에 걸리는 인형도 있었다. 아이들

은 달려가 그 이름을 읽고 그 사람에게 올해 나쁜 일이 있을 거라
며 떠들었다. 자신의 가족이기라도 하면 슬쩍 강물로 돌려보내기도
한다. 그렇게 비밀을 안 기분이거나, 비밀에 관여한 기분을 만끽할
수 있어 즐거웠는지도 모른다.

그해에도 그랬다. 아이들은 인형을 쫓았다. 인형 대부분이 보이
지 않는 부근까지 와서 상급생 남자아이는 "더 앞까지 가보자."는
말을 꺼냈다. 그 앞은 큰 바위가 많아 어린아이가 가기는 험한 길이
라, 6학년과 5학년 개구쟁이만 더 앞으로 가보기로 했다. 남자아이
가 대부분이었지만 그중에는 U씨처럼 여자아이도 있었다. 다 함께
큰 바위를 오르락내리락하며 시냇물을 따라 내려갔다.

한참 가니 절벽을 따라 강이 굽이쳐 못처럼 된 곳이 있었다. 겉
으로는 잔잔해 보이지만, 수면 아래에서는 물이 상당한 기세로 소
용돌이쳐 아주 위험한 곳이다. 그곳에서 수영해서는 안 된다는 말
을 들어왔고, 옛날에 어른 말을 어기고 헤엄치던 아이가 흐름에 휩
쓸려 빠져버렸다는 이야기도 있다. 강 밑바닥을 향해 소용돌이치는
물 흐름이 삼킨 시체는 여전히 떠오르지 않고 있다고 한다. 진짜인
지 거짓인지 모르지만, 그런 이야기가 전해지니 아이들에게는 으스
스한 곳이다. 그 못까지 왔을 때, U씨 일행은 강가에 서 있는 야마
부시|산야에서 수행하는 행자 – 옮긴이|를 발견했다.

U씨 동네 가까이 야마부시가 수행한다는 신성한 곳이 있다. 그
러니까 마을에서도 야마부시를 가끔 보았다. 원래 야마부시는 꽤

히 무서워 보이게 마련이지만, 이 야마부시는 무섭기만 한 게 아니라 기묘했다. 머리에는 허여스름한 봉두난발을 얹었다. 덥수룩한 머리카락이 고개를 숙인 얼굴을 덮었다. 절벽 위에는 울창한 동백나무가 무성해, 상록 활엽수 숲의 독특한 짙은 그림자가 그 부근 강가 일대에 드리워졌다. 원래도 어둡고 탁한 못물이 시커멓게 보였다. 그 검은 수면에 하얀 것이 보였다. 야마부시의 발치에 하얀 종이가 모였다. 인형 몇 개가 그곳에 걸렸다. 야마부시는 지팡이 같은 것으로 인형이 모인 부근 수면을 휘저었다.

자신들도 손댄 주제에 해서는 안 되는 일로 보였다. 그 탓일까, "뭐 하는 거야?" 하고 물은 가장 나이 많은 남자아이의 목소리에는 비난이 섞여 있었다.

야마부시는 U씨 일행을 돌아보고 지팡이를 들었다. U씨는 멈칫했다. 위압감이라고 해야 하나. U씨에게는 야마부시가 화난 것처럼 보였다.

야마부시는 지팡이 끝으로 냇물을 가리켰다.

"이 강은 끊겼어."

뜻밖에 낭랑한 목소리가 울렸지만, U씨는 뜻을 이해할 수 없었다.

야마부시는 지팡이 끝을 남자아이에게 향했다.

"넌 몇 살이냐?"

기에 눌리기는 남자아이도 마찬가지였던 모양이다. 다들 혼쭐이 난 것처럼 입을 다물고 말았다.

"열두세 살쯤 되었나?"

야마부시는 혼자 말하고 혼자 납득했다.

"네가 스무 살이 될 무렵이다. 벌써 액은 가득 찼어."

불길한 소리를 들었다. 주위 아이들도 그렇게 생각했는지 작은 목소리로 돌아가자는 소리가 들렸다. U씨 뒤에서 한 사람, 두 사람, 그 자리를 떠나는 발소리가 들렸다. U씨도 등을 휙 돌리고 강가에서 돌아가기 시작했다. 나이가 제일 많은 남자아이가 허겁지겁 따라온다. 바위를 붙잡으며 도망치는 U씨 일행 등 뒤에서 두꺼운 목소리가 들렸다.

"넘치면 돌아갈 거야."

U씨가 돌아보자 야마부시는 시커먼 물가의 짙은 그림자 속에 우뚝 서 있었다.

너무나 기분이 나빴다—어느 아이나 그렇게 생각한 모양이다. 하지만 뭐가 그리도 기분 나빴는지 U씨도 잘 알지 못했다. 다만, 야마부시의 말이 귀에 남아 잊히지 않았다. 무척 끔찍한 소리를 들은 기분이었다.

강에 액을 흘려보낸다—흘려보낸 액은 어떻게 되었을까. 만약 강이 끊겨 어딘가에 쌓여 있기라도 한다면.

그렇게 생각하다 떠올렸다. U씨가 태어날 무렵 하류에 댐이 생겼다. 분명히 강은 댐으로 막혀버렸다.

그 일이 있고 나서 곧 6년이 된다.

꽃밭

    S군이 대학 시절에 살던 하숙집은 신사 근처에 있었다. 외출하려면 이 신사 경내를 지나는 게 지름길이었다.

    경내는 넓고 깨끗하게 정비되어 있다. 참배 길에는 돌이 깔려 있고, 가로등도 일정 간격으로 설치되어 있다. 밤에도 마음 놓고 지날 수 있었다. 인적이 드문 외진 곳이라면 외진 곳이지만, 자전거로 달리기에는 오히려 좋았다.

    이날도 S군은 아르바이트를 하고 돌아오는 길에 자전거를 타고 참배 길로 들어섰다. 도리이│신사 입구에 세워놓은 기둥 문 – 옮긴이│를 지나 참배 길이 한동안 똑바로 뻗어 있다. 참배 길 양쪽 옆에는 큰 벚나무가 늘어서 있고, 활짝 핀 꽃을 단 가지가 양쪽에 가득해 벚꽃 터널 같았다. 대학에 입학한 지 곧 1년, 벚꽃 피는 계절을 맞이하기는 처음이었다.

    이렇게 예쁜 곳이 있었구나, S군은 감동했다. 시간이 늦은 덕인지 시끄러운 꽃놀이객도 없었다. 가로등에 비친 하얀 꽃이 조용히 머리 위를 뒤덮었다.

자전거 속도를 늦추고 밤 벚꽃을 보면서 한참을 천천히 달리다 보니 참배 길이 돌담에 가로막혔다. 돌담 위는 신사 신전이다. 참배 길 정면에는 신전으로 올라가는 돌계단이 있다. 참배 길은 돌계단 바로 앞에서 양쪽으로 나뉘어 경내 바깥으로 나간다.

S군은 참배 길을 오른쪽으로 꺾었다. 돌담을 따라 조금 달리자 이내 돌담이 휘어지고, 참배 길도 그에 따라 휘어진다. 바로 그 모퉁이에 하얗고 가는 폭포가 소리도 없이 떨어졌다.

폭포로 보인 건 수양벚나무였다. 돌담 모퉁이, 한 단 높은 곳에 나지막한 비탈이 있다. 그곳에 3층 건물만큼 키가 훌쩍 큰 나무가 서 있었다. 그 줄기에서 버드나무처럼 가늘고 곧게 뻗은 가지가 돌담 아래 땅바닥에 닿을 정도로 늘어져 있었다.

그게 어떤 이름의 벚나무인지는 모른다. 정원이나 공원에 수양벚나무는 얼마든지 있지만, 이런 벚나무는 달리 본 적이 없었다. 몹시 가늘고 긴 나뭇가지에는 하얗고 작은 꽃이 빼곡하게 달려 있었다. 그런 나뭇가지가 몇 겹이나 겹쳐져 가는 폭포처럼 보였다. 낮에 보았을 때도 훌륭했지만 밤에 가로등 불빛을 받고 서 있으니 더욱 예뻤다.

—굉장하다.

자전거를 잠깐 세우고 머리 위 어둠 속에서 하야말갛게 떨어지는 꽃 폭포를 올려다보았다. 물 흐름처럼 아래로, 아래로 줄지은 꽃가지를 본다. 꽃가지는 나무줄기를 뒤덮고 뿌리 넘어 돌담 위에 걸려 있다. 오래된 돌담을 씻듯 흘러 떨어졌다.

그 가지 아래에 누군가 있었다.

벚꽃 가지가 만든 발 너머, 돌담과 나무 사이에 사람이 있었다. 기모노 차림이다. 연분홍 기모노에는 꽃이 잔뜩 그려져 있어 꽃발과 뒤섞였다.

어떤 인물인지는 알 수 없었다. 꽃발이 가슴께까지 완전히 가렸기 때문이다. 가슴 가까이 올려 묶은 허리띠와 옷자락, 긴 소매만 보인다.

의아해하며 바라보았지만 아가씨는 꿈쩍도 하지 않았다. 양손을 힘없이 늘어뜨리고 그저 우두커니 벚나무 아래에 서 있었다.

S군은 주위를 둘러보았다. 일행임 직한 사람은 보이지 않았다. 시계를 보니 슬슬 11시를 지나려 했다. 시간을 확인하고 자전거 페달을 힘껏 밟았다. 틀림없이 범상치 않은 존재다.

돌담에서 되도록 떨어져 식은땀을 흘리며 지나갔다. 오도카니 서 있는 아가씨는 미동도 하지 않았다. 모퉁이를 돌아 조금 달리고 나서 돌아보았을 때도 여전히 돌담 모퉁이에 긴 소맷자락이 엿보였다.

다음 날 밤에도 그 자리에 기모노를 차려입은 여자가 있었다. 그 다음 날에는 비가 내리는데도 꽃과 함께 비를 맞고 있었다. 또 그

다음 날에도 흩날리는 벚꽃 속에서 역시나 가만히 서 있었다.

벚꽃이 지면서 산뜻해 보였던 기모노는 조금씩 더러워지고 낡아
가는 것 같았다. 가지에 남은 꽃이 거의 지고 어린잎 싹만 남았을
무렵에는 너덜너덜한 기모노가 가지 아래 어둠 속에 녹아들듯 보
였다.

그리고 꽃이 지자마자 자취를 감추었다고 한다.

역자후기

　오싹하거나 기분 나쁘거나, 때로는 서글프거나, 아름다워서 무서운 괴담의 세계에 오신 것을 환영합니다.

　『귀담백경』—백 가지 귀신 이야기, 라는 제목으로 알 수 있듯 괴담집입니다.

　그런데 이 책에는 아흔아홉 개의 괴담밖에 없습니다. 백 번째 이야기는 아흔아홉 개의 괴담을 읽었다는 사실 자체가 될지도 모릅니다. 아니면 동시에 출간된 『잔예』가 바로 그 백 번째 이야기로 봐야 할지도 모릅니다.

　그래서일까요. 일본에서 처음 두 책이 나올 때, 『귀담백경』을 읽고 『잔예』를 읽는 것이 순서라고들 했습니다. 백 가지 이야기를 완성한다는 의미로는 분명히 『귀담백경』을 먼저 읽는 것이 좋지만, 솔직히 저는 반대로 읽었고 그래도 상관없다고 봅니다. 하지만 두 책을 같이 읽었을 때만 느낄 수 있는 '읽는 맛'은 분명히 존재합니다.

　어떻게 보면 『귀담백경』은 『잔예』의 '내'가 쓰고 있는 소설 속 소설입니다. 그렇게 보면 『잔예』는 『귀담백경』을 쓰는 과정을 보여주는 메이킹필름이지요. 『귀담백경』 안에 『잔예』가 있고, 『잔예』 안에 『귀담백경』이 들어가 있는 재미있는 구도예요.

『잔예』는 아예 작가가 직접 등장해서 1인칭으로 이야기를 풀어나가는 데 비해, 『귀담백경』은 작가의 시점은 완전히 배제한 채 더없이 건조하게 '사연'을 소개합니다. 비슷하면서도 다르고, 다르지만 같은 줄기에 속해 있는 이야기들입니다.

괜찮으시다면 두 작품 함께 읽어보시면 어떨까요?

사실 일본에서도 괴담문학은 비주류 문학이라 저평가받기도 하지만, 2013년은 오노 후유미의 『잔예』가 야마모토 슈고로 상, 후지노 카오리의 『손톱과 눈』이 아쿠타가와 상을 받은, 일본 괴담문학계에서는 뜻깊은 한해였습니다.

『귀담백경』이 연재되었고, 『잔예』에 소개되었던 괴담전문지 『유幽』에는 오노 후유미 말고도 쿄고쿠 나츠히코, 아야츠지 유키토, 아리스가와 아리스, 야마시로 아사코(오츠이치의 또 다른 필명), 온다 리쿠 등 한국 독자에게도 익숙한 작가들이 참여하고 있습니다. 기라성 같은 작가들이 풀어내는 괴담들이 한국 독자들에게도 소개되고, 많이 읽히는 날이 오기를 바라봅니다.

추지나

2014년 2월 5일 초판 발행
2016년 9월 20일 2쇄 발행

저자 오노 후유미
역자 추지나

발행인 황경태
편집상무 여영아
편집국장 최유성
편집 김은실 김주연
제작부장 김장호
제작 김종훈 정은교
국제부국장 손지연
국제부 최재호 김형빈 민현진 천효은
마케팅국장 최낙준
마케팅 김관동 이경진 김성준 심동수 고정아 고혜민
디자인 형태와내용사이

발행처 (주)학산문화사
등록 1995년 7월 1일
등록번호 제3-632호
주소 서울특별시 동작구 상도로 282 학산빌딩
편집부 02-828-8837
마케팅 02-828-8962~5

ISBN 979-11-5597-282-3 03830
값 12,000원

북홀릭은 (주)학산문화사에서 발행하는 일반 소설 브랜드입니다.